Himmelfahrt

Sylvia Giuliani

wurde 1958 in Berlin (Ost) geboren, hat 1976 in Schwedt/Oder das Abitur gemacht, an der Leipziger Universität Russisch (Staatsexamen) und an der Theaterhochschule Leipzig von 1982-1987 Theaterwissenschaften (Diplom) studiert, war von 1982-2000 Regieassistentin und Dramaturgin an den Städtischen Bühnen Quedlinburg bzw. dem Nordharzer Städtebundtheater, ist dann nach Niedersachsen gezogen, hat 2003 in Bad Bevensen ihr Staatsexamen als Physiotherapeutin gemacht und bis 2013 in Braunschweig gelebt und gearbeitet. Seit 2014 ist sie in Norden (Ostfriesland) zu Hause.

»Himmelfahrt« ist ihr zweiter Roman.

SYLVIA GIULIANI

HIMMELFAHRT

Bibliografische Information der Deutschen Nationalbibliothek.
Die Deutsche Nationalbibliothek verzeichnet diese Publikation in der Deutschen Nationalbibliografie; detaillierte bibliografische Daten sind im Internet über http://dnb.dnb.de abrufbar.

Satz, Umschlaggestaltung, Herstellung und Verlag:
BoD – Books on Demand, Norderstedt

ISBN 978-3-7597-0941-7

1993

Sie hört das Klingeln und Klopfen an ihrer Tür und zieht sich die Decke über den Kopf. Ruhe. Sie will niemanden hören, niemanden sehen, sie hat frei heute, einmal in der Woche ganz frei sein, bitte. Als sie sich später in Bademantel und Hausschuhen in ihre Küche schleppt und den Zettel sieht, den ihr Gerda durch den zugigen Spalt ihrer Tür geschoben hat, weiß sie schon, was ihr blüht. Große Buchstaben über drei Zeilen gemalt und viele Ausrufezeichen. Das Theater hat also angerufen und Planänderungen durchgegeben. Ulrike ignoriert den Zettel auf dem Boden und greift nach dem Wasserkessel auf dem Gasherd, geht zwei Schritte zum Wasserhahn an der Wand und denkt: erst den Kaffee, dann die Arbeit. Vielleicht. Warum hab ich diesen Vertrag nur unterschrieben. Im Beistellherd ist noch Glut, wie gut, sie hat die Kohlenzange noch in der Hand, als sie Gerdas Schritte auf der knarzigen alten Holztreppe draußen hört. Bevor Gerda klopfen kann, öffnet Ulrike die Tür neben dem Herd und wendet sich wieder dem Kohleneimer zu.

»Komm rein, du auch Kaffee?«

Gerda schließt die Tür, dreht Ulrike an den Schultern zu sich herum und mustert sie von oben bis unten.

»Was ist los, Mädchen, bist du krank? Ich denke, es gibt keinen neuen Befund oder hast du nur die halbe Wahrheit erzählt? Und die Nachricht aus der Intendanz hast du auch noch nicht gelesen«, sie bückt sich für ihr Alter unglaublich behänd und hebt den Zettel vom Boden auf, »es ist jetzt elf, Ulrike, entschuldige, aber in zwei Stunden hast du eine außerordentliche Schauspielleitungssitzung!«

»Er ist vom Dach gesprungen. Vom Dach der Klinik. Ich fahre da nicht mehr hin.«

»Wer – ist vom Dach -?«

»Dr. Wardetzky, mein Onkologe, der Einzige, der mir jede Frage beantwortet hat, der Einzige, dem ich vertraut habe.«

Gerda nimmt sie an die Hand und führt sie zum Sofa im Nebenzimmer, Papier und Bücherstapel auf dem Fußboden geschickt umlaufend.

»Er ist nicht der einzige gute Arzt in dem Klinikum, du wirst …«, Ulrikes Schrei lässt sie erschrocken zurückweichen.

»Was ist das für ein Scheißvolk, das einen Scheiterhaufen nach dem anderen anzündet und dann scheinheilig in Mitleid zerfließt, wenn der vermeintliche Ketzer sein Leben selbst beendet!«

»Aber wieso …«

Ulrike fällt auf dem Sofa in sich zusammen.

»Er soll IM gewesen sein, hat einer seiner Kollegen in der Zeitung behauptet, vor dem Suizid. Warum sind die Menschen so feige, warum reden die nicht erst miteinander, warum …«

»Rikchen, du wälzt Menschheitsprobleme, bevor du was getrunken und gegessen hast, das ist ungesund. Ich bring dir jetzt deinen Kaffee und du machst dich dann für deine Sitzung fertig und versprichst mir, heute Nachmittag zu mir runterzukommen, wir zwei müssen nämlich auch reden, und zwar dringend, es gibt Neuigkeiten unser Haus betreffend, die Rückübertragung ist vollzogen.« Sie steht auf und streicht Ulrike beruhigend über den Arm, »bleib sitzen, ich setze dir noch warmes Wasser zum Waschen auf und dann kann ich dich allein lassen? Mach dir keine Sorgen, hier ist dein Kaffee, wir kriegen das alles hin.«

Ulrike nickt nur und schaut ihr gedankenverloren nach.

Sie sieht die Staubwolken und hört den Baulärm schon von weitem, der Pförtner bleibt hinter seiner verschlossenen Glasscheibe und winkt ihr nur zu, als sie durch den Bühneneingang eilt. Sie wirft einen Blick in den Schaukasten, bevor sie den Verwaltungsaufgang nimmt, der Tagesplan für morgen hängt noch nicht, der Presslufthammer aus dem ehemaligen Kantinenküchentrakt tut ihr im Körper weh, bloß weg hier, die Tür zum Treppenaufgang ist heute viel zu schwer. Oben angekommen, steckt sie ihren Kopf durch den Türspalt ins Intendanzsekretariat.

»Hallo, Hanne, hast du Post für mich?«

Hannelore schaut auf und schüttelt den Kopf.

»Ist schon oben, Rike, Martin wartet in der Dramaturgie auf dich, ich hab ihm aufgeschlossen und die Post auf deinen Schreibtisch gelegt. Aber seid pünktlich hier nachher, der Alte hat die Sitzung extra in die Mittagspause der Handwerker gelegt.«

Ihre Füße sind schwer wie Blei, als sie die Treppen hoch ins Dachgeschoss zur Dramaturgie steigt. Das Sekretariat ist seit über einem Jahr verwaist, ihre Sekretärin zwei Jahre nach dem Chefdramaturgen in den Ruhestand gegangen, beide Stellen werden nicht neu besetzt, Ulrike hat zu Beginn der Spielzeit einen Doppelvertrag unterschrieben. Das Theater baut seit 1990 jedes Jahr weitere Stellen ab, sie darf bleiben, aber nur in Doppelfunktion als Schauspieldramaturgin und Regieassistentin.

»Ich nehme dir zwei Dramaturgien pro Spielzeit ab, Ulrike, wir müssen lernen, anders zu arbeiten«, hatte Bertram Rieger, ihr Intendant, beim Vertragsgespräch gesagt und versprochen, dass er an sie denkt, sollten die Fusionsverhandlungen mit dem Musiktheater im Nachbarkreis klappen und alles neu strukturiert werden. Sie fürchtet die Hiobsnachrichten, die es mit Zuverlässigkeit in außerordentlichen Leitungssitzungen gibt, und öffnet ihre Bürotür. Durch die offene Zwischentür sieht sie Martin Holz, ihren Oberspielleiter, am Tisch vor den Bücherregalen sitzen, sieht seine Unsicherheit in der fahrigen Handbewegung über den Dreitagebart und das Zucken seiner Mundwinkel bei ihrem Anblick.

»Früher hast du im Dunkeln mit einer Flasche Wein im Torbogen gestanden und bei mir geklingelt, wenn's umwälzende Nachrichten gab«, kommt sie ihm zuvor und lässt ihre wie immer viel zu schwere Umhängetasche von der Schulter auf den nächsten freien Stuhl rutschen.

»Das waren Nachrichten aus einem anderen Land, Rike, und ich wusste auch nicht, ob dir zum Feiern sein würde, wenn du aus dem Klinikum zurück bist.«

Ulrikes Fingernägel bohren sich in die Stuhllehne.

»Bitte setz dich mal, wir haben noch Zeit bis zur Sitzung und ich will nicht, dass du es erst da erfährst«, mit dem Fuß schiebt er den Stuhl neben sich zu ihr.

»Du gehst weg«, Ulrike plumpst auf den Stuhl.

Martin weicht ihrem Blick nicht aus.

»Wir gehen weg, ja. Kerstin und ich hatten ein Vorsprechen, als du in der Uniklinik warst. In Augsburg. Und sie nehmen uns. Beide!! Rike, das ist wie ein Sechser im Lotto! Du weißt, wie schwer es ist, ein Doppelengagement zu kriegen, drüben nicht anders als hier!«

»Wann?«, fragt sie tonlos.

»Wir ziehen zum Spielzeitende um, Ende Juli sind wir weg.«

»Wieso – Augsburg?«

»Ein Freund aus meinen Berliner Jahren ist dort gelandet, gleich nach der Wende. Wir waren letztes Jahr im Sommer in Bayern und haben uns mit ihm getroffen …«

»Ihr habt nur erzählt, wie schön Bayern ist ...«

»Rike, ich muss raus hier! Ich will so nicht mehr arbeiten! Die Städtischen Bühnen in Augsburg sind ein Vierspartentheater, endlich ein richtiges großes Haus! Die Arbeitsbedingungen und Möglichkeiten sind mit unseren überhaupt nicht vergleichbar, Augsburg ist eine tolle Stadt, wir haben uns schon eine Wohnung ansehen können, da fing Kerstin an zu heulen! Kein Kohlendreck mehr in der Wohnung, Parkett in allen Zimmern, Blick aus dem Fenster in einen kleinen Garten mit Terrasse – ja, nenn uns Spießbürger!! Die Straßenbahnhaltestelle ist keine zehn Minuten entfernt, der Zug braucht keine halbe Stunde nach München, Rike! München!!«

»Und was für einen Vertrag hast du unterschrieben?«

»Wir haben beide einen Normalvertrag für die nächste Spielzeit. Als Schauspieler. Und weiß Gott keine Anfängergage!«

»Martin, du bist hier Oberspielleiter ...«

»... ja, aber ich bin es schon lange nicht mehr gerne, Ulrike, und du weißt, warum. Diese Stadt blutet aus, die Hälfte unseres Stammpublikums ist verschwunden, ich freue mich wahnsinnig auf diesen Neuanfang, auch auf das ganz andere Leben in Bayern und irgendwann werde ich auch wieder inszenieren. Komm, wünsch mir Glück!«

Das Telefon klingelt, Ulrike steht auf, geht zu ihrem Schreibtisch und nimmt den Hörer ab.

»Wir kommen.«

Dass es die letzte Sitzung in diesem Kreis und Rahmen ist, erfährt sie, als sie zwischen Martin Holz und Harry Kunert vor ihrem Intendanten Bertram Rieger sitzt. Auch, dass der Fusionsvertrag mit allen beteiligten Trägerkommunen unterschrieben ist, ihr Theater im Sommer einen anderen Namen erhält, einen neuen Intendanten, der in der anderen Stadt im größeren Musiktheater sitzen wird, die Dramaturgie und andere Abteilungen umstrukturiert und ins größere Haus verlegt werden oder auch aufgelöst, wie der theatereigene Fuhrpark zum Beispiel.

»Ulrike, haben Sie eigentlich einen Führerschein? Nein? Nun, wir können ja Fahrgemeinschaften ausprobieren und Züge fahren ja auch. Martin wird uns leider verlassen, ob und wann es einen neuen Oberspielleiter für das Schauspiel geben wird, kann ich noch nicht sagen, die Leitungsstrukturen werden sich im neuen Dreispartenhaus sehr verändern und das Ensemble wird auch weiter, nun, nennen wir es mal verschlankt. Ach ja, und dass die

Stadt für unsere ehemalige Kantine einen Vertrag mit einem Griechen gemacht hat, ist vielleicht für den einen oder anderen auch noch neu, Anfang Mai soll das Restaurant KRETA bereits eröffnet werden, nun, so haben wir also für unsere Besucher auch ein echtes kulinarisches Angebot. Ich halte Sie natürlich über die weiteren Entwicklungen, soweit es Sie betrifft, auf dem Laufenden. Was ist, Ulrike, soll ich das Fenster mal aufmachen?«

»Und es ist wirklich nichts, du hattest auch keinen neuen Befund?«
»Nein, Martin, es ist nichts.«
»Ich bringe dich nach Hause.«
»Nein. Ich begleite dich noch ein Stück und du erzählst mir von Augsburg und dem Theater dort, dem schönen, und dann wünsche ich euch beiden Glück.«

»Hausarztpraxis Morgner, hallo?«
»Ulrike Giucaroni. Ich bin aus der Uniklinik Halle zurück. Kann ich bitte heute noch einen Termin bei Frau Dr. Morgner haben? Nicht? Gut, morgen früh um acht, danke«, Ulrike legt den Hörer auf und schaut in den Spiegel von Gerdas Frisierkommode, vor der sie sitzt. Wer ist die Fremde dort?

Gerda hat den Kaffeetisch in der guten Stube mit ihren schönsten Sammeltassen gedeckt. Sehr verdächtig. Ulrike erinnert sich, wie überrascht sie vor nun fast fünf Jahren war, als sie kurz nach ihrem Einzug in das jahrhundertealte Fachwerkhaus, das schon lange kurz vor der baupolizeilichen Sperrung stand, zum ersten Mal in Gerda Schenkers gute Stube trat. In einem Haus mit Außentoiletten und löchrigem Dach erwartet man keine Jugendstil- und Biedermeiermöbel in geschmackvollem Mix, auch kein Meißner Porzellan oder Sammeltassen mit Goldrand und phantasievoller Malerei, auch kein Telefon im Schlafzimmer hinter der guten Stube, mit Fenster zum Hinterhof, es steht auch im Einheitsjahr drei noch wie früher auf der alten Frisierkommode neben Gerdas Bett. Ulrike schließt die Schlafzimmertür hinter sich.

»Danke, Gerda. Du hast den Tisch gedeckt, als gäb's was zu feiern«, sie setzt sich auf ihren Platz und versucht ein Lächeln, »schieß los. Die Rückübertragung ist also durch und deine Nichte Cornelia kommt nun aus Lübeck und redet mit dir über die Sanierung, von der sie schon drei Jahre lang träumt, richtig?«

»Falsch. Also, ja, nur Cornelia kommt jetzt nicht her. Ich fahre nach Hamburg zu meiner Schwester für ein paar Wochen. Irgendwann kommt meine Nichte dann dazu und wir halten Familienrat. Ich muss zu meiner Entscheidung finden, Ulrike, eine, die ich nie fällen wollte.«

In Ulrikes Schweigen klingt der Kaffee, den Gerda ihnen in die Sammeltassen gießt, dann der Kaffeelöffel, mit dem Ulrike die Milch im Kaffee umrührt. Und rührt. Und rührt.

»Warum sagst du nichts? Rike?«

»Weil das noch nicht alles sein kann, was du mir erzählen wolltest. Und es mir heute schon einmal die Sprache verschlagen hat. Mach weiter.«

Gerda holt tief Luft.

»Also gut. Wir müssen wahrscheinlich zum Sommer hier raus, Ulrike, das Haus wird komplett saniert, vom Dach bis zum Keller. Der Denkmalschutz hat alle Pläne, unter Auflagen, ja, aber grundsätzlich abgenickt. Cornelia nimmt so viel Geld in die Hand, dass mir himmelangst wird, aber sie ist meine Erbin, ich bin über achtzig, ich bin da raus und sie sagt, sie macht es richtig oder gar nicht. Die Öfen fliegen raus, das Haus bekommt eine Heizung, über die sie sich noch streiten, jede Wohnung ein Badezimmer mit Klo, die gesamte Elektrik muss erneuert werden, die Fenster auch und der Dachboden soll …«, irritiert bricht sie ab.

Aus Ulrike quillt ein Kichern, das immer lauter wird, sie schüttelt sich wie im Krampf, nimmt schließlich die Brille ab und hält ihren Kopf mit beiden Händen fest. Erst da sieht Gerda die Tränen, die ihr zwischen den Fingern durchlaufen. Sie steht auf und drückt Ulrikes Kopf an ihren Bauch, hält sie fest, bis der flatternde Körper in ihrem Arm sich beruhigt.

»Du wolltest nie hier weg, Gerda!«

»Nein, aber es sieht nicht so aus, als würde ich bis zum Sommer tot umfallen und du Blumen auf mein Grab streuen, also muss ich zu anderen Entschlüssen kommen und eins weiß ich inzwischen, Rikchen, ich will nicht mal vorübergehend ins Neubaugebiet ziehen.«

»Auch nicht mit mir zusammen? Da stehen inzwischen so viele Wohnungen leer, wir könnten bestimmt sogar zusammen in einen Aufgang oder in denselben Block ziehen und ich könnte dir immer helfen …«

»Im Augenblick bist du diejenige von uns beiden, die Hilfe braucht, und wenn es dir irgendwann besser geht, kriege ich dich wieder kaum zu sehen, weil du aus deinem Theater nicht mehr rauskommst. Nein, Ulrike, ich habe Cornelia Handlungsfreiheit in der Sanierung versprochen und ich vertraue ihr. In die Platte gehe ich genauso wenig wie in ein Altenheim. Ich fahre nach Hamburg und wenn ich wiederkomme, sind wir alle schlauer. Magst du wirklich keinen Kuchen?«

DAMALS

Das Licht fällt durch ein Astloch auf den Boden der Sandkiste. Wenn sie sich ganz platt in den Sand drückt, gelingt es ihr, durch das Loch zu spähen. Aber es sind nicht mehr viele Schuhe, die an der Kiste vorbeiklappern. Es wird Abend und es ist warm, Spätsommer in Berlin-Hohenschönhausen. Sie hat die Decke mitgenommen, die sie zum Spielen auf dem Rasen im Innenhof nehmen darf, und ihre Puppe Reni, hatte beides an sich gedrückt und gesagt, ich geh runter, spielen, die Antwort nicht abgewartet, weil sie weiß, Mutti ist mit dem Baby beschäftigt, da hört sie nichts, nicht mal das Klappen der Wohnungstür, die sie leise hinter sich zuzieht. Sie war die Treppe hinuntergegangen, langsam, nicht springend wie sonst, hatte sich auf der halben Treppe noch einmal umgedreht und gewartet. Vielleicht öffnet sich die Tür ja doch noch und Mutti hat gemerkt, dass sie gegangen ist, guckt raus und fragt, wo gehst du hin, zu Roswitha? Oder sie sagt, geh nicht so weit weg, ich muss dich sehen können aus dem Fenster. Oder sie sagt, wenn es dunkel wird, kommst du hoch! Nein, die Tür war zugeblieben. Sie hatte nichts gemerkt. Niemand merkt, ob sie da ist oder nicht. Niemand wird sie vermissen. Ich komme nicht wieder, hatte sie gedacht und war weiter die Treppe hinuntergegangen, vier Etagen bis zum Erdgeschoss und dann noch drei Stufen bis zur Haustür, immer noch langsam, horchend, doch es war still geblieben im Haus und alle Türen zu. Sie ist vier Jahre alt und nicht groß, aber kräftig genug, die Haustür aufzuziehen, sie leise von außen wieder zu-zumachen, dazu braucht sie beide Hände, die zusammengefaltete Decke war ihr heruntergefallen, sie hatte sich gegen die Tür geworfen und die Decke an einem Zipfel durch den Türspalt gezerrt. Mit der zerknautschten Decke über dem Arm war sie durch die immer offenstehende Haustür zwei Eingänge weiter zur Wohnungstür ihrer Freundin Roswitha im Erdgeschoß gezogen, auch diese Tür steht fast immer offen im Sommer, auch die Kowalskis haben ein Baby, ein paar Wochen älter als Ulrikes Bruder Ralf. In der Küche der Kowalskis gibt es einen großen, blankgescheuerten Esstisch mit einer Bank und Stühlen ringsherum. Auf der Bank sitzen meist die beiden älteren Brü-der von Roswitha und haben das Baby abwechselnd auf dem Arm, während

Frau Kowalski sich am Herd zu schaffen macht. Roswitha ist auch erst vier Jahre alt, genau wie Ulrike, und sie darf ihr Brüderchen im Arm halten, wann sie will. Frau Kowalski ist klein und rund und lächelt immer, wenn jemand zur Tür reinkommt. Bei Kowalskis steht immer was auf dem Herd, Ulrike darf sich immer mit an den Tisch setzen und sagt fast immer ja, wenn Frau Kowalski sie fragt, ob sie auch einen Eierkuchen möchte oder einen Teller Suppe, auch wenn sie schon gegessen hat. Es ist immer lecker, es ist warm und gemütlich und sie wird es zu Hause nicht mehr erzählen, seit sie weiß, ihre Mutter mag es nicht, wenn sie in dieser Küche mit am Tisch sitzt und isst, weil, das sind Pollacken, sagt die Mutter, und die sind anders, nicht ganz so ordentlich und nicht ganz so sauber, wie es wohl sein muss. Ulrike versteht nicht, was ihre Mutter meint, sie findet es schön bei Kowalskis, sie weiß nicht, was Pollacken sind, aber sie soll das Wort ja auch nicht sagen. Sie wird immer traurig, wenn sie Roswithas kleines Brüderchen in den Armen seiner Geschwister sieht. Sie hatte sich so sehr gewünscht, den kleinen Ralf auch stolz halten und ihren Freunden zeigen zu dürfen, aber sie darf keinen Besuch mit nach Hause bringen, auch Roswitha nicht, schon gar kein Pollacken-Kind, sie darf ihren Bruder auch nicht anfassen, ohne sich unter den Augen der Mutter die Hände gewaschen zu haben, und halten darf sie ihn auch nicht, es könnte ihm ja was passieren, wenn sie ihn falsch hält oder gar loslässt, oh Schreck.

»Ich gehe nicht wieder nach Hause«, hatte sie Roswitha zugeflüstert. Die riss die Augen auf, aber bevor aus ihrem Mund ein Wort herausfallen konnte, hält sich Ulrike erschrocken den Zeigefinger auf die Lippen. Pssst, das darf niemand wissen!

»Ulrike, auch ein bisken Suppe?«

Ulrike hatte genickt und Frau Kowalski angelächelt, Essen ist gut, sie hat von zu Hause nichts mitgenommen für die Reise, die sie nun vorhat, sie hat es doch erst beschlossen, als die Wohnungstür zu und sie im Treppenhaus war. Nach dem Essen waren die Mädchen auf den Innenhof gegangen. Die späte Augustsonne ließ sie noch barfuß im Buddelkasten im Schatten der großen alten Bäume spielen, sie saßen mit ihren Puppen auf dem Rand, Roswitha platzte vor Neugier.

»Wo willst du denn hin?«

»Weiß ich nicht, aber nie wieder zurück«, Ulrike zog die Mundwinkel nach unten und presste trotzig die Lippen zusammen, »wenn es dunkel wird, verstecke ich mich, damit mich keiner findet.«

»Aber wo denn?«

»Wir müssen ein Versteck finden, komm!«

Ulrike rollte die kleine Decke zusammen, zog die Kniestrümpfe und die Sandalen wieder an, nahm ihre Puppe auf den Arm und stand auf. Roswitha blieb unschlüssig sitzen.

»Aber deine Mutti wird böse sein!«

»Na und! Soll sie doch!«, die Wuttränen schossen Ulrike in die Augen, aber sie wollte nicht weinen und wieder presste sie die Lippen aufeinander und zog die Mundwinkel runter. Roswitha kennt diesen Blick, so sieht sie immer aus, wenn Ulrikes Mutti Ohrfeigen ausgeteilt oder Verbote ausgesprochen hat, die Ulrike nicht verstehen will.

»Na gut«, Roswitha gab auf und lief mit Ulrike zum Durchgang auf die Straße. Bevor sie um die Ecke bogen, schaute Ulrike, an die Hauswand gepresst, nochmal hoch zum Balkon in der fünften Etage. Niemand war zu sehen, die Luft rein! Sie rannten die Schöneicherstraße hinunter bis an die Ecke, dann links rum. Geschafft! Außer Sichtweite! Ulrike schob sich die Brille, die immer runterrutscht beim Rennen, wieder hoch und grinste Roswitha an.

»Kiek ma, da«, zu Hause darf sie nicht berlinern, woran sie sich selten hält, sobald die Mutter außer Hörweite ist, »die Kiste is vielleicht jut, wa?«

»Wofür denn?«

»Mach ma uff!«

Der Deckel der hellgrünen Bretterkiste klemmte etwas, aber zu zweit stemmten die beiden Vierjährigen ihn hoch. Es ist eine der Sandkisten, aus denen im Winter bei Glätte der Fußweg gestreut wird, aber jetzt ist nur der Boden der Kiste mit Sand bedeckt.

»Dit jeht!«, Ulrike warf die Decke in die Kiste, die Puppe hinterher und stieg hinein, »halt ma uff, ick leg mich uff die Decke und denn machste zu, aber nich so fest!«

Es ist ganz schön dunkel und eng in der Kiste, aber sie kann auf der Seite liegen, die Beine angezogen, und entdeckt genau in Augenhöhe das Astloch, klasse! Keiner sieht mich, ich seh alle, hier finden sie mich nicht. Sie klappte den Deckel der Kiste von innen auf und strahlte Roswitha an.

»Hier bleib ick!«

Roswitha lief nach Hause und stibitzte vom Kuchenteller auf dem Küchentisch ein Stück von Mamas selbstgebackenem Streuselkuchen und ein altes Stück Brot aus dem Brotkasten, das brachte sie Ulrike in die Kiste.

»Willst du wirklich hierbleiben?«

»Haste meene Mutta jesehen?«

»Nein«, Roswitha schüttelt den Kopf.

»Siehste.«

»Es wird gleich dunkel, ich muss heim.«

Ulrike sagte nichts mehr.

»Hast du denn keine Angst?«

»Nee.«

Das würde sie nie zugeben, selbst wenn es so wäre. Mit dem Versprechen, nichts und niemandem etwas zu verraten und gleich morgens wiederzukommen, ließ sie Roswitha nach Hause gehen und wartete, bis die Straße wieder leer war und niemand sah, wie sie wieder in die Kiste steigt. Solange sie immer noch Schritte hört, die sich nähern, und Beine sieht, die an der Sandkiste vorbeigehen, solange noch etwas Licht durch das Astloch scheint, ist es sogar lustig zu erraten, ob die Schritte zu Frauen- oder Männerbeinen gehören, zu schweren oder leichten Menschen, jungen oder alten. Aber je dunkler es wird, umso weniger Beine laufen an dem Astloch vorbei und umso kälter wird es und die dünne Decke ist zu klein, um sie ganz um den Körper wickeln zu können. Irgendwann klappern ihr die Zähne vor Kälte, durch das Astloch scheint nur noch fahles Straßenlaternenlicht, sie hat Hunger und Durst und pullern muss sie auch, auweia, und so dringend! Schließlich hebt sie vorsichtig den Deckel der Kiste und illert durch den Spalt. Niemand zu sehen. Sie klettert etwas steif heraus, angelt sich dann die Decke und ihre Puppe und läuft zur Schöneicherstraße. Je näher sie der Haustür kommt, umso größer wird der Druck im Unterbauch. Ihre Sachen sind von der Feuchtigkeit in der Kiste sowieso klamm, aber mit nassen Unterhosen darf sie auf keinen Fall vor Mutter stehen. Vor den Häusern entlang der Hauswände sind große Büsche. Die Rettung! Als sie im Gebüsch in der Hocke sitzt und fühlt, dass die Unterhose doch ein bisschen nass wird, verlässt sie der Mut und sie sitzt schließlich vor der Haustür auf der Stufe, die Puppe fest an sich gepresst, und hört nichts außer ihrem laut schlagenden Herz. Endlich steht sie auf und drückt auf die Klinke. Die Tür geht nicht auf. Noch einmal, die Klinke runterziehen und den ganzen Körper gegen die mächtige Tür drücken. Die bewegt sich nicht, keine Chance. Sie muss sich auf die Zehenspitzen stellen, um den obersten Klingelknopf rechts zu erreichen. Sie hört, wie die Balkontür oben aufgerissen wird.

»Ulrike?!«, Mutters Ruf klingt schrill.

Plötzlich schließt jemand die Haustür von innen auf, ein Mann mit Hut kommt raus, schaut verwundert auf das kleine, bebrillte Mädchen mit den zerzausten Zöpfen, der Puppe im Arm und der auf dem Boden schleifenden Decke, dann hoch zu der Frau, die streng ruft:

»Komm jetzt hoch!«

Der Mann lässt das Kind ins Haus, bevor er die Tür von außen wieder abschließt. Ulrike weiß, was sie erwartet. Sie geht so langsam wie möglich, Stockwerk für Stockwerk. Vor der letzten halben Treppe bleibt sie stehen mit gesenktem Kopf. Sie sieht die Füße ihrer Mutter auf dem obersten Absatz und hebt den Kopf. Mutter hat den Handfeger in der Hand. Den Handfeger? Nicht den Ausklopfer? Die Hand mit dem Handfeger zittert. Kaum oben angekommen, zerrt die Mutter sie in den Korridor, ein Komm-endlich-rein zischend, reißt ihr alles aus den Händen, was sie krampfhaft versucht als Schutz festzuhalten, die Decke, die Puppe, zwecklos, Mutter ist stärker, ihr Arm hält sie wie ein Schraubstock über dem Knie, sie will nicht schreien, die Holzseite des Handfegers klatscht auf ihren Körper, es gibt kein Entkommen. Erst als Mutters Arm müde wird, hört das dumpfe Klatschen auf. Sie kann kaum stehen, wird ins Bad geschickt, soll sich ausziehen und die Zähne putzen. Dann kommt Mutter, schimpfend über den Schmutz an ihrem Körper, schämen soll sie sich, lamentierend wird sie am Waschbecken gewaschen und alles, alles tut so weh, heul nicht rum, faucht die Mutter und dann darf sie etwas trinken, zu essen gibt es nichts mehr, zur Strafe, sagt die Mutter und Ulrike schweigt. Wo bist du gewesen? Sie schweigt. Verstocktes Gör, sagt die Mutter, ab ins Bett! Ulrike zieht die Bettdecke über den Kopf, als Mutter draußen ist. Sie wimmert vor Schmerz und niemand soll das hören. Auf dem Rücken kann sie nicht liegen, der brennt wie Feuer. Dann hört sie den Vater kommen, hört das aufgeregt erstickte Reden ihrer Mutter, der kleine Ralf in seinem Körbchen im Wohnzimmer darf ja nicht geweckt werden, und schließlich steht Vater an ihrem Bett, hebt vorsichtig die Bettdecke hoch, streicht ihr über den Kopf.

»Zeig mal, wo es weh tut«, sagt er.

Aber sie kann das Hemd nicht allein hochziehen und er muss helfen. Was er dann sieht, macht ihn stumm. Schnaufend verlässt er das Schlafzimmer und dann hört Ulrike ihren Vater zum ersten und letzten Mal in ihrer Kindheit brüllen. Nie wieder wird sie die Eltern so laut streiten hören, nie wieder schlägt Mutter mit dem Handfeger zu. Mit dem Handfeger nicht mehr.

»Vati, mein Vati«, flüstert das kleine Mädchen und schläft irgendwann ein auf ihrem nass geweinten Kopfkissen.

Vati! Ulrike fährt schweißgebadet hoch, sie spürt ihr seltsam unrhythmisch schlagendes Herz, die aufsteigende Übelkeit und das Wissen, jetzt sofort die knarrende Holztreppe hinunter auf die Toilette im Keller laufen zu müssen, greift nach dem Bademantel am Fußende, aber nichts geht schnell genug, mein Gott, wieso ist dieser Fünfzig-Kilogramm-Körper so bleischwer? Sie bleibt länger im Keller als nötig, aus Angst, auf halber Treppe wieder umkehren zu müssen, aus Angst vor dieser Stiege, die sie eine gefühlte Ewigkeit schon nicht mehr zwei Stufen auf einmal nehmend hinaufspringen kann. Aber die Kälte treibt sie auf die Treppe. Heißen Tee, sie braucht jetzt heißen Tee und um acht muss sie bei Frau Dr. Morgner sein. Sie zieht sich also die Treppe hoch und plötzlich ist er wieder da, der Gedanke an den Mann, den sie als Kind so sehr liebte und Vati nannte, voller Stolz auf ihn und seine Uniform, der sich seit Oktober 1990 wohl auch jede Treppe hochziehen muss, wenn er sich überhaupt noch bewegt, der Feigling. Ulrike stößt unterdrückte Flüche aus, bis sie wieder in ihrer Wohnung angekommen ist. Wieso träumt sie eigentlich von ihm? Und wieso fühlt sie sich in ihrer Wohnung plötzlich so fremd? Als ihre Hände die heiße Teetasse umfassen, zwischen zwei Übelkeitswellen, und ihre Augen aus dem Fenster in den grauenden Morgenhimmel blicken, weiß sie plötzlich, ich muss hier weg. Ich muss gehen. Es ist nicht nur das Haus, das sich verändern und andere Bewohner haben will. Ich bin am falschen Ort. Als der feige Vater sich so dämlich versucht hat, eine Kugel durch den Kopf zu jagen, bevor er Uniform und Waffe abgeben musste, hat er sich vielleicht genauso falsch angefühlt, am falschen Ort, in der falschen Zeit, auf seinem politischen Scherbenhaufen. Geplatzt der Traum vom sozialistischen Vaterland und allen guten Ideen, an die er glaubte und die er zeitlebens verteidigen wollte. Damals, vor drei Jahren hat er ihr noch leidgetan, heute verachtet sie ihn. Oder? Was tut da noch weh? Ulrikes Tasse ist leer, sie blickt auf die Uhr.

»Steh auf«, sagt sie laut.

»Das kann nicht sein, Frau Dr. Morgner, da muss ein Rezidiv sein, oder was auch immer, irgendwas müssen die in Halle übersehen haben! So schlapp war ich nicht mal nach den Bestrahlungen, können wir nicht wenigstens nochmal Blut abnehmen? Bitte!«

»Das tue ich, wenn Sie nur einer einzigen meiner Behauptungen widersprechen können: Sie fühlen sich so müde und abgeschlagen, dass Sie morgens nicht wissen, wie Sie aus dem Bett kommen sollen. Sie haben Angst, dass jemand merkt, wie schwer Ihnen Ihre Arbeit fällt. Die Summe Ihrer Aufgaben bewältigen Sie schon lange nicht mehr so, wie Sie es von sich gewohnt sind, weder zu Hause am Schreibtisch noch im Theater, und das hat nichts mehr mit ihrer Brustkrebserkrankung vor zwei Jahren zu tun. Sie wissen nicht mehr, wofür Sie morgens aufstehen sollen und für wen eigentlich noch. Ihr Körper fühlt sich alt und krank und viel zu schwer an und die Welt ist grau, auch wenn die Sonne scheint. Nanu, wo bleibt Ihr Widerspruch? Soll ich weitermachen?« Frau Dr. Morgner reicht Ulrike eine Packung Tempotaschentücher über den Tisch und wartet ruhig ab, bis Ulrike die Brille wieder im Gesicht hat und sie ansehen kann. »Frau Giucaroni, ich habe schon vor der Wende versucht, Ihnen den Zusammenhang zwischen Ihrer damals chronischen Gastritis, den Magengeschwüren, Ihrer Anfälligkeit für alle möglichen Entzündungen einerseits und Ihrer in jeder Weise ungesunden, selbstzerstörerischen Lebensweise andererseits klarzumachen. Erfolglos! Sie meinten als Workaholic weiterleben zu müssen und sind erst dank Brustkrebs zur Nichtraucherin geworden, immerhin! Aber Sie haben viel zu früh wieder angefangen zu arbeiten und auch die Kur abgelehnt. Sie lassen mich jetzt ausreden, ich schwöre Ihnen, das ist mein letzter Versuch! Mit Ihrer Lebensweise haben Sie jahrelang Ihre körperlichen Grenzen verletzt und irgendwann zieht dieser Körper die Reißleine. Merken Sie sich all diese Symptome: Übelkeit, Hyperventilation, Krämpfe und Lähmungserscheinungen, Kreislaufzusammenbrüche, Chaos im vegetativen Nervensystem. Damit wird Ihr Körper Sie immer wieder ins Aus befördern, wenn Sie sich weiter so überfordern. Denken Sie endlich nach, Himmelherrgott nochmal, Sie sind erst 31 Jahre alt, wie oft wollen Sie denn noch im Rettungswagen abtransportiert werden?!«

Ulrike schnieft und ringt um Fassung.

»Aber was soll ich denn machen? Ich kann doch meine grundsätzliche Lebenssituation nicht verändern, auch die halb vollen Zuschauersäle nicht, meinen Vertrag nicht riskieren«, sie greift wieder nach den Taschentüchern.

»Stopp! Die Kiste der Unmöglichkeiten schließen wir jetzt. Haben Sie schon mal was von Burnout gehört?«

Ulrike schüttelt den Kopf.

»Sie sind ausgebrannt, Frau Giucaroni, und zwar sozusagen bis auf die

Knochen, Sie können nicht mehr, nichts. Sind Sie diesmal bereit, sich meine Vorschläge nicht nur anzuhören?«

Als Ulrike die Arztpraxis wieder verlässt, hat sie dem Kurantrag zugestimmt und unter anderem versprochen, den Krankenschein in ihrer Schultertasche diesmal auch im Theater abzugeben.

Es ist ein seltsames Gefühl, liegen bleiben zu können. Einfach so. Mitten in der Spielzeit. Vom Bett aus sieht sie durch die offene Kammertür auf die am Boden liegenden Papierstapel rund um ihren kleinen Schreibtisch. Wann hat das angefangen, dass sie nach Textbausteinen aus ihren alten Inszenierungskonzeptionen und Zeitungsartikeln suchte und dann mit der Angst lebte, jemand würde bemerken, dass sie fast nur noch Schubladen zog? Pein, damische! Schon beim Denken dieser beiden Wörter: Schublade ziehen. Sie hatte das bei ihren grauhaarigen und stoppelbärtigen Regiekollegen in ihren Anfängerjahren entdeckt, wenn sie ihnen zum dritten, vierten, fünften Mal assistierte, und war jedes Mal so enttäuscht, dass sie sich schwor: Wenn dir das jemals passiert, dann hörst du auf, dann hast du am Theater nichts mehr verloren. Und nun? Sie war noch keine zehn Jahre im Beruf. Burnout. Nicht mehr lange und sie wird mit ihrem Gepäck vor einem Kurzentrum für Frauen in Niedersachsen stehen. Frau Dr. Morgner hatte darauf bestanden, so schnell wie möglich und so weit weg, dass sie für das Theater unerreichbar ist. Ein holpriger Gedankengang. Nach der Brustkrebsoperation und den Bestrahlungen hatte sie noch die Kraft, zu allem Nein zu sagen, weil sie sicher war, dass das Theater und ihre Arbeit Medizin genug sein würden. Aber diese Kraft ist verbraucht. Die Zeit vor der Wende war hart an Kämpfen und genauso schlafarm wie stressig, aber immer wieder auch glücklich. Die Zeit danach war nur noch schlaflos und aufregend, die Ängste nahmen zu, der Überlebenskampf hatte kein Ziel mehr, keinen anderen Inhalt als das bloße Überleben. Zu wenig. Sie hat recht, die Frau Doktor, Ulrike weiß nicht mehr, wofür sie noch hier ist, für wen sie eigentlich noch Theater machen will. Und wozu? Wen interessiert das noch? Was nützt Theater Menschen, die nicht wissen, wovon sie in Zukunft leben sollen? Und die kein Geld mehr für eine Theaterkarte übrig haben? Ulrike steht auf, tapst aus der Schlafkammer ins Zimmer, hebt das Papier vom Boden auf, Stapel für Stapel, stellt ihren Papierkorb neben den Schreibtisch und zerreißt ihre Konzeptionen, eine nach der anderen, jeder Riss wie ein Schnitt in den Arm, ritsch, ratsch, das Geräusch tut weh und sie sieht Blut, wo keins fließt, und ist der Korb voll, läuft sie hinüber zum Beistellherd in der Küche und füttert die Glut, die zur Flamme wird. Wie lange? Eine Stunde? Zwei? Der Wind steht auf dem Schornstein, wie blöd, es qualmt aus dem Ofen, sie öffnet das Küchenfenster zum Hof, hört den Besen von Gerda Schenker und ihr Rufen.

»Ulrike, bist du da? Was ist los?«

Sie mag nicht antworten. Wie soll der Ton denn aus ihr rauskommen? Ritsch, ratsch, Korb, Boden, ach, Feuer.

Gerda hämmert an die Tür. Wieso kommt die alte Frau eigentlich so schnell diese verdammte Treppe hoch? Ulrike öffnet die Tür und Sekunden später stochert Gerda mit dem Feuerhaken im Feuer herum.

»Der Aschekasten muss dringend geleert werden, Rike, der läuft über, und du hast den Zug vorn vergessen, was machst du hier eigentlich?«

Gerdas Augen gehen verwundert über Ulrikes Nachthemd bis auf die nackten Füße und an ihr vorbei ins Zimmer mit dem papierschnitzel-bedeckten Boden.

»Es ist Mittag, ich hab Kartoffelsuppe auf dem Herd. Komm runter, wenn du fertig bist. Hörst du?«, sie rüttelt Ulrike leicht an den Armen, »hallo?!«

Ulrike nickt.

»Ich hör nichts!«

Seit wann ist Gerda so ruppig und penetrant?

»Ja doch. Ich komme. Wenn ich fertig bin. Mit allem.«

Der Zug nähert sich der Stadt an der polnischen Grenze, in der sie das Abitur gemacht hatte und gern zur Schule gegangen war. Und in die sie nie zurückkehren wollte. Sie war nach dem Abitur sofort ausgezogen, ein halbes Jahr später war aus ihrem Kinderzimmer in der Wohnung der Eltern ein Esszimmer geworden und knapp zwei Jahre später stand sie, noch Studentin, am Grab ihres Bruders und begriff nicht, was sie hörte. Wobei wollten Ralfs Freunde den Eltern helfen? Beim Umzug? Wenige Monate später hatten die Eltern eine neue Adresse und waren in eine kleine Zweiraumwohnung in einen gerade fertiggestellten, zehngeschossigen Wohnblock am Rande der Stadt gezogen, eine Wohnung, die Ulrike noch nie betreten hatte. Ein Haus mit Fahrstuhl. Damals hätte der Vater die Treppen in den fünften Stock auch noch zu Fuß geschafft, da hatte er sich noch nicht zum Krüppel geschossen. Krüppel, so nannte er sich jetzt. War es wirklich eine gute Idee, noch vor der Kur hierherzufahren? Sandboden und Kiefernwälder, soweit das Auge reicht. Dann rattert der Zug an den ersten Wohnblöcken vorbei, die Endstation naht. Ulrike steht auf und zieht ihren Rucksack aus der Gepäckablage. Einatmen, ausatmen.

»Du kannst nicht bei uns schlafen, aber ich besorge dir was«, hatte die Mutter gesagt. Und da steht sie jetzt, auf dem Bahnsteig, die Mutter. Premiere, dachte Ulrike beim Aussteigen, abgeholt hat sie mich noch nie. Sie lässt die kurze, linkische Umarmung ihrer Mutter zu. Der Weg vom einzigen Bahnsteig auf den Bahnhofsvorplatz ist kurz, Mutter dirigiert sie zum Parkplatz, Ulrike sieht fassungslos zu, wie ihre Mutter den Trabi aufschließt. Vatis Trabi.

»Leg den Rucksack in den Kofferraum, wenn du willst, aber es ist nicht weit. Ich bringe dich zu Ecki, ein Kumpel deines Vaters, der war jahrelang Entwicklungshelfer in Mosambik und hat vor kurzem eine kleine Pension aufgemacht. Du kannst da auch frühstücken, wenn du willst. Was starrst du mich so an? Steig endlich ein!«

»Kumpel? Seit wann hat Vati sowas denn?« Irritiert steigt Ulrike ein und schnallt sich an.

»Seit er regelmäßig in die Fußballkneipe geht, in der Altstadt.« Helga Giucaroni startet und fährt zügig los.

»Eckis Pension ist nur ein paar Fußminuten von der Kneipe entfernt, die beiden sind da Stammgäste.«

Ulrike beobachtet ihre Mutter verstohlen beim Fahren, die lässt sich nicht stören und erzählt munter weiter.

»Der Ecki und seine Frau konnten das alte Haus nach der Wende kaufen, haben es von seinem Entwicklungshelfergeld saniert und vermieten da jetzt drei Appartements mit Bad und Kochnische, aber auf Wunsch machen die halt auch Frühstück. So, da sind wir schon.« Sie parkt den Trabi geschickt in zwei Zügen in eine Parklücke, die kleiner nicht hätte sein dürfen, und zieht den Autoschlüssel resolut ab.

»Ist was?«, sie hat ihre Hand schon an der Autotür, aber Ulrike neben ihr rührt sich nicht.

»Wann hast du denn den Führerschein gemacht? Du fährst verdammt gut.«

Ein befriedigtes Lächeln huscht über Helga Giucaronis Gesicht.

»Schon vor über einem Jahr. Dein Vater wird nie wieder fahren, sagt er, den Trabi kannste verschenken, hat er gelallt, aber wir haben nichts zu verschenken, und dann fragte meine Chefin, ob ich eigentlich auch einen Führerschein hätte ...«

»Aber du wolltest nie fahren, hattest Angst vor allem, was Räder hat!«

»Ich kann mir Angst nicht mehr leisten, Ulrike, dein Vater wedelt auf dem Arbeitsamt nur mit seinem Schwerbehindertenausweis und lehnt alles ab. Ich muss dankbar sein, dass die AWO mich als Sachbearbeiterin haben wollte, und die Arbeit macht mir Spaß. Steig aus, ich bring dich rein.«

Eckis Haus stand nicht unter Denkmalschutz, er konnte bei der Sanierung sichtbar alle Baumarktträume ausleben, Ulrike hat das Gefühl, durch Katalogseiten eines Versandhauses zu laufen, als sie im oberen Stockwerk ihr Zimmer bezieht. Die afrikanischen Holzplastiken in den Korridoren bilden einen für sie grotesken Kontrast zu aller frisch getünchten Glattheit. Aber sie ist froh über das helle kleine Appartement, das sie für die Besuchszeit unabhängig von den Eltern macht, und bezahlt gleich alles samt unverschämtem Frühstückspreis. Sie muss schlucken beim Anblick der Rechnung, aber egal. Die Vorstellung, sich ohne Frühstück in den Stadtlinienbus quetschen zu müssen, um dann am Tisch der Eltern zu landen, wo die Kombination aus Essen und Reden ihr schon als Kind nur Bauchweh eingebracht hat, ist schlimmer. Während Ecki in dem kleinen Büro im Erdgeschoß ihr Geld entgegennimmt und dabei munter Schnurren aus seiner Zeit in Mosambik erzählt, fällt Ulrikes Blick durchs Fenster auf die beiden Frauen, die im Innenhof zusammenstehen, sich unterhalten und immer mal wieder laut auflachen. Wann hat sie diese Frau, die ihre Mutter ist, das letzte Mal laut lachen hören? Unwillkürlich vergleicht sie die beiden etwa Gleichaltrigen und dabei kommt die schlanke, sportlich-elegante Helga Giucaroni mit ihren sorgfältig rotbraun getönten, pfiffig kurz geschnittenen Haaren entschieden besser weg als die rundliche, dauergewellte und beschürzte Ehefrau des Pensionswirts. Ulrike steckt die Quittung in ihre Handtasche und verabschiedet sich von Ecki. Sie verspricht artig, den Anton zu grüßen, und schluckt ein Mein-Vater-heißt-Antonio runter, Energieverschwendung.

»Wir können los, Mutti, bin so weit!«

Der Trabi rollt aus der Altstadt durch das erste nach dem Krieg in den sechziger Jahren neu gebaute Wohngebiet auf die Umgehungsstraße, die in die Wohnkomplexe der siebziger Jahre führt, fünf- und zehngeschossige Blöcke, auf Felder und Wiesen gesetzt, dazwischen Schulen, auch ihre Erweiterte Oberschule, Wohngebietsgaststätten, Kindergärten und -krippen, Kaufhallen und Sportplätze. Ulrike erinnert sich während der Fahrt an die

Erzählungen ihres Klassenlehrers in der Abiturstufe, der aus der Kriegsgefangenschaft in seine völlig zerstörte Heimatstadt zurückgekehrt und Neulehrer geworden war, unsäglich stolz auf alles, was seit Gründung der DDR in seiner Stadt neu entstand und entwickelt wurde. Nun, auch er liegt schon auf dem Friedhof. Sie nähern sich dem Waldrand, Ulrike bemerkt die Seitenblicke ihrer Mutter, aber versucht gar nicht erst, darauf zu reagieren, irgendwas verkrampft sich in ihr.

»Du kennst das hier alles noch nicht«, Ulrike vermisst fast den Vorwurf in der Stimme der Mutter, die unbeeindruckt von Ulrikes Schweigen weiterspricht, »es ist ziemlich weit draußen, aber wir gehen über die Straße und sind im Wald, schauen vom Balkon aus ins Grüne, damit hatten wir unglaublich Glück«, sie biegt in die Straße am Waldrand ein und findet schnell einen Parkplatz, »und die Bushaltestelle ist nicht weit weg. Seit er den Rollstuhl nicht mehr braucht, fährt dein Vater mit der Stadtlinie ins Klinikum zur Krankengymnastik und von der Bushaltestelle in der Altstadt schafft er es inzwischen mit Gehstock auch in seine Fußballkneipe.«

Sie steigen aus, Ulrikes Augen wandern über die riesige Hausfassade, aber auf keinem Balkon in der fünften Etage ist ein Antonio Giucaroni zu sehen.

»Er wird vor dem Fernseher sitzen und, Ulrike, wundere dich nicht, er redet nicht mehr viel.«

»Hat er das je?«

Helga Giucaroni antwortet nicht, schweigend gehen sie zum Fahrstuhl, schweigend schließt sie die Wohnungstür auf. Ulrike hat nichts anderes erwartet und trotzdem denkt sie: Scheißklischee!, als sie durch die offene Wohnzimmertür ihren Vater in NVA-Trainingshose und weißgeripptem Unterhemd, mit der Bierflasche in der Hand und der »SUPERillu« auf dem Tisch, vor dem Formel-1-Rennen im Fernseher sitzen sieht. Wie blöd, das personifizierte Klischee auch noch Vati nennen zu müssen.

»Na, Tochter«, er ächzt bei dem Versuch, vom Sofa hochzukommen.

Ulrike wehrt sich gegen den Kloß im Hals, als sie zusieht, wie er sein steifes linkes Bein mit einer Hand auf den Boden setzt, um sich dann rechts auf dem Sofa abstützend hochhieven zu können. Er hinkt ihr ohne Stock zwei Schritte entgegen, dann spürt sie seine Bartstoppeln an ihrem Gesicht und die Hände, die wie ihre aussehen, auf ihren Schultern, aber bevor ihre Arme seinen Körper erreichen, lässt er sie schon wieder los, sich laut räuspernd, dann kratzig hustend, als steckte ihm etwas im Hals, Ulrike kennt die Reihenfolge, gleich würde er sich wegdrehen, dabei ein großes

Stofftaschentuch aus der Hosentasche ziehen und sich möglichst geräuschvoll schnäuzen. Wär ja auch peinlich, wenn jemand sehen würde, dass ihm was aus den Augen rollt. Seltsam, dass es Dinge gibt, die sich niemals ändern, egal wie viele Jahre vergehen. Ulrike sieht einen runden Esstisch mit drei Stühlen vor dem Balkonfenster stehen, ihre Mutter hat die weiße Gardine vor der Balkontür bereits zurückgezogen und die Tür demonstrativ weit geöffnet. Auch das wie seit Kindheitsjahren gehabt, Mutter kann noch immer keinen Biergeruch ertragen und Ulrike will nicht wissen, wie oft ihr Vater jetzt die Nächte auf dem Wohnzimmersofa zubringt. Sie schaut durch die offene Schiebetür rechts vom Balkon in die winzige Küche, wo ihre Mutter einen Suppentopf auf den Herd gestellt hat.

»Es gibt Bohneneintopf nachher, den magst du noch, Ulrike?«, und sie nimmt ein Zigarettenetui mit Feuerzeug vom Wandregal, »kommst du mit raus?«

Die Geräusche aus dem Fernseher verstummen hinter der geschlossenen Balkontür.

»Seit wann rauchst du wieder?«

»Seit dem Tag, als wir deinen Bruder beerdigt haben, dem Tag, an dem du das letzte Mal bei uns warst.«

»Es gab mich schon vor Ralfs Unfall in eurem Leben nur als Problem und danach überhaupt nicht mehr.«

Helga Giucaroni zieht hastig eine Zigarette aus der Schachtel und gibt sich Feuer, den Rauch bläst sie über die Balkongeranien, Ulrike sieht ihr Ringen, nur nicht die Beherrschung verlieren, für diese vermeintliche Kunst hat sie ihre Mutter gehasst, jetzt wundert sie sich über das Mitleid mit dieser Frau vor ihr, die verzweifelt nach Worten sucht und keine findet.

»Ich habe dich gehört, Mutti, vor zwei Jahren. Als du mich in der Klinik in Halle nach der Brust-OP besucht hast. Auf der Intensivstation. Du hast dich entschuldigt bei mir. Ich weiß nur noch nicht so ganz genau, wofür. Deshalb bin ich gekommen. Ich möchte das wissen.«

Der blaue Qualm steigt in den Himmel, Helga drückt die erst halb gerauchte Zigarette im Aschenbecher auf dem Klapptisch aus.

»Ich hab so viel falsch gemacht mit dir, Ulrike, ich …«

Die Balkontür öffnet sich quietschend hinter Ulrike und sie hört ihren Vater fragen:

»Gibt's noch was zu essen heute? Die Suppe ist heiß.«

»Hol die Teller schon aus dem Schrank, ich komme gleich.«

Obwohl sich die Tür hinter Ulrike nicht wieder schließt, bleibt Helga sitzen und weicht dem fragenden Blick ihrer Tochter nicht aus.

»Nenn es Fehler, viele Fehler und Unwissen und Wiederholung von schlimmen Dingen, die man selbst erfahren hat und für richtig hielt«, drinnen klappert Besteck, es poltert.

»Lass uns in Ruhe reden, Mutti, nicht jetzt«, Ulrike steht als Erste auf, steigt über die umgefallene Gehstütze ihres Vaters ins Wohnzimmer, rückt ihm den Stuhl zurecht, hebt die Stütze auf und sagt zu beiden:

»Setzt euch mal, ich mach das schon.«

Helga legt vorsichtig die Hand auf den Arm ihrer Tochter.

»Du wirst nichts finden, aber du kannst mir helfen.«

Der Friedhof liegt weit außerhalb der Stadt, der Linienbus leert sich, je weiter er sich vom Stadtzentrum entfernt. Ulrike versucht während der Fahrt, wie bei einer Stadtrundfahrt, möglichst viele Veränderungen zu erfassen. Aus dem früheren Hotel und Arbeiterwohnheim ist das riesige Altenpflegeheim der AWO geworden, ein großes, neues Schild VOLKSSOLIDARITÄT, ach, die gibt es noch, ist an das ehemalige SED-Kreisleitungsgebäude in der Altstadt genagelt, aber der Putz blättert immer noch ab, umso augenfälliger das eine oder andere sanierte, frisch verputzte Haus, nun ohne KWV-Schildchen neben der Hausnummer, dafür tut die Farbe Ulrikes Augen weh, muss ein Sonderangebot im neuen Baumarkt gewesen sein, armes Haus, war noch nicht alt genug für den Denkmalschutz, aber die Straße darf noch Ernst Thälmann heißen, aha, und ein neues Baugebiet wird erschlossen, für wen? Wer kann hier jetzt Eigenheime bauen? Der Bus rollt über einen Bahnübergang aus der Stadt, plötzlich weite Sicht, der Frühlingswind hat die Wolken auseinandergeschoben und die Sonnenstrahlen lösen den Nebel auf und Ulrike weiß wieder, wie schön es war, mit dem Rad am Morgen ein paar Kilometer ganz allein aus der Stadt zum Friedhof zu fahren. Sie war eine der wenigen in der Abiturstufe, die während des mehrwöchigen Arbeitseinsatzes dort arbeiten wollte, es hatte eine für sie merkwürdige Faszination, siebzehnjährig und täglich auf diesen Totenacker zu fahren, und es war nicht schwer, sich einzugestehen, wie sehr ihr dieser Kontrast zu ihrem sonstigen Leben, das Arbeiten in dieser Stille und das ganz neue Erfahren von Natur gefiel. Immer noch. Sie hatte schnell und bestimmt das Angebot der Mutter, sie auf den Friedhof an das Grab ihres Bruders zu begleiten, abgelehnt.

»Ich muss da allein sein«, hatte sie gesagt und die Mutter hatte genickt, als würde sie das verstehen. Seltsam, auch das. Der Bus rumpelt auf die Halte-stelle vor der Friedhofsgärtnerei. Ulrike steigt aus, lässt die Gärtnerei links liegen und betritt durch das große Tor den Friedhof. Wie sehr elf Jahre lang gedeihende Pflanzen ein Gelände verändern, wie schnell so aus einem Weg eine Allee wird, ein Park aus einer Anlage. Und wie gut, dass sie der Mut-ter geduldig zuhören konnte, als die meinte, den Weg zu Ralfs Grab noch einmal beschreiben zu müssen. Sie hätte mit der Suche viel Zeit vergeudet. Ein unauffälliges Urnengrab, ein einfacher Stein, Ralf Giucaroni, geboren, gestorben, eine schnörkellose Sachlichkeit, die nicht zu dem passt, was er ihren Eltern war, der Mutter vor allem, die damals am Grab völlig die Fassung verlor und zusammenbrach. Ulrike fühlt noch immer die eigene Erstarrung beim Anblick ihrer Mutter, die vom Vater und einem ihrer Genossen aus der SED-Kreisleitung gestützt werden musste. Auch die Fremdheit erinnert ihr Körper, die sie abseitsstehen ließ, so als gehöre sie nicht zur Familie. Was niemandem auffiel. Sie kannte Ralfs Freunde nicht und sie erkannte die Genossen von Mutter und Vater so wenig, wie die sie erkennen konn-ten. Ganze Altersphasen und Entwicklungssprünge lagen zwischen kurzen Begegnungen auf Maidemonstrationen oder zu Silvesterfeiern in kleiner Runde, wenn die Eltern alle paar Jahre mal dran waren. Steht sie heute anders am Grab als damals? Sie konnte damals nicht weinen und braucht auch jetzt kein Taschentuch. Aber sie fühlt noch immer die Wut.

»Wenn du dich nicht mit sechzehn totgefahren hättest, du Idiot, wärst du jetzt ein erwachsener Mann. Und vielleicht würde ich mir gern von dir helfen lassen, vielleicht könnten wir endlich was miteinander anfangen, vielleicht wärst du ja jetzt mehr als nur Mamas Liebling für mich, Kronen-sohn, du.«

Ausgesprochen und verpufft. Wut lässt sich wohl doch nicht so ganz über Jahre konservieren, und wozu auch. Sie sieht sich um, kein Mensch zu sehen, aber eine Bank, nur ein paar Meter weg, in Sichtweite vom Grab. Es ist warm in der Sonne. Ulrike öffnet ihren Mantel, nimmt die Brille ab, als sie sitzt, und schließt die Augen.

Verzeih mir, dass ich dich nicht mehr lieb haben konnte, nachdem du auf der Welt warst, kleiner Bruder. Dabei hatte ich mich so auf dich gefreut. Das Gitterbett im Schlafzimmer der Eltern war für mich Vierjährige längst zu klein, aber ich kletterte zum Einschlafen immer noch gern hinein und erzählte dem Bett, dass bald ein Baby statt meiner da liegen würde, weil ich ja schon so groß bin und Muttis Bauch immer dicker und runder wurde.

Ich konnte mich nicht mehr ausstrecken in dem Gitterbett, ohne überall anzustoßen, aber auf der Schlafcouch der Eltern schlief ich nicht ein, Vati trug mich nachts hinüber aufs Wohnzimmersofa, wenn sie schlafen gingen, unsere Eltern, und sonntags wurde ich nicht geweckt, da war der Kindergarten ja zu, also durfte ich nach dem Aufwachen zu den Eltern und da lagen wir dann, Mutti in der Mitte, beguckten und streichelten ihren Bauch und warteten darauf, dass du von drinnen dagegen boxtest, hast du nicht oft gemacht, aber wenn, dann haben Vati und ich vor Begeisterung gebrüllt und natürlich waren wir überzeugt davon, dass du ein Junge bist, weil wir uns den alle gewünscht haben, die Eltern und ich auch. Meine Freundin Roswitha hatte drei Brüder, ich wollte also auch wenigstens einen haben. Um deinen Namen haben wir uns jeden Sonntag gestritten. Vati wollte einen italienischen Vornamen, wegen unseres Familiennamens, du solltest seinen zweiten Vornamen kriegen, Carlo, weil auch sein geliebter Großvater wie fast alle männlichen Vorfahren Carlo hieß, für unsere Mutter ein Unding, sie wollte einen kurzen deutschen Namen, einen, den man schrieb, wie er auch gesprochen wurde, unter unserem Familiennamen leidet sie, glaube ich, heute noch. Ich wollte einen kleinen Peter, nach Hause kam sie dann mit einem Ralf im Arm. Ich durfte dich nicht anfassen, bis Vati dann sein Veto einlegte, was aber nicht viel half, in den Arm nehmen durfte ich dich nie und anfassen nur mit desinfizierten Händen. Ich war todtraurig, verstand das alles nicht. Erst als du ein paar Monate alt warst, durfte ich auf dem Küchenstuhl knien, wenn du auf dem Tisch gewickelt wurdest. Einmal hast du beim Windeln in hohem Bogen auf meine Brille gepinkelt, ich war wohl sehr erschrocken, sah ja auch nichts mehr, hörte nur unsere Mutter so lachen, wie ich sie noch nie lachen gehört hatte, übrigens auch später nicht mehr. Ich bin dann das erste Mal weggelaufen, mit vier, kleiner Bruder, ich wollte da nicht mehr sein, wo es immer nur um dich ging. Ich habe irgendwann gar nicht mehr gemerkt, dass du immer vorgezogen wurdest, so sehr war ich daran gewöhnt, auch an meine Rolle als Enfant terrible der Familie. Du warst immer so lieb, so ruhig, so brav, so entsetzlich pflegeleicht, manchmal hab ich dich gehasst dafür, auch für deine Ängstlichkeit, nichts war schlimmer, als auf dich aufpassen zu müssen, wenn wir zum Spielen rausdurften. Was hast du gebrüllt und geheult auf deinem Dreirad, wenn ich mich versteckte oder mit meinen Freunden abgehauen war, und was hab ich für Prügel von Mutter bekommen, wenn du mich verpetzt hast. Du wusstest schon mit drei genau, wie du mir eins auswischen konntest, brauchtest dich in unserem Kinderzimmer später in der Berliner Neubauwohnung nur auf den Boden zu setzen und laut zu heulen, das konntest du auf Knopfdruck, wenn ich nicht tat, was du wolltest, sofort kam unsere Mutter ins Zimmer getobt und ich bekam ohne zu fragen stante pede eine schallende Ohrfeige, weil ja nur ich an deinem Unglück schuld sein konnte. Für diesen ganzen Blödsinn, den sie in den Jahren mit mir gemacht hat, hat sie sich übrigens entschuldigt, aber es ist ihr erst klar geworden, nachdem ich endgültig nicht mehr da war. Als ich Krebs hatte vor zwei Jahren und sie nicht wusste, ob ich das überlebe, da ist sie quer durchs Land mit dem Zug nach Halle in die Uniklinik gekommen, ich hatte sie nicht darum gebeten, ich glaube, ich wollte sie wirklich nie wieder sehen, auch nicht auf der Intensivstation, aber da hab ich dann ihre Stimme gehört und dieses Wort Entschuldigung und dachte, das muss ein Irrtum sein, hab mich bestimmt verhört. Gestern hab ich mir diese Entschuldigung erklären lassen. Weißt du was, ich glaube, wir haben das erste Mal richtig miteinander gesprochen. Und wir konnten uns zuhören. Scheiße, ick heul ja schon wieda. Um dich ging es auch, kleiner Bruder, du warst zwölf, als ich den Eltern sagte, dass ich zum Theater will, wenn ich das Abitur habe, am Abendbrottisch. Vater stand auf und ging in die Küche, schweigend, Mutter sagte nur diesen einen Satz: Wenn du das machst, kannst du deine Tasche nehmen und brauchst nie wieder zu kommen. Und wir sahen uns in die Augen, Mutter und ich, als ich ihr antwortete: Gut, dann mache ich das. Vater nahm in aller Ruhe ein Bierglas aus dem Regal über der Durchreiche, wir hörten das Klicken beim Öffnen der Flasche und er setzte sich wieder und aß weiter, als wäre nichts. Minutenlang sprach niemand ein Wort. Bis du das Messer auf den Teller geknallt und mit deiner Kinderstimme losgebrüllt hast, wie scheißungerecht du das findest, wie Mutter mit mir umgeht und dass es überhaupt kein Wunder sei, dass ich immer zur Großtante nach Berlin abhauen würde! Wir mussten lachen gestern Abend, weil wir beide noch wussten, wie perplex jede von uns war. Ich, weil das noch nie jemand laut gesagt und du mich noch nie vor ihr verteidigt hattest, und sie, weil sie von dir noch nie einen Widerspruch gehört hatte. Ich hab mich wohl nie bei dir bedankt dafür. Es hat ja nichts geändert daran, dass ich zwei Jahre später gleich nach dem Abi wirklich die Tasche genommen hab und gegangen bin, und trotzdem war es gut. Ich weiß erst seit gestern, wie oft du dich bei Mutter noch für mich eingesetzt hast. Danke. Das wollte ich dir noch sagen. Und dass ich dich gern mal richtig umarmt hätte. Und vielleicht ist es ja auch gut, dass du das alles jetzt nicht erlebst. Ich fahre morgen und ich glaube nicht, dass ich wiederkomme, aber ich verspreche dir, dass wir nicht aufhören, miteinander zu reden, Mutter und ich. Mach's gut.

»Ihr Vater ist kein schlechter Kerl«, hatte Ecki ihr noch abends um zehn im Flur seiner Pension hinterhergerufen und Ulrike hatte ihm entgegengeschmettert:

»Nein, das ist er nicht, aber ein gottverdammter Feigling, der seine Frau für seine Feigheit bluten lässt und auf ihre Kosten lebt!«, und dann ließ sie die Tür ihres Appartements laut zuschlagen.

Dass sich ihr Vater jedem Gespräch verweigerte, hatte sie wütend gemacht. Sie war ihm nachgefahren in seine Fußballkneipe, nachdem das Kaffeetrinken zu dritt missglückt war. Auf seine Schuldzuweisung an »die Arschlöcher da oben, die unsere gute Sachen verraten haben« und letztlich schuld daran sind, dass »unser Staat so sang- und klanglos untergegangen ist und ich jetzt an Krücken gehe«, hatte Ulrike versucht, ihn an seine Eigenverantwortung zu erinnern, auch an die für das Heute und das Morgen. Dabei hatte sie bewusst jede Frage nach seiner IM-Tätigkeit stecken lassen, sie kannte ja seine Haltung zur Staatssicherheit, »hat jeder Staat auf der Welt, seine Geheimdienste, ist mir eine Ehre, meinen Beitrag zur Sicherheit unseres Landes geleistet zu haben«. Ulrike wollte ihm eigentlich nur klarmachen, was er seiner Frau schuldet an Ehrlichkeit, Achtung und Respekt, aber da stand Mutter schon rauchend auf dem Balkon und der vor Aufregung rotgesichtige, seine Gefühle wegräuspernde Mann hinkte zur Garderobe, schnaubte, das müsse er sich nicht anhören, langte nach der Gehhilfe und seiner Schiebermütze, nahm Jacke und Gelenktasche vom Haken und knallte die Wohnungstür hinter sich zu. Hatte nicht Oma Ida früher auch vom Jähzorn des alten Carlo erzählt? Da war Ulrike noch Schulkind in Berlin und kannte keinen Großvater, weil alle Frauen in der Familie geschieden waren, und Vater hatte bei Besuchen der Oma sehr unwirsch deren Erzählungen vom unbekannten Opa unterbunden. Wann war sie eigentlich gestorben, diese Oma?

»Warum wird in unserer Familie über so vieles so großartig geschwiegen?«, fragte sie ihre Mutter, als die mit dem Aschenbecher vom Balkon wieder reinkam.

Helga Giucaroni holte zwei Weingläser und eine angebrochene Rotweinflasche aus der Schrankwand und Stunden später stieg Ulrike in den

Stadtlinienbus und in der Altstadt wieder aus. Sie schaffte es nicht, an der Fußballkneipe einfach vorbeizugehen, als sie ihren Vater dort vor seinem Bier sitzen sah, aber mehr als ein »Ach, Tochter« kriegte sie von ihm nicht mehr zu hören.

Am nächsten Morgen steht sie auf dem Bahnsteig, allein, sie hat den Kaffee heruntergestürzt, sich ein Brötchen gemacht und um eine Tüte gebeten, das ungebremste Palaver von Ecki mit seiner mosambikanischen Heldensaga damit unterbrechend und als der kapiert hatte, dass Antons Tochter auf seinen doch so gemütlichen Frühstückstisch verzichten und einen Zug früher nehmen wollte, hob er von Neuem an, diesmal um die Hochanständigkeit seines Kumpels Anton vehement zu beteuern. Ulrike ließ ihn wortlos stehen, verstaute die Brötchentüte in ihrem Rucksack und verschwand. Sie brauchte eine knappe halbe Stunde zu Fuß bis zum Bahnhof und würde jetzt noch mindestens zwanzig Minuten warten müssen. Egal, nur weg. Unfähig, still zu stehen, tigert sie den Bahnsteig hoch und runter. Die Lautsprecherdurchsage kündigt die Bereitstellung des Zuges an. Eine Dampflok schiebt fauchend die Waggons auf Gleis zwei, zwischen Bahnsteig und Parkplatz. Sie hat den Fuß schon am Einstieg, als sie ihren Namen hört und sich suchend umdreht. Das Bild der Frau, die auf sie zuläuft, verzerrt sich plötzlich in ihren Augen, hilflos kneift sie sie zusammen, es nützt nichts. Dann spürt sie die Wärme der Arme, die sie umschließen, und sie lässt sich widerstandslos sanft wiegen wie ein Kind.

Der kleine Kurort in Niedersachsen war für Ulrike nur mit dreimal Umsteigen und fast acht Stunden Bahnfahrt zu erreichen. Sie hatte sich deshalb im neuen Outdoorladen das Eröffnungsangebot unter den Treckingrucksäcken gesichert, mit dem käme sie bis in den Himalaja, hatte der junge Verkäufer ihr enthusiastisch erklärt und Ulrike verschwieg still lächelnd, dass die Kur für sie schon ›Himalaja‹ genug sei und sie lediglich keine Lust hatte, große Koffer beim Umsteigen auf den Bahnhöfen treppauf-treppab zu schleppen. Der freundliche Taxifahrer, der sie vom Bahnhof zur am Waldrand liegenden Kurklinik gebracht hat, wechselt ihr Geld und sagt:
»Na dann, guten Aufenthalt und Vorsicht beim Aussteigen!«
Ulrike hat das Portemonnaie noch nicht wieder in der Handtasche versenkt, als ein Kleintransporter mit quietschenden Bremsen dicht neben ihrem Taxi hält. Ein Hüne springt heraus und wuchtet mehrere große Koffer

von der Ladefläche. Sie steigt aus dem Taxi, nimmt ihren Rucksack und den kleinen Koffer, mit dem sie schon in der Vorwendezeit zum Fernstudium nach Leipzig gefahren war, am Kofferraum entgegen, verabschiedet sich vom Taxifahrer und wartet, bis beide Fahrzeuge vom Parkplatz vor der Kurklinik verschwunden sind. Sie wundert sich, noch während sie mit ihrem Gepäck auf die große gläserne Eingangstür zugeht, dass der rasende Hüne die Koffer da einfach so stehen lassen hat, hier gibt's wohl keine Diebe, da wird die Tür von innen mit Vehemenz aufgestoßen und eine kräftige junge Frau schießt an Ulrike vorbei auf die Kofferreihe zu, greift sich zwei der in Ulrikes Augen riesigen Teile, walzt an Ulrike, die in der offenen Tür automatisch stehen geblieben ist, damit sie nicht wieder zufällt, vorbei und ruft quer durchs Vestibül:

»Sie hatten recht, was für ein Glück, dann brauchen Sie den Bahnhof nicht mehr anzurufen!«

Ulrike stellt ihren Handkoffer im Vestibül neben sich ab und wartet mit Abstand, bis die offensichtliche Mitpatientin ihren Zimmerschlüssel erhalten und Richtung Fahrstuhl mit ihren Koffern und Taschen abgerückt ist. Sie sieht ihr noch nach, da hört sie ein glucksendes Lachen, das von der Rezeption kommt.

»Donnerwetter, so ist hier noch keine angekommen!«

Ulrike schaut sich irritiert um.

»Meinen Sie mich?«

»Frau Giucaroni aus Quedelheim? Tolles Teil auf Ihrem Rücken! Herzlich willkommen im Evangelischen Kurzentrum für Frauen, mein Name ist Ingrid Vester«, sie reicht ihr die Hand über den Tresen, »Sie sind die letzte auf meiner Liste, die Dame vor Ihnen kam aus dem Schwarzwald, aber die Anreise aus Sachsen-Anhalt scheint nicht weniger kompliziert zu sein.«

»Nicht so schlimm, wie es vielleicht aussieht, ich bin einfach gern unabhängig.«

»Jetzt kommen Sie erstmal in Ruhe an. Hier ist die Mappe mit allen wichtigen Informationen über unser Haus, hier Ihr Zimmerschlüssel, zweite Etage, den Fahrstuhl haben Sie schon gesehen, um achtzehn Uhr gibt es Abendessen im Speisesaal hier unten links und um neunzehn Uhr sehen wir uns zum Eröffnungsabend. Schauen Sie sich alles in Ruhe an. Schön, dass Sie da sind.«

Ulrike weiß, ihr Gesicht ist ein Bilderbuch, und denkt nicht daran, ihr Misstrauen gegenüber allzu viel Freundlichkeit und Zugewandtheit zu verbergen, und eigentlich, das kann die Frau vor ihr getrost gleich merken, will sie nur in Ruhe gelassen werden. Also nickt sie ihr nur kurz zu, nimmt ihr Gepäck, klemmt sich die Mappe unter den Arm und geht zum Treppenhaus, Fahrstuhl, so'n Quatsch, ist was für alte Leute. Ihr Zimmer im zweiten Stock liegt fast am Ende des langen Flurs, sie begegnet niemandem und als sie im Zimmer angekommen ist, schließt sie die Tür von innen ab, dreht sich um und lässt erleichtert und dankbar alles fallen, was sie in den Händen hat. Sie setzt den Rucksack ab und rutscht mit dem Rücken an der Tür in die Hocke, mein Gott, wie schön, ein Erker mit einem kleinen runden Tisch und Armlehnstuhl, durch die Erkerfenster geht der Blick in dichte Baumkronen und in den Himmel, das Bett an der Wand rechts steht in einer Nische mit Ablageflächen und Leselampe, Monets Mohnfeld als Kunstdruck über dem Bett, kein Kreuz, mit dem sie sich hätte arrangieren müssen, ein Telefon auf dem Nachttisch, rechts von ihr neben der Tür ein Kleiderschrank, links neben der Badezimmertür eine Anrichte mit einem kleinen Regal darüber, kein Radio, kein Fernseher, Ruhe. Gut, hier halte ich's aus, denkt sie und packt ihre Sachen aus, alles findet schnell seinen neuen Platz. Sie schaut auf die Uhr, es bleibt noch Zeit für einen Erkundungsgang. Sie sieht am Flurende einen Ausgang auf eine Terrasse und hat die Klinke der Glastür schon in der Hand, als sie die Frau entdeckt, die mit dem Rücken zu ihr draußen an der steinernen Balustrade steht, nein, sie will mit niemandem sprechen müssen und die Frau ja vielleicht auch nicht, ihre Hand lässt die Klinke wieder los, sie dreht um und geht zum Treppenhaus, läuft hinunter in die helle Eingangshalle, nickt grüßend den Frauen zu, die auf dem Sofa sitzen und sich schon in Gespräche verstrickt haben, sieht, dass die Terrasse des Innenhofes bereits von den Raucherinnen okkupiert ist, und dreht in den Gang ab, von dem im Erdgeschoss so viele offene Türen abgehen, entdeckt einen Fernsehraum mit Clubmöbeln, gemütlich, aber Fernsehen braucht sie nicht, einen Gruppenraum mit wundervollen Bleiglasfenstern und einem großen Stuhlkreis, aha, sicher schon für den Eröffnungsabend, Ulrike geht an beschrifteten Türen vorbei, Arztzimmer, Therapieraum, halt, Werkraum? Die Tür ist nur angelehnt, sie schiebt ihren Kopf durch den Türspalt, sieht Arbeitstische, Seidentücher an der Wand, Materialien zum Töpfern auf Tabletts, um Himmels willen, nein, weiter, die nächste Tür steht wieder weit offen, Gymnastikmatten auf dem Boden, ein Kassettenrecorder auf dem Tisch vorn, Entspannungsraum steht an der Tür, na ja, abwarten, und noch eine Tür, Bibliothek, nein, wirklich? Ulrike nähert sich neugierig den großen

Bücherschränken, die die ganze Längswand im Raum einnehmen, oh, das ist interessant, da hört sie Stimmen und Schritte auf dem Flur und einen Gong, ach, das scheint der Gong zum Abendessen zu sein, schade. Sie gehört offenbar zu den Letzten, das Buffet in der Mitte des Speiseraums ist bereits umlagert, die Tische an der linken Seite haben Fenster zum Außengang am Innenhof, nein, zu unruhig, rechts an der Fensterseite scheint noch was frei zu sein, Ulrike steuert auf einen Tisch zu, an dem bisher nur eine ältere Frau sitzt.

»Guten Abend, ist hier noch frei?«

»Ich war die Vierte am Tisch, die anderen sind am Buffet, also müssten die zwei Plätze noch frei sein«, die Grauhaarige weist auf die Fensterplätze.

»Danke«, Ulrike lässt sich erleichtert auf einen der beiden Stühle fallen.

»Ich bin die Lisa, aus Osnabrück, ich war vor zwei Jahren schon mal hier, und du?«

Ulrike schluckt, duzt man sich hier gleich?

»Ulrike, ich heiße Ulrike Giucaroni«, und ich habe keine Ahnung, wo Osnabrück liegt, denkt sie und sagt noch laut:

»Ich bin neu hier. Das Essen holt man sich einfach vom Buffet?«

Lisa nickt und fügt hinzu:

»Sie füllen auch immer wieder auf, wenn was alle ist, man kann den ersten Ansturm ruhig abwarten, hier verhungert keiner.«

Nee bestimmt nicht, denkt Ulrike, als sie eine stark übergewichtige Frau mit einem übervollen Teller auf ihren Tisch zusteuern sieht. Die Dicke nickt ihr zu, stellt den Teller auf ihrem Platz an der Stirnseite ab und klopft auf den Tisch:

»Puh, das ist vielleicht warm hier«, stöhnend lässt sie sich auf ihren Stuhl fallen, dann zeigt sie mit dem Zeigefinger auf sich, »Elke!«

»Ulrike, ähm, ich geh dann mal schauen ...«, und während sich die dicke Elke mit einem Taschentuch den Schweiß von der Stirn wischt, flüchtet Ulrike geradezu ans Buffet. Die Auswahl ist so groß, dass es ihr schwerfällt, sich zu entscheiden, und als sie schließlich als Letzte wieder an ihrem Platz ist, stellt sie erleichtert fest, dass Elke und die beiden sie flankierenden Tischnachbarinnen so intensiv mit der Gleichzeitigkeit von Kauen und Sprechen beschäftigt sind, dass sie von denen gar nicht wahrgenommen wird, und die anderen beiden nicken ihr nur freundlich zu und kämpfen mit der Fülle auf ihren Tellern. Ulrikes Anspannung ist zu groß für die Herausforderungen eines Essens vom Buffet, sie ist mit ihrem Salamibrot schnell fertig und sieht sich mit der Teetasse in den Händen verstohlen um. Zumindest an ihrem Tisch ist sie eindeutig die Jüngste, sie entdeckt nur wenige vielleicht etwa gleichaltrige Frauen im Raum, in den Gesprächsfetzen, die ihr ans Ohr dringen, geht es um die Tücken der Anreise, den Abschied von Kindern und Männern und die Mühsal des Vorkochens und Einfrierens, damit zu Hause für die Zeit ihrer Abwesenheit alle gut versorgt sind. Sie sieht an ihrem Gegenüber vorbei auf den Rücken einer Frau am Nebentisch, der ihr bekannt vorkommt, als sie von ihrem Gegenüber angesprochen wird:

»Wo kommst du her?«

Überrascht mustert Ulrike die Fragende. In deren dunkelblonden kurzen Haaren sind gut sichtbar ein paar graue Strähnen auszumachen, die noch keine Tönung kennen, die schmalen dunklen Augen der Frau fixieren sie ruhig und ohne auszuweichen.

»Aus Quedelheim.«

»Wo ist das?«

»Sachsen-Anhalt, zwischen Halle und Magdeburg.«

»Ach ja«, die Frau schmiert die nächste Scheibe Brot, lächelt sie noch einmal an und isst weiter. Schweigend. Ulrike fühlt sich nicht wohl am Tisch und überlegt gerade, mit welcher Floskel sie einfach aufstehen und verschwinden könnte, da sagt ihr Gegenüber:

»Meine Eltern wollen nicht weg aus Cottbus, dabei würde mein Mann an unserem Haus für sie einen Anbau machen, ebenerdig, altersgerecht, und ich könnte mich später um sie kümmern, sie hätten ihre Enkelkinder um sich und das Münsterland ist schön, Nordrhein-Westfalen ist nicht nur der Ruhrpott. Keine Chance, ich versteh's nicht.«

»Das Münsterland? Weit weg von Cottbus, oder? Weit weg vom schönen Spreewald, weit weg von einem der schönsten Theater des Landes, ein erst in den achtziger Jahren herrlich sanierter Jugendstilbau ...«

»Du kennst das? Meine Eltern waren beide im Textilkombinat, sind beide arbeitslos und ...«

»... haben kein Geld mehr für Theaterkarten und außerdem andere Probleme, ich weiß«, Ulrike verdreht die Augen nach oben und fragt unumwunden: »Und du bist schon länger im Münsterland?«

»Fünfzehn Jahre, meine drei Kinder sind dort geboren und zu Hause.«

Ulrike verschlägt es die Sprache und das Wort ›abgehauen‹ dröhnt in ihrem Schädel, sie lässt es nicht raus, das Wort, und in das Schweigen tönt der Gong und die Stimme von Frau Vester, die alle Neuankömmlinge in wenigen Minuten im großen Gruppenraum erwartet. Ulrike nimmt ihren Zimmerschlüssel vom Tisch und steht auf.

»Dann bis nachher.«

Das geht nicht, Ulrike Giucaroni, du kannst nicht vor jedem, der anders tickt und dieses verschwundene Land nicht geliebt hat wie du, eine neue Mauer in dir hochziehen! Sie nimmt sich vor, still zu bleiben und erstmal nur zuzuhören. Es ist schwer, wenn man aus seinem Verantwortungsgefühl heraus immer die Erste im Raum sein musste, nein, wollte, sich zu zwingen, erst mit den Letzten, geradeso noch pünktlich, den Raum zu betreten, aber sie schafft es und ist froh über den Stuhl in der Nähe der Tür, der auf sie gewartet hat. In der Frau, die als Letzte den Raum betritt und an Ulrike vorbei quer durch das Rund auf den letzten freien Stuhl neben Frau Vester zugeht, erkennt sie die Einsame vom Nachmittag auf der Außenterrasse ihrer Etage, den Rücken, den breiten vom Nebentisch, an dem ihre Augen auch beim Abendessen hängengeblieben waren. Das Gesicht der Frau, umrahmt von dunklen, in langen Wellen fallenden Locken ist weich und offen und bildet einen seltsamen Widerspruch zu der deutlich spürbaren Distanz, die sie wie eine Aura umgibt. Sie ignoriert einfach alle Blicke und schaut mit großer Gelassenheit auf die Bodenmitte mit dem kunstvoll drapierten Tuch um eine Vase mit üppigem Frühlingsblumenstrauß und einem Keramikkerzenständer in den Tuchfalten, der in der hauseigenen Werkstatt entstanden sein mag. Ulrike tut es ihr gleich, unwillkürlich lächelnd. Das Gemurmel im Raum verebbt, als Frau Vester aufsteht und die Tür schließt, die Kerze anzündet und ihren Platz wieder einnimmt. Ulrike mag die Stimme dieser Frau, die sich als Einrichtungsleiterin und Gesprächstherapeutin vorstellt und Liedzettel im Stuhlkreis durchreichen lässt, einen, noch einen, und noch einen, nein, das ist jetzt nicht ernst, oder? Ulrike schaut verständnislos auf die Noten und Texte, nichts davon kennt sie, wie auch, es scheinen Kirchenlieder zu sein, aber die meisten Gesichter um sie herum strahlen auf und alle stimmen willig und freudig in das von Frau Vester angestimmte Lied ein. Ulrike macht sich gar nicht erst die Mühe, so zu tun, als wäre sie beteiligt. Sie dreht die Zettel auf ihrem Schoß um, schaut ins Kerzenlicht und wartet auf das Ende. Wenigstens ist die Melodie ja schön, das Lied ein fröhliches und ein paar Stimmen klingen richtig gut, nicht nur die von Frau Vester, die anschließend die Abläufe im Haus erklärt, auf die große Tafel an der Rezeption mit dem Wochenplan verweist und dann darum bittet, dass jede von ihnen reihum kurz erzählen möge, wer sie sei, warum sie hier sei und was sie in den folgenden vier Wochen für sich erreichen wolle. Je länger Ulrike den anderen zuhört, umso unsicherer wird sie. Sie hört viel von familiärem Stress, häuslicher Belastung, auch, dass einem ja schließlich so eine Kur als Mutter alle zwei Jahre zustünde. Einige Frauen berichten von Schicksalsschlägen, auch Tränen fließen, eine erzählt von einer schweren Depression. Sollte sie hier die einzige voll Berufstätige und Kinderlosigkeit ein Makel sein? Ist sie hier vielleicht völlig falsch? Sie hat Frau Doktor Morgner noch im Ohr:

»Sie nehmen das Erste, was man Ihnen in der Vermittlungsstelle anbietet, Müttergenesungswerk ist gut, solange es kein Mutter-Kind-Haus ist, sie brauchen Ruhe und das Theater darf Sie möglichst nicht erreichen!«

Sie kämpft schon mit ihrem Fluchtreflex, da hört sie die Schwarzlockige von gegenüber sagen:

»Ich bin Jutta Weigand, komme aus Braunschweig und arbeite seit über zwanzig Jahren im Gesundheitswesen. Das ist meine erste Kur und mehr möchte ich nicht erzählen.«

Es ist ein ganz kleines entschuldigendes Lächeln, das da über das weiche Gesicht huscht und das sie Frau Vester geschenkt hat, bevor sich die Augenlider wieder senken und sie mit dem vorherigen Gleichmut auf die Stuhlkreismitte mit der Kerze blickt. Ulrikes Herz pocht viel zu aufgeregt, als sie dran ist, aber sie fühlt sich nicht mehr so verloren und ihre Stimme klingt klar und kräftig:

»Ich heiße Ulrike Giucaroni und bin Dramaturgin und Regieassistentin an einem Theater in Sachsen-Anhalt«, der schwarze Lockenkopf von gegenüber hebt sich und ihre Augen treffen sich, als Ulrike fortfährt, »wir versuchen unser Theater zu retten, also zu überleben. Meine Ärztin hat Burnout diagnostiziert und ich glaube, ich brauche einfach nur Ruhe. Zum Nachdenken.«

Frau Vester lässt alles Gesagte stehen, ohne zu kommentieren, und bedankt sich für die Antworten. Als sie zum Abschluss alle wieder nach ihren Notenblättern greifen, die Ulrike längst unter dem Stuhl abgelegt hat und auch dort lässt, begegnen sich ihre Blicke wieder und Ulrike sieht es funkeln in den Augen von Jutta, die ihr grinsend zuzwinkert, bevor sie mit voller Stimme ins Lied einfällt:

»Wo Menschen sich vergessen, die Wege verlassen und neu beginnen, ganz neu, da berühren sich Himmel und Erde, dass Frieden werde unter uns, da berühren sich Himmel und Erde, dass Frieden werde unter uns.«

Ulrike will nicht, dass jemand sieht, wie ihr das Wasser in die Augen steigt, zu blöd, warum muss das unbekannte Lied auch noch so schön sein. Sie starrt auf die Kerze und wird langsam, ganz langsam, bis der letzte Ton verklingt, ruhig, ganz ruhig.

Am nächsten Morgen hatte sie fassungslos vor der großen Tafel im Vestibül gestanden und gedacht, Hilfe, was für ein Wochenplan, ich will nicht von einem Termin zum nächsten, von einer Gesprächsrunde in die nächste, ich will keine Walkingrunde vor dem Frühstück und auch nicht nachmittags in Gruppe durch die Landschaft trotten und was, bitte, ist progressive Muskelentspannung nach Jacobson? Kreativ gestalten mag sie weder mit Ton noch mit Seidentüchern und unter Aromatherapie konnte sie sich auch nichts vorstellen. An ihrem Frühstückstisch war die Programmfülle kein Thema, man war sich einig darüber, dass sie es mit dem Kurzentrum für Frauen wohl gut getroffen hatten, auch wenn der Heidi die Matratze zu weich und der Gisela das Kopfkissen zu groß war, die dicke Elke verschämt lächelnd berichtete, sie hätte schon den Termin für die erste Ernährungsberatung bekommen, und Angelika, die Ex-Cottbusserin, meinte, sie freue sich sehr darauf, im Werkraum endlich mal richtig mit Farben herumklecksen zu können, dazu fehle ihr zu Hause in ihrem Familienbetrieb die Zeit, abgesehen vom Raum.

»Hast du nicht gesagt, dein Mann könne bauen? Ihr hättet Platz?«, hakte Ulrike nach.

»Wir leben auf dem Land, ich habe drei schulpflichtige Kinder und mein Mann ist selbständiger Handwerker. Weißt du, was das heißt?« war die Gegenfrage von Angelika.

Die Zeit am Frühstückstisch reichte nicht aus, um Ulrike von ihrer Ahnungslosigkeit zu befreien, aber sie spürte Angelikas Traurigkeit hinter dem scheinbaren Familienglück und neben dem Stolz auf ihre Kinder auch eine unbestimmte Sehnsucht nach anderem und ihr gefiel, wie ruhig und überlegt Angelika sprach, das war kein Plappern und auch kein Jammern.

»Wenn du magst, können wir gern mal zusammen ins Städtchen laufen, vielleicht gibt's ja irgendwo ein schönes Café?«, Ulrikes Neugier auf dieses so andere Leben war erwacht und sie freute sich über Angelikas Zusage. Dann hastete sie vom Frühstückstisch weg zu ihrem Untersuchungstermin und jetzt, eine halbe Stunde später, verlässt sie das Arztzimmer und hat zum ersten Mal in dieser noch immer fremden Umgebung ein Glücksgefühl im

Bauch. Frau Doktor Kausch hatte ihr mit einem einzigen Satz alle Ängste und Vorbehalte für die nächsten vier Wochen genommen:

»Sie müssen nichts, Frau Giucaroni, gar nichts, aber Sie dürfen, wenn Sie es wollen.«

Dann hatte sie sich von der Ärztin gründlich untersuchen lassen, alle Fragen zu ihrer Brustkrebserkrankung und den Burnoutsymptomen beantwortet und sie hatten sehr ruhig besprochen, was sinnvoll für sie wäre. Ich muss nichts, ich muss überhaupt gar nichts, Ulrike hätte diese Worte singen mögen, sie springt die Treppen hoch, zwei Stufen auf einmal nehmend wie früher, rennt fast in ihr Zimmer, reißt die Jacke vom Haken hinter der Tür und ist sofort wieder draußen. Raus in den Wald, jetzt, sofort, ich bin frei, jauchzt es in ihr und schon springt sie die Treppen wieder runter, stürmt aus dem Haus und merkt erst am Ende der Sackgasse, in der die Klinik liegt, dass ihr verdammt nochmal die Luft ausgeht. Die Straße geht über in einen etwas abschüssigen Waldweg, sie sieht es glitzern zwischen den Bäumen und muss stehen bleiben, um Luft zu holen, sie sieht sich um, aber es ist niemand da, kein Mensch, nur ein Eichhörnchen raschelt über ihr im Baum und Vögel zwitschern, sie lächelt, atmet tiefer und murmelt dann:

»Sie müssen nichts, Frau Giucaroni, aber Sie dürfen‹, dann läuft sie langsam weiter, auf das Glitzern zwischen den Bäumen zu. Der breite Waldweg mündet unten am Fluss in einen schmaleren, der sich den Flussbiegungen folgend durch Wald und Wiesen schlängelt. Ulrike tritt näher ans Ufer, wie weich der Waldboden ist und wie weit der Blick über die Wiesen geht, ach, Pferdekoppeln auf der anderen Flussseite, Kitschpostkarte, denkt Ulrike, als sie das Glitzern der Sonnenstrahlen im Fluss kaum noch erträgt und die Augen hinter den Brillengläsern zusammenkneifen muss. Nach links oder nach rechts?

»Sie dürfen, Frau Giucaroni, Sie müssen nichts.«

Sie schaut auf die Uhr, einzig die Essenszeiten sind verbindlich für alle, aber sie hat noch zwei Stunden Zeit bis zum Mittag. Wenn ihr Orientierungssinn sie nicht täuscht, geht es links über den Kurpark in den Ort und rechts weiter in den Wald. Also nach rechts, entscheidet sie und hüpft zurück auf den Weg. Nach einer Viertelstunde, in der ihr immer noch kein Mensch begegnet ist, öffnet sich links vom Weg eine Lichtung, darauf stehen mit viel Abstand zueinander drei Bänke, zwei davon in der Sonne und nah am Ufer, eine im Schatten unter den Bäumen. Erst als sie auf die linke Sonnenbank zugeht, nimmt sie die Frau wahr, die rechts auf der Schattenbank sitzt, eine qualmende Zigarette in der Hand, kleine Kopfhörer auf den Ohren und die

Augen geschlossen, und Ulrike erkennt diesen Rücken, den sie immer beim Essen vor sich sieht. Ihr Schritt stockt. Wenn sie nicht allein sein wollen würden, wären sie es nicht, weder diese Frau noch sie selbst, oder? Sie will gerade in einem Bogen und von Jutta Weigand noch unbemerkt zurück auf den Weg laufen, als sie sieht, wie deren Zigarette mit Schmackes in den Fluss fliegt und ihre Mitpatientin wie von der Tarantel gestochen aufspringt und in den Wald hineinläuft. Das Geräusch, das Ulrike dann hört, kennt sie gut. Sie hat sich nach ihrer Krebsoperation oft genug die Seele aus dem Leib gekotzt. Ulrike nähert sich der Bank an den Bäumen, Juttas Handtasche steht da verloren drauf, sie setzt sich daneben, wartet, hört ein Husten und Schnauben und fragt in den Wald hinein:

»Wie kann ich dir helfen?«, dabei sucht sie nach Tempotaschentüchern in den Jackentaschen.

»Das ist sonst mein Text«, kommt aus dem Gebüsch retour und Juttas Körper mit schwerem Schritt hinterher, »danke, ich hab alles«, und sie hebt die Hand mit dem Taschentuchpaket und lässt sich neben Ulrike auf die Bank fallen.

»Das war meine letzte Zigarette«, Jutta Weigand nimmt die Kopfhörer ab, greift zur Handtasche, zieht eine leere Zigarettenschachtel heraus, zerknüllt sie mit einem Siegerlächeln im Gesicht und wirft sie mit großer Geste in den Papierkorb neben der Bank.

»So, das war's!«

»Sicher?«

»Sicher! Ich hab's mit einem Entwöhnungsprogramm gemacht, das dein Unterbewusstsein umpolt, nicht ganz billig, aber wirksam. Du darfst rauchen, wenn du meinst, es ohne Nikotin nicht mehr aushalten zu können, aber darfst dabei mit niemandem reden und musst dir während du rauchst über den Walkman Töne von einer Kassette anhören, von denen dir einfach nur schlecht wird. Hältst du dich daran, dann steigert sich diese Übelkeit mit jeder Zigarette, bis dein Körper sich mit Erbrechen wehrt, und danach wirst du dich vor jeder Zigarette so ekeln, dass du nie wieder eine anfasst, genial!«

»Klingt gut. Ich hatte es einfacher. Mir ging's nach einer Operation so lange so schlecht, dass ich auch ohne Töne aus einem Walkman die Kotzeritis hatte«, sie grinst Jutta an, »und es war so ziemlich der einzige Ratschlag meiner Ärzte, den ich befolgt habe, als ich danach nie wieder zur Zigarette gegriffen habe.«

»Was haben dir die Ärzte noch so geraten?«

»Unter anderem weniger zu arbeiten und gesünder zu leben. Was für ein Blödsinn, wenn man fast nur in seiner Arbeit lebt und glücklich ist.«

»Und trotzdem sitzt du nun hier, weder gesund noch glücklich. Ist vielleicht doch was dran an dem Blödsinn der Ärzte?«

»Was bist du? Sozialarbeiterin im Krankenhaus?«

»Schlimmer. Ärztin. Aber das behältst du bitte für dich. Ich brauche dringend vier Wochen, in denen ich nicht über Tod und Krankheiten reden muss und ausschließlich für mich selbst verantwortlich bin. Ich muss mal nur Jutta Weigand sein dürfen, nicht die Frau Doktor. Ich werde dich auch nicht fragen, weshalb du im Krankenhaus warst, aber du kannst es mir erzählen, wenn du magst, irgendwann.«

Sie schauen beide auf das glitzernde Wasser, das an ihnen vorbeifließt, schweigend, und Ulrike registriert erstaunt, dass dieses Schweigen ein einvernehmlich gutes ist. Wieder bekommt sie die Botschaft, nichts zu müssen, aber zu dürfen. Was wird sein, wenn sie sich daran erst gewöhnt hat?

»Ich muss einen neuen Weg für mich finden und ich hoffe, mir geht hier in den nächsten Wochen ein Licht auf und möglichst jenseits von allem, was auf dem Wochenplan steht. Hat dir Frau Doktor Kausch auch den Freifahrtschein gegeben?«

Jutta lacht laut auf.

»Den kriegen hier alle, du bist in einem evangelischen Haus im Westen, du Ostberliner Pflanze!«

»Wat denn, dit hörst du?«

»Dit riech ick zehn Meilen jejen den Wind! Ohne Quatsch, ich bin in Berlin-Weißensee geboren ...«

»... ich auch, in Hohenschönhausen ...«

»1948, mein Vater war Arzt. Zwei Jahre vor dem Mauerbau haben meine Eltern die Koffer gepackt und sind mit uns rüber. Wir haben gedacht, wir fahren nur in die Ferien zu den Großeltern in die Lüneburger Heide, mein Bruder und ich, wie immer im Sommer. Erst als wir da waren, sagten sie uns, dass es kein Zurück gibt und mein Vater eine eigene Praxis in der alten Heimat aufmachen will. Für mich war's ein Schock, mein kleiner Bruder war begeistert, er wäre schon immer lieber bei Oma und Opa auf dem Land geblieben. Na ja, kam alles anders«, Jutta steht auf und nimmt ihre Tasche, »ich muss nochmal aufs Zimmer vor dem Essen, wir sehen uns!«, und sie winkt Ulrike zu und geht. Ulrike blickt ihr nach. Die Sonne scheint nicht anders als vorher auf die Lichtung und dennoch fühlt sie sich besser. Leichter?

Sie schaut an sich hinunter. Dass man sich mit 48 Kilogramm überhaupt schwer fühlen kann, ist auch irgendwie komisch. Vor dem Krebs ist sie so gern im Wald gejoggt, wenn sie denn mal Zeit hatte, danach hat sie sich mit all den ärztlichen Verboten und Warnungen im Kopf sportlich nichts mehr zugetraut, lebte nur noch in der Angst, ihre Arbeit nicht zu schaffen. Ulrike steht auf. Wenn ich doch aber beim Laufen immer glücklich war, warum soll das nicht wiederkommen dürfen? Sie geht los, über die Lichtung auf den Waldweg und schneller, immer schneller wird ihr Schritt, bis sie in ein vorsichtiges Dauerlauftempo fällt, das Atmen geht sehr bald nicht mehr nur durch die Nase und der Schweiß stand ihr früher auch nicht gleich auf der Stirn, aber sie fühlt ihren Körper, der ihr sagt, wann sie langsamer laufen und Pausen machen muss. Ich muss nichts, denkt sie, ich darf, ich kann!

Auf den Gesprächstermin mit Frau Vester hat sich Ulrike nur sehr zögerlich einlassen können, da half auch das Schwärmen ihrer Mitpatientinnen am Frühstückstisch nichts, die gern mehr Gesprächstherapie bei Frau Vester gehabt hätten.

»Ich bin schließlich nicht depressiv, nur erschöpft, ich suche nur neue Perspektiven und die hat keine Frau Vester für mich, die muss ich schon selbst finden!«, das hatte sie Jutta an den Kopf geworfen, als die sie fragte, warum sie sich eigentlich ständig gegen alles wehren würde, was auch helfen könne.

»Du rennst durch die Gegend wie eine Kastanie, überall Stacheln! Vorsicht, nicht ansprechen, ja nicht zu nahe kommen! Was für ein Glück, dass diese Kastanie wenigstens schon aufgeplatzt ist und dass ich zu den wenigen Auserwählten gehöre, die sehen dürfen, was für ein toller Kern sich unter den Stacheln versteckt! Menschenskind, lass fallen die Schale, hier will dir doch keiner was! Wenn du dich auf Neues nicht einlassen kannst, wird es schwer mit dem Weg, den du suchst.«

Sie wunderte sich immer wieder über Juttas Klartextsprache, die wie ihre eigene klang und sie umgehend entwaffnete. Nun steht sie vor der Tür von Frau Vester, pünktlich zum Gesprächstermin, und die Tür öffnet sich auch pünktlich und Frau Vester bittet sie, noch ein paar Minuten zu warten, und während sie das sagt, erkennt Ulrike auf dem Korbsessel hinter Frau Vester ihre Frühstückstischnachbarin Angelika, die sich gerade mit einem Taschentuch die Augen wischt. Taschentücher? Brauche ich nicht! Sie setzt sich auf das Sofa im Vestibül. Und wenn doch? Eine Viertelstunde später sitzt

Ulrike auf dem Korbsessel, mit Taschentüchern in beiden Hosentaschen und hört die Frage:

»Wie geht es Ihnen, Frau Giucaroni? Ich sehe Sie wenig in unseren Angeboten, aber viel draußen …«, Frau Vester lächelt und Ulrike kann keinen Vorwurf in ihrer Stimme entdecken.

»Ich war schon immer ein Bewegungsmensch, ich hab das Laufen im Wald gerade neu für mich entdeckt, nach der Krankheit, und das Alleinsein im Wald tut mir gut.«

»Dann haben Sie die Ruhe zum Nachdenken, die Sie sich gewünscht haben. Sind Sie schon zu Ergebnissen gekommen, die Ihnen weiterhelfen?«

Ulrike schluckt, sie windet sich.

»Wenn ich hier noch keine Lösung finde, liegt das nicht an Ihnen oder Ihrem Programm …«

»Lassen Sie uns die Zeit nutzen, die wir haben, ja? Wenn Sie das Problem, für das Sie eine Lösung suchen, in einem Satz, einem einzigen, benennen sollten, wie würde der lauten?«

Ulrikes Blick geht hinaus durch das große Fenster des Büros in die Baumkronen, dann hört sie sich sagen:

»Ich habe keine Kraft mehr für das, was ich lebe und weiß, ich muss weg, aber ich weiß nicht wohin.«

»Gut, sehr gut. Konzentrieren wir uns auf dieses Wohin. Was ist das, was es so kompliziert macht, zu finden?«

Ulrike kommt zurück in den Raum, ihr Blick bleibt an der Wand mit der Fotocollage aus Frauengesichtern unterschiedlicher Kontinente und einem übergroßen Ohr hängen, daneben ist ein kleines, schlichtes Kreuz angebracht.

»Das Land, in dem ich groß geworden bin, gibt es nicht mehr, ich fühle mich fremd, oft sogar im eigenen Metier. Wir müssten uns als Künstler neu erfinden, weil uns alte Rollen und Funktionen abhandengekommen sind, aber mir fehlt gerade die Kraft für mich selbst.«

»Wer ist dieses ›Ich‹?«

Ulrike antwortet irritiert und mit Schulterzucken:

»Schauspieldramaturgin. Regieassistentin. Mit einem Hochschulabschluss, der hier nichts wert zu sein scheint. Als Schauspielerin hätte ich es leichter …«

»Bleiben Sie bei sich. Was ist es noch, Ihr ›Ich‹?«

Ulrike wehrt sich gegen die aufsteigenden Tränen, ihre Hand greift nach

dem Taschentuch in der Hosentasche und sie versucht, tiefer ein- und aus-
zuatmen.

»Ich helfe Ihnen. Ihr ›Ich‹ ist Ulrike Giucaroni, eine junge Frau mit 31
Jahren Lebenserfahrung, mit allem, was Sie gelernt haben, mit allem, was
Sie lieben, mit allem, was Sie nicht mögen, und mit einer Krankheit, die Sie
überlebt haben und die Sie verändert hat. Machen Sie sich diese Veränderung
bewusst und vor allem Ihre Ressourcen. Ich denke, Sie können sehr genau
formulieren, was Sie nicht mehr wollen. Können Sie auch sagen, worauf Sie
noch neugierig sind? Was interessiert Sie außer Theater, außer Kunst, außer
Literatur?«

Sie hat mich auch in der Bibliothek gesehen, denkt Ulrike und putzt sich
die Nase.

»Ich möchte wissen, was das Land, in dem ich jetzt lebe, jenseits des
Jammertals auf der Ostseite noch ausmacht und jenseits aller Gräben, die
man sieht und spürt ...«

»Sehen Sie jetzt gerade so einen Graben?«

»Nein«, sie schafft es, das Lächeln zurückzugeben, »aber ich verstehe als
Ostfrau die Probleme der meisten Frauen hier überhaupt nicht, ich meine,
ich bin in einem ganz anderen Selbstverständnis als Frau groß geworden und
auch absolut gleichberechtigt erzogen und hätte auch als Mutter all diese
für mich seltsamen Westfrauenprobleme nicht gekannt, wahrscheinlich,
jedenfalls möchte ich mehr sehen und erfahren, auch deshalb will ich weg.«

»Das ist kein Grund, auf den Boden zu schauen, Frau Giucaroni. Sie
haben eine wunderbar aktive Grundhaltung, Sie müssen sich nicht für etwas
schämen, was Sie für sich vielleicht als Flucht empfinden. Gestatten Sie sich
diese Reise ins Neuland, diesen Aufbruch nach Krankheit und Erschöpfung,
Sie sind mutig genug! Ich möchte Sie bestärken in Ihrem Ziel, Ihnen steht
Unterstützung zu, um die Sie nicht betteln müssen, verstehen Sie? Das ist
Recht und Gesetz«, und damit drückt ihr Frau Vester einige Broschüren in
die Hand, die sie von der Anrichte hinter ihrem Stuhl gegriffen hat, »beschäftigen Sie sich damit und versuchen Sie rauszukriegen, wo genau es Sie
hinzieht, was Sie brauchen für Ihr Leben, damit es diesen neuen Sinn bekommt, den Sie sich wünschen.«

Ulrike schaut ungläubig auf die Broschüren und denkt an die langen
Schlangen vor dem heimischen Arbeitsamt in der ehemaligen Kreisdienst-
stelle des Ministeriums für Staatssicherheit. Alles, nur das nicht, hatte
sie jedes Mal gedacht, wenn sie auf dem Weg zu ihrer Ärztin an dieser

Menschenschlange vorbeimusste, an all den wütenden, traurigen und frustrierten Gesichtern. Ich muss ihn finden, diesen anderen Weg, sie greift nach den Broschüren.

»Sie haben bei uns noch nicht einmal Halbzeit, Frau Giucaroni. Sollten Sie einen weiteren Gesprächstermin in der nächsten oder übernächsten Woche wünschen, melden Sie sich einfach bei mir. Ach, und übrigens: Für Bewegungsmenschen eignet sich die progressive Muskelentspannung nach Jacobson besonders gut. Da wäre morgen Nachmittag auch noch eine Matte frei.«

»Und ich konnte einfach nicht Nein sagen, kannst du dir das vorstellen?«, Ulrike brüllt fast in den Telefonhörer, Gerda Schenker ist mit den Jahren nun doch etwas schwerhörig geworden, »und das mir!! Weißt du, was meine Mutter mir erzählt hat? Alle anderen Kinder in der Krippe hätten als erstes Wort Mama gesagt, mein erstes Wort soll Nein gewesen sein! Nein!!«, sie muss husten vor Lachen und bricht schlagartig ab, als Gerda sie mit ungewohnt tiefer Stimme bittet, still zu sein und zuzuhören. Der Termin der Haussanierung stünde jetzt fest, des Baubeginns also, und ihre Nichte Cornelia hätte die Kündigung für Ulrikes Wohnung geschickt, fristgerecht, ob sie ihr die in die Kur nachsenden solle. Nein? Und wahrscheinlich sei sie nicht da, wenn Ulrike von der Kur zurückkäme, weil der angeheiratete Neffe, also der Hajo, was der Mann von der Cornelia ist, der hat so einen Kleintransporter in Lübeck gemietet, mit dem er schon mal die paar Sachen, die sie nach Hamburg mitnimmt, in die Wohnung ihrer Schwester, abholen will von Quedelheim und sie muss da natürlich mitfahren, aber sie kommt nochmal zurück.

»Wir feiern noch Abschied, Ulrike, hörst du?«

Als sie den Entspannungsraum betrat, klang schon sphärische Musik aus dem Recorder und der Raum war so abgedunkelt, dass man zwar sehen konnte, welche der Matten links und rechts an der Wand schon belegt waren, aber sofort nur noch gedämpft sprach. Ulrike war auf dem schmalen Mittelgang nach hinten durchgegangen, wo Angelika auf einer Matte saß, ihr zuwinkte und auf die Matte neben sich wies. Einige lagen schon mit geschlossenen Augen da und Ulrike hatte es ihnen schnell gleichgetan und nun versucht sie gewissenhaft, den Anweisungen von Frau Vester zu folgen und wundert sich, weil sie deren Stimme nun schon zum dritten Mal sagen hört:

»Und wir öffnen die Faust und lösen die Spannung.«

Himmel, wer macht denn da nicht mit, denkt sie, während die Stimme immer näher kommt und den Satz immer noch wie eine kaputte Schallplatte wiederholt. Dann spürt sie eine Hand, die die ihre umschließt und mit leichtem Druck die Faust öffnet, die sie schon längst glaubte geöffnet zu haben, und den noch immer angewinkelten Unterarm auf der Matte ablegt. Völlig irritiert registriert sie, dass auch die linke Hand sich erst jetzt öffnet und auf die Matte fällt. Wie peinlich ist das denn?! Bloß nicht die Augen aufmachen! Die Schritte entfernen sich, die Stimme gibt die nächste Anspannung vor, jetzt für alle Muskelgruppen, und lösen, lösen, lösen. Zum Abschluss dürfen sie minutenlang, nein, ewig durch eine Landschaft laufen, die vermeintlich alle schön finden, eine Blumenwiese mit Schmetterlingen, Vögeln und summenden Bienen, nee, ich will ans Meer fliegen, weit, weit weg, will ein Vogel sein, den Wind spüren und die Unendlichkeit. Das unterdrückte Schluchzen von der anderen Raumseite bremst ihren Flug über den Wellen nicht, sie hört die Schritte von Frau Vester und weiß, alles ist gut, sie kann weiterfliegen. Als die Musik verklungen ist, Frau Vester die Reise beendet und einige Frauen ihre Matte schon verlassen haben, setzt Ulrike sich erst auf. Was war das denn, wieso haben sich ihre Fäuste nicht geöffnet? Frau Vester räumt vorn ihre Technik zusammen und sieht Ulrike lächelnd an, die als Letzte aufgestanden ist und an ihr vorbeiwill.

»Sie müssen das Loslassen lernen, Frau Giucaroni.«

»Das Loslassen?«

»Warum erschreckt Sie das so? Ich finde, das passt«, und sie nimmt den Recorder und geht zur Tür, »Sie wissen, wo ich bin, wenn Sie mich brauchen.«

»Nimmst du mich mal mit in den Wald oder kannst du nur allein laufen?«, hatte Jutta sie gefragt, als sie nach dem Essen gemeinsam die Treppe hoch in die zweite Etage stiegen. Jetzt liegt Jutta neben ihr auf dem weichen Moos, der kleinen Lichtung, die Ulrike fernab von allen Wegen gefunden hat, so wie sie schon seit ihrer Kindheit in jedem nahen Wald ihre Geheimplätze suchte und fand, und außer Jutta hätte sie diese Kuhle hier niemandem gezeigt. Sie schauen beide durch die hohen Baumwipfel in den Frühsommerhimmel. Warum sie eigentlich nicht zurück nach Berlin geht, hatte Jutta sie gefragt, als sie schon ein paar Minuten lang einträchtig schweigend durch den Wald gelaufen waren. Das sei nicht mehr ihre Stadt, hatte Ulrike geantwortet und erzählt von den letzten Berlin-Besuchen bei befreundeten Schauspielkollegen, die nach der Wende den Sprung ins freischaffende Dasein gewagt hatten, wie sehr es sie befremdet hatte, nicht mehr allein nachts U-Bahn fahren zu dürfen, wenn sie spät aus einer Theatervorstellung kam. Die Freunde bestanden darauf, aus reinen Sicherheitsgründen, wie sie sagten, alles mit ihr gemeinsam zu machen oder sie abzuholen, wenn es inzwischen dunkel geworden war. Das Gefühl von Heimat war fast völlig verschwunden, hatte sich aufgelöst in Fremdheit, in dem für sie zum undurchsichtigen, riesigen, aggressiven und furchtbar dreckigen Moloch mutierten Stadtgebilde. Ulrike weiß, sie könnte nie mit dieser Unsicherheit leben, nicht zu wissen, ob sie auf lange Sicht ihre Miete noch zahlen kann, ob sie sich, ohne erst überlegen zu müssen, die Bücher noch kaufen kann, die sie lesen will, oder die Fahrkarte ans Meer.

»Ich will als Frau so frei und unabhängig bleiben, wie ich groß geworden bin«, hatte sie zu Jutta gesagt und zu ihrer eigenen Überraschung hinzugefügt: »Und ich will eine Arbeit mit sicherem Verdienst.«

»Bist du sicher, ohne Theater leben zu können?«, Jutta richtet sich neben ihr auf.

Ulrike entgegnet ihr grinsend von unten:

»Dein Talent für die richtigen Fragen im richtigen Moment ist beängstigend. Dieselbe Frage haben mir meine Berliner Kollegen gestellt. Denen habe ich damals gesagt, dass ich nicht mehr weiß, was noch sicher ist oder besser für mich, nur dass ich unter den Quedelheimer Verhältnissen kein Theater mehr machen möchte, das ist sicher«, und damit setzt sie sich ebenfalls auf und als sie weiterspricht, drücken sich ihre Hände rhythmisch ins weiche Moos und ihr Oberkörper schwingt mit, »und dir antworte ich jetzt, dass ich gar kein Theater mehr machen kann, verstehst du, nicht in Quedelheim und nirgendwo, weil mein Körper seit dem Krebs diese Unabdingbarkeit, die das Theater braucht, nicht mehr zulässt. Ich schaffe es nicht mehr, ich halte die Zwölf- bis Vierzehnstundentage mit meinem Doppelvertrag nicht mehr durch und mein Kopf spuckt nichts mehr aus, was tauglich für ein Theater wäre, das Kunst, echte Bühnenkunst produzieren will.«

»Deine Messlatte liegt sehr hoch«, Jutta steht auf, klopft sich die Hose ab und reicht ihr die Hand. Ulrike greift zu und ist mit einem Satz auf den Beinen.

»Was ist falsch daran? Wärst du ohne hohe Messlatte Ärztin geworden?«

Jutta lacht auf.

»Ich hatte einfach das Glück eines sehr liberalen Vaters, der die künstlerischen Ambitionen seiner Frau nicht nur duldete, sondern stolz auf sie war, ihr ein kleines Atelier in den Garten baute und nicht erwartete, dass sie sich im Haushalt aufrieb. Wir sind nicht in starren Geschlechterrollen aufgewachsen, mein Bruder und ich, mein Vater hat mein Medizinstudium genauso unterstützt wie das meines Bruders, und als ich ihm in den sechziger Jahren mitteilte, niemals heiraten zu wollen und mit all den Parolen um mich schmiss, sagte er nur: ›Leb so frei wie du willst, aber dein Studium finanziere ich nur weiter, wenn die Leistung kommt.‹ Das konnte ich akzeptieren und ich wusste immer, dasselbe galt für meinen Bruder.«

»Und was ist aus alldem geworden, was du ihm damals um die Ohren gehauen hast?«, Ulrike biegt die Äste eines Baumes auseinander, der ihnen die letzten Schritte aus dem Dickicht versperrt, und lässt Jutta durch, sie einigen sich wortlos über die Wegrichtung und laufen weiter nebeneinander den ansteigenden Pfad hoch.

»Ich frage das nur, weil ich glaube, wir beide sind in dieser hehren Frauenkurtruppe die einzigen Nichtmütter …«

»… und daran dürfte bei dir der Brustkrebs genauso wenig schuld sein wie bei mir der Gebärmutterhalskrebs, mal abgesehen davon, dass die meisten Männer auch unbedingt stolze Väter werden wollen, wenn sie Familien gründen und mit einer Frau ohne Gebärmutter ist das halt schwierig«, Jutta bleibt stehen und sieht Ulrike in die erschrocken aufgerissenen Augen, »wir sind nicht nur beide kinderlos und haben beide eine Krebserkrankung überstanden, wir würden wohl auch beide eher sterben wollen, als unsere Freiheit und Unabhängigkeit aufgeben zu wollen. Beantwortet das deine Frage?«

»Fürs Erste schon.«

Ulrike ist stehen geblieben auf der Kuppe, die sie nun erreicht haben. Jutta legt ihren Arm auf Ulrikes Schulter, als sie weiterspricht:

»Du darfst gern weiterfragen, aber bevor du das tust, wollte ich dir noch sagen, ich würde gern mit dir zusammen darüber nachdenken, was wir daraus machen können, aus diesen unerwarteten Gemeinsamkeiten.«

Ulrike schluckt, ihre Hände fliegen durch alle Taschen ihrer Kleidung.

»Verdammt nochmal«, flucht sie schließlich unterdrückt, »seit ich im Westen bin, brauche ich dauernd Taschentücher!«

Jutta prustet los und dann rennen sie beide, laut lachend wie Kinder, den

Abhang hinunter, bis sie keine Luft mehr kriegen und unten angekommen, finden sich ihre Hände.

Sie sitzen zum vorletzten Mal gemeinsam am Frühstückstisch, jede hat heute einen Termin zum letzten Mal und dieses letzte Mal beherrscht die Stimmung, schwingt wie eine dicke, schwere Wolke über den Tischen, selbst das Geklapper von Besteck und Geschirr scheint leiser zu sein.

»Hast du vielleicht heute Nachmittag noch Zeit für einen Kaffee mit mir?«

Ulrike blickt von ihrem allmorgendlichen Wurstbrot auf in das Gesicht von Angelika und antwortet:

»Du siehst aus, als hättest du schlecht geschlafen ...«

»... Lange telefoniert gestern Abend. Mit Harald. Also?«

»Klar, gern. Ich hab mein Abschlussgespräch bei Frau Vester heute Vormittag und bin abends mit Jutta verabredet, dazwischen ist Zeit. Wollen wir wieder ins Stadtcafé?«

Angelika nickt heftig und kaut auf ihrem Brot, als wäre es Gummi.

»Leg dich nach dem Mittag nochmal hin, du siehst nicht gut aus.«

»Ich hab gleich nach dem Frühstück Anwendung, Fango und Massage, wahrscheinlich schlafe ich da schon ein, bevor ich richtig eingepackt bin«, sie lächelt gequält und Ulrike sieht die Tränen in Angelikas Augen. Alle am Tisch sehen sie. Die dicke Elke wirft ihr ein Päckchen Tempotaschentücher zu, quer über den Tisch, und sagt:

»Hier, schenk ich dir, in meinen Hosentaschen ist jetzt Platz für drei Pakete, ich hab fast vier Kilo abgenommen!«

Das Päckchen Taschentücher ist auf Angelikas Frühstücksteller gelandet, die guckt so verdutzt mit ihrem Gummimarmeladenbrot in der Hand auf ihren Teller, dass Ulrike nicht anders kann, sie muss lachen und es ist dasselbe ansteckende Lachen, das in den Bühnenproben wie ein Flächenbrand vom Regietisch im Zuschauerraum über die Bühne bis zum Techniker dahinter alle erfasst. Es dauert nicht lange, da sieht sie auch Juttas breiten Rücken vor sich zucken, das Lachen pflanzt sich fort von Tisch zu Tisch, keiner weiß, warum sie lachen, es ist egal und die dunkle Wolke ist nicht weg, aber kleiner.

Im Stadtcafé ist es ruhig, wer hat mitten in der Woche schon Zeit, so früh am Nachmittag in einem Café herumzusitzen? Ulrike steuert sofort auf ihren

Lieblingstisch am Fenster zu, aber Angelika hält sie am Arm fest und zieht sie zum Kuchenbuffet.

»Komm, wir schlagen heute nochmal richtig zu, ich lade dich ein!«

»Musst du nicht.«

»Doch, du brauchst viel Geld für das, was auf dich zukommt, ich weiß das und ich will das jetzt so.«

Ulrike wehrt sich nicht, die Mohnmarzipantorte sieht unverschämt lecker aus und Angelika weiß schließlich, was sie tut. Als sie am Tisch sitzen und die Kellnerin ihre Tortenteller und Kaffeetassen vor ihnen abgesetzt hat, strahlt Ulrike.

»Was für ein Fest!«

»Ich wollte mich bedanken bei dir, Rike.«

»Du? Bei mir? Wofür denn?«

»Mir ist durch dich klar geworden, was ich noch in mir habe durch den Stall, aus dem wir beide kommen ...«

Ulrike kichert:

»Stall is jut ...«

Angelika lässt sich nicht ablenken und spricht weiter:

»Ich war sehr jung, als Harald und ich uns am Balaton kennenlernten, er war meine große Liebe, der Münsterländer, und ich wollte nur mit ihm und all den Freiheiten leben, die wir in der DDR nicht hatten, ich wollte nur weg und raus! Aber ich hatte keine Ahnung, was ich dafür würde aufgeben müssen. Ich will mich auch nicht beschweren, es geht uns ja gut, die Liebe hat gehalten und wir haben wunderbare Kinder, der Betrieb läuft gut, aber mir fehlte die ganze Zeit was und ich konnte das nicht benennen, ich war plötzlich unglücklich in meiner Mühle aus Haushalt, Familie und Geschäft. In den letzten Wochen hab ich herausgefunden, was ich für mich brauche, nicht nur durch die Therapiestunden bei Frau Vester oder die anderen Maßnahmen, auch durch dich. Du warst der Zünder, du mit deinem ständigen Widerspruch, deinen nervigen Fragen, warum denn das nicht ginge und jenes nicht und wieso wir uns als Frauen so viel bieten lassen würden und dass wir uns verdammt nochmal durchsetzen müssten«, sie imitiert Ulrike und nun müssen sie doch beide lachen.

»Deine Selbstverständlichkeit in diesen Fragen von Gleichberechtigung hat mir bewusst gemacht, wo ich herkomme.«

»Oh, mir schwanen schwere Zeiten für Harald!«, Ulrike kann sich ein Grinsen nicht verkneifen.

»Nicht nur für Harald, im Grunde haben meine Schwiegereltern uns vorgegeben, wie Familienleben in einem Familienunternehmen zu laufen hat. Jeder Veränderungswunsch von mir setzt voraus, dass Harald und ich uns einig sind, erst dann haben wir, habe ich eine Chance.«

Ulrikes Kuchengabel sticht in die Mohntorte.

»Los, lass uns das Jetzt genießen, du hast noch mindestens 24 Stunden Freiheit vor dir!«, und sie zwinkert Angelika zu, bevor sie sich die Kuchengabel in den Mund schiebt. Sie schwelgen ein paar Minuten schweigend in Kaffee und Sahne und Torte, bis Ulrike fragt:

»Meinst du, du hast Lust, mir mal zu schreiben? Ich würde gern wissen, wie es bei dir weitergeht.«

Angelika antwortet kopfschüttelnd:

»Ich weiß, dass ich dafür keine Zeit haben werde, aber lass uns Adressen und Telefonnummern austauschen und versprich mir, dass du deine neue Adresse durchgibst, wenn du deine sieben Sachen in Quedelheim gepackt hast. Ich möchte schon auch gern wissen, wohin es dich verschlägt. Allein das Wissen, dass du durchziehst, was du dir vorgenommen hast, wird mir Kraft geben.«

»Und wenn wir uns das nächste Mal treffen, stoßen wir an auf alles, was wir geschafft haben«, Ulrike hebt ihre Kaffeetasse, »aber mit Rotkäppchen-Sekt, alles Gute setzt sich durch!«

Die Kellnerin dreht sich zu ihnen um.

»War ich zu laut?«

Angelika lacht und schüttelt den Kopf.

»Aber ich zahle jetzt und dann lass uns durch den Kurpark zurücklaufen, ich muss noch packen, du doch auch, oder?«

»Ja, aber bei mir geht das eins-zwei-drei-fix ....«

Angelika stöhnt auf:

»Sag mir, warum mich das nicht wundert!«

Ulrike sitzt im Zug, froh, allein im Abteil zu sein. Sie hatte sich so fest vorgenommen, nicht zu heulen beim Abschied, es ist ihr nicht gelungen und das ist auch nicht zu übersehen, das Taschentuch hat sie immer noch griffbereit in der Hand. Vor vier Wochen hätte sie vieles nicht für möglich gehalten, weder ihr durch Angelika gewachsenes Verständnis für Flucht aus der DDR noch ihr deutlich verringertes Unverständnis für Frauen und Mütter, die aus unterschiedlichsten Gründen nicht oder nur in Teilzeit arbeiten und ihr Leben mit den von ihr noch immer verachteten drei »K« – Kinder, Küche, Kirche – zubringen. Frau Vester hatte sie im Abschlussgespräch gestern gefragt, worin sie ihre Stärke sieht, und Ulrike hatte wie aus der Pistole geschossen geantwortet:

»Ich weiß immer, was ich will, so grundsätzlich, auch wenn ich den Weg zum Ziel vielleicht zwischendurch aus den Augen verliere, aber ich kann mich darauf verlassen, ihn wiederzufinden.«

Und schön ist, denkt sie und winkt einem Kind an einer Schranke zu, dass sich immer wieder überraschend Menschen finden, die mir ungefragt zur Seite stehen wollen. Was für eine Entdeckung ist das gerade? Sollte sie sich wirklich immer darauf verlassen können, nie allein sein zu müssen und trotzdem unabhängig und frei bleiben zu können? Was für eine seltsame Fügung, dass Jutta und sie sich in diesem Frauenkurzentrum begegnet sind, eine Ost- und eine Westfrau mit so grundverschiedenen Sozialisationen erkennen und verstehen sich, wie zuvor noch nie erlebt. Jutta hatte ihr ein Angebot gemacht, mit dem der Weg aus ihrer unglücklichen Situation plötzlich sichtbar schien. Die Wohnungskündigung, die zu Hause auf sie wartet, schreckt sie nicht mehr, ihren Vertrag im Theater nicht zu verlängern scheint keine unüberwindliche Hürde mehr. Ulrike spürt die Kraft, die ihr in den Kurwochen zugewachsen ist, und während die Heidelandschaft an ihr vorbeifliegt, hört sie wieder Juttas Stimme:

»Ruf mich an, sobald du weißt, wann du zwei Tage am Stück frei kriegen kannst, und dann kommst du zu uns und ich werde es so einrichten, dass du alles siehst und erfährst, was du wissen willst und musst, um deine Entscheidung treffen zu können, und vergiss nicht, es ist nur ein Angebot, Rike, du kannst es annehmen oder ablehnen. Mir fehlt jemand wie du, jemand, der so tickt wie ich, aber von außen kommt und dadurch die nötige Distanz hat, die man manchmal für Veränderungen braucht.«

Abgesehen von aller gegenseitigen Sympathie und allem Vertrauen, das zwischen ihnen in den vergangenen vier Wochen gewachsen war, ist dieser gemeinsame Veränderungswille das neue Band, das sie aneinander festhalten lässt. Ulrike vertraut diesem Band. Die Stimme des Zugschaffners kündigt durch den Lautsprecher den nächsten Halt an, Hannover Hauptbahnhof. Ulrike wirft das Taschentuch in den Müllbehälter unterm Fenster, steht auf und holt ihren Rucksack und den kleinen Koffer aus der Ablage. Nichts ist zu schwer, sie kann umsteigen.

Das große Hoftor ist abgeschlossen, also ist Gerda tatsächlich noch in Hamburg. Ulrike muss den Koffer abstellen, um den uralten, schweren Hofschlüssel aus der Umhängetasche holen zu können. Es ist seltsam, nach vier Wochen in diesen Hof zu treten, sofort umgeben von dem dumpfen, leicht modrigen Geruch des alten Fachwerks, und nicht von Gerdas Besengeräusch empfangen zu werden, die knarrende, alte Holztreppe hochzusteigen, die Wohnungstür aufzuschließen und sich fremd zu fühlen in den vier Wänden, die doch noch ihr Zuhause sind. Sie war mal so stolz auf den Küchentresen und ihre Bücherregale, übernommen und weitergegeben von Kollege zu Kollege, Teile aus Bühnenbildern vergangener Spielzeiten, jetzt läuft sie durch die kleine Wohnung wie durch die abgespielte Kulisse einer ungeliebten Inszenierung nach der letzten Vorstellung. Man ist froh, dass sie durchgehalten hat, und trauert ihr selten hinterher.

»Vergiss bitte nicht, das Hoftor abends abzuschließen, und ruf mich in Hamburg an, wenn du zurück bist. Und lüfte auch bitte gleich mal bei mir, wenn du zum Telefonieren in meiner Wohnung bist, ja? Gruß, Gerda«, liest sie auf dem karierten Schulheftblatt, das Gerda mit ihrem Wohnungsschlüssel und einem Glas mit eingewecktem Obst auf ihrem Küchentresen deponiert hat. Daneben liegt ordentlich gestapelt die Post der letzten Wochen, obenauf die Kündigung ihrer Wohnung, die sie schon kennt und beiseitelegt. Wieso schickt das Theater ihr einen Brief nach Hause? Normalerweise warten dienstliche Nachrichten und Informationen am Bühneneingang beim Pförtner oder gibt's den jetzt auch nicht mehr? Ulrike reißt den Brief auf. Bertram Rieger, ihr Intendant, bittet sie zum Gespräch. Schade, sie hätte gern selbst um einen Gesprächstermin gebeten, und zwar nach ihrem Besuch bei Jutta in Braunschweig. Sie steht auf und öffnet das Fenster, ein Windstoß trifft ihr Gesicht. Gegenwind hat doch immer was Gutes, denkt sie und lacht laut, als ihr plötzlich klar wird, dass nicht sie diejenige ist, die überrascht sein wird.

Ihr Lächeln irritiert Bertram Rieger, es macht ihr Spaß, das zu sehen, er redet schneller und vielleicht sagt er auch mehr, als er sagen wollte, Ulrike unterbricht ihn nicht. Der neue Intendant, der aus München kommt, hätte sich nun doch entschlossen, seinen eigenen Chefdramaturgen mitzubringen, und das hätte nun Folgen für sie beide, denn da es nur noch einen Schauspieldramaturgen am neuen fusionierten Theater ab neuer Spielzeit im Herbst geben würde und da der Kollege am benachbarten Musiktheater aufgrund seiner langen Theaterzugehörigkeit nun nicht mehr gekündigt werden könne, werde nun er, Bertram Rieger, einen neuen Vertrag als Schauspieldramaturg unterschreiben und er tue das gern, wenn auch mit einem lachenden und einem weinenden Auge, aber in seinem Alter ziehe man nicht mehr so gerne um und in diesen Zeiten schon gar nicht, wo man ja froh sein müsse, noch Arbeit zu haben, in Berlin gäbe es inzwischen ein Arbeitsamt nur für Theaterleute, ob sie davon gehört hätte, es wären tausend Kollegen, die da Schlange stünden, aber er hätte sich sehr für sie eingesetzt, das müsse Ulrike ihm glauben, und er empfehle ihr sehr, das Gute an diesem neuen Vertrag für die neue Spielzeit zu sehen, denn der neue Intendant hätte ihr ja auch einfach die Nichtverlängerung zum Pförtner legen können, aber sie könne als Regieassistentin am künftigen Dreispartenhaus bleiben, mit der Doppelbelastung als Dramaturgin und Assistentin sei sie ja sowieso nicht so glücklich gewesen, nicht wahr, und so bliebe sie wenigstens in Lohn und Brot, haha, und sie sei ja noch jung und könne sich immer noch weiterentwickeln und ihre Akte sei ja Gott sei Dank auch sauber aus der Überprüfung gekommen, es ginge ja immerhin weiter und sie wisse ja, wie sehr er ihre Arbeit schätze, das Wichtigste sei doch jetzt wirklich, unter Vertrag zu bleiben, nicht wahr? Endlich schweigt er, sichtlich erschöpft. Wenn er ihr nicht so leidtun würde, hätte sie geklatscht wie nach einem bravourösen Monolog, sie lässt es, sie will nicht garstig sein und sich selbst einen anderen Abgang verschaffen. Dass er sich keine Sorgen machen müsse um sie und sie seit ihrer Erkrankung sehr genau wisse, wie sich Endlichkeit anfühle und dass eine Nichtverlängerung ihres Vertrages völlig in Ordnung sei, sagt sie und genießt sein entgleisendes Gesicht, er könne sie getrost zum Pförtner legen lassen und ihr einen letzten Gefallen tun, sie bräuchte dringend und schnellstmöglich ein ganzes Wochenende frei, die Vorstellungsdienste würde sicher Martin übernehmen oder vielleicht wolle er, Bertram Rieger, sich ja auch schon mal selbst an die Häufigkeit dieser Dienste gewöhnen, sie danke ihm jedenfalls sehr für die Unterstützung und sie übersieht sein Schnappen nach Luft und erhebt sich lächelnd, alles Gute, Bertram Rieger.

Die Lautsprecher scheppern von mehreren Bahnsteigen, Braunschweig Hauptbahnhof. Freitagabend. Das Gewimmel ist Ulrike unheimlich, sie hat Angst, Jutta zu verpassen und schiebt sich in die Bahnsteigmitte zwischen wartende Reisende, um die mit ihr aus dem Zug quellenden und hastenden Ankömmlinge an sich vorbeizulassen. Als die Menge sich lichtet und sie langsam auf die Treppe zuläuft, immer nach Jutta Ausschau haltend, fällt ihr eine Gruppe behinderter Menschen mit ihren Betreuern auf, ein schlaksiger Mann, dessen Bewegungen ihr bekannt vorkommen, überragt alle, er schiebt einen Rollstuhl mit einer jungen Frau, die so heftige Fehlbildungen an ihren Gliedmaßen hat, dass Ulrike den Anblick kaum erträgt, dann hört sie den schlaksigen Betreuer laut lachen und bleibt abrupt stehen. Diese Stimme wird sie unter tausenden immer wieder erkennen. Georg Mantel war Schauspieler in ihrem Ensemble, ein begnadeter Komödiant, hoffnungslos verliebt in Ulrike, während seine Frau, mit seinem Kind im Bauch schwanger, noch immer vergeblich auf eine freie Stelle in der Besucherabteilung wartete. Georg war der Ehe und der Hoffnungslosigkeit bald nach der Grenzöffnung im Sommer 1990 entflohen, es hieß damals, er hätte in Göttingen ein Engagement an einem Privattheater gefunden, wieso schob er hier einen Rollstuhl über den Bahnsteig? Sie versucht, näher an die Gruppe heranzukommen, und stößt beinahe mit Jutta zusammen.

»Rike, verzeih, ich war zu spät hier«, Jutta will sie umarmen, aber Ulrike bleibt unverwandt mit den Augen an Georg und seiner Gruppe hängen und murmelt nur:

»Das kann nicht sein, unmöglich ...«, aber in dem Moment, als sie auf Georg zugehen will, treffen sich ihre Blicke und sie begreift, dass er sie nicht sehen, nicht sprechen und überhaupt nicht kennen will. Er beugt sich zu der jungen Frau im Rollstuhl hinunter und weist auf einen Mitarbeiter der Bahnhofsmission, der sich der Gruppe genähert hat und ihr nun den Weg weist. Ulrike steht noch immer wie angewurzelt an ihrem Platz und sieht Georg nach. Nein, er dreht sich nicht nochmal um.

»Ulrike? Wer war das?«

»Erzähl ich dir später, ein ehemaliger Kollege, verzeih«, sie umarmt Jutta, »ich bin so froh, dass du da bist, ich hatte Angst, dass wir uns hier nicht finden! Da bin ich das erste Mal in deiner Stadt und begegne als Erstes meiner Vergangenheit ...«

Jutta schiebt sie sanft Richtung Treppe.

»Komm, ich hab mein Auto auf dem Südparkplatz, da sind wir schneller aus der Stadt und für das Wochenende gebe ich mir Mühe, dir weitere Schockerlebnisse zu ersparen«, ihre schwarzen langen Locken wippen lustig beim Treppabgehen und Ulrike holt tief Luft.

»Es ist ein kleines Wunder, dass ich so schnell frei bekommen habe, bin ich wirklich in Braunschweig, um mit dir Zukunftspläne zu schmieden?«

»Du stellst jetzt deinen Rucksack in meinen Golf, Ulrike Giucaroni, steigst ein, reißt deine schönen grünen Augen auf und lässt dir nichts entgehen und ich verspreche, es wird mir eine Freude sein, dir auf jede noch so verrückte Frage eine Antwort zu geben. Na, endlich strahlst du, los geht's!«

Ulrike blickt während der Fahrt so unverwandt aus den Autofenstern, als müsse sie sich jede Straße merken, durch die sie fahren. Sie ist überrascht, wie schnell sie das Straßenbahngetöse, Autogehupe und Schwenkbusschnaufen der Innenstadt hinter sich gelassen haben, staunt Minuten später über Fischteiche, Enten, die in großen Gruppen zwischen den Teichen auf breiten Wegen sitzen und sich von Spaziergängern nicht stören lassen, Einfamilien- und kleine Fachwerkhäuser, die fast dörflich wirken, hach, eine offene Gaststätte an der Straße mit Biergarten, ein Kirchturm zwischen hohen, alten Bäumen und dann biegt Jutta in eine schmale Straße mit Kopfsteinpflaster ein und hält schließlich in einer Sackgasse vor einem großen Gartentor.

»Wir sind da? Du hast nicht erzählt, wie schön es hier ist.«

»Wer findet was warum schön? Du solltest alles ausschließlich durch deine eigene Brille sehen, sonst bist du nicht wirklich frei in deinen Entscheidungen.«

Ulrike antwortet nicht, sie sehen sich lange an, steigen aus, gleichzeitig. Ulrike steht noch in der offenen Autotür, als sie einen Vogelschrei hört und den Himmel nach den weiten Schwingen absucht, da ist er, ein Rotmilan. Hallo Lieblingsvogel, ein Lächeln huscht ihr übers Gesicht. Sie hört das leise Glucksen von Wasser, aber kann nichts sehen. Jutta hat ihren Rucksack schon aus dem Kofferraum geholt und wartet geduldig am Gartentor, Ulrike schließt die Autotür.

»Hier fließt was, wo denn?«, sie dreht sich im Gehen auf Jutta zu einmal um sich selbst.

»Der Bach fließt an unserem Grundstück vorbei, du kannst ihn vom Garten aus sehen, dahinter ist eine Pferdekoppel, oder du gehst da vorn durch die Schluppe, dann stehst du schon auf der kleinen Brücke über den Bach. Willst du erst laufen und dann reinkommen?«

»Nein, ich möchte lieber mit dir zusammen reingehen und später vielleicht allein laufen«, und Ulrike nimmt Jutta den Rucksack ab, »bin bereit.«

Jutta öffnet das mannshohe, schmiedeeiserne Tor und lässt Ulrike an sich vorbei eintreten. Der Weg schlängelt sich durch eine parkähnliche Anlage vorbei an riesigen, in voller Blüte stehenden Rhododendren, Rosenstöcken und Staudenbeeten inmitten des akkurat gepflegten Rasens auf dem leicht welligen Gelände. Das Dach des Hauses bleibt durch die Rhododendren und eine kleine Baumgruppe nur erahnbar, bis der Weg nach einer Linkskurve den Blick freigibt auf ein großzügig mit Terrasse gebautes Haus, das sich in die Gartenlandschaft einzukuscheln scheint. Eine flache, wie eine Mondsichel geformte breite Stufe, führt zur zweiflügeligen Eingangstür. Noch bevor sie die Stufe erreicht haben, öffnet sie sich und eine ältere elegante Frau, in deren Gesicht Ulrike sofort etwas erkennt, das ihr seltsam vertraut vorkommt, sagt:

»Ich habe euch kommen sehen, herzlich willkommen, Frau Giucaroni, gut, dass du wieder da bist, Jutta, ich musste mit Jakob schon wieder Grundsatzdebatten über seine Medikamente führen, möchtet Ihr Kaffee?«

»Ulrike, das Energiebündel hab ich dir auch verschwiegen. Darf ich dir meine Tante Hildegard Weigand vorstellen, Vaters Schwester, ohne die ich hier verloren wäre.«

»Jutta übertreibt, ich helfe nur ab und zu und an Wochenenden kochen und essen wir gern zusammen, lassen Sie die Schuhe an!«

Ulrike schaut zweifelnd auf den glänzenden Parkettboden, aber Hildegard nimmt sie einfach am Arm mit in einen lichtdurchfluteten großen Raum, an dessen Ende eine überdimensionale Terrassentür wieder den Blick in den Garten führt und in die Weite. Der Ausblick zieht Ulrike magisch an, das Geräusch von aufschlagendem Holz und ein erschrockener kehlig-rasselnder Laut stoppen ihren Schritt. Da erst sieht sie den hageren, weißhaarigen Krauskopf in Knickerbockern, Oberhemd und karierter Weste, blickt auf glänzende, elegante Lederschuhe, wie sie sie noch nie gesehen hat, das müssen handgefertigte Haferlschuhe sein, ein Kostümbildner an ihrem Theater hatte mal von sowas geschwärmt, aber sie kommt nicht dazu, etwas zu sagen, weil Hildegard an ihr vorbei auf den Krauskopf zuschießt, der sich aus seinem braunen Lederohrensessel hochhievt und seine Schwester mit einer abwehrenden Handbewegung von sich weghält:

»Lass das, Hilde, Kruzitürken, ich kann Gäste unseres Hauses noch allein begrüßen!«

Hildegard drückt ihm ungerührt den umgefallenen Handstock in die Hand:

»Ich weiß, Jakob, nimm ihn trotzdem, bitte«, und verlässt nach einem kurzen Blickwechsel mit Jutta den Raum.

»Ein Steckschuss ins Kniegelenk, Ostfront. Hat Ihr Vater gedient?«

Ulrike hält dem scharfen Blick, der sie fixiert, stand.

»Mein Vater war ein Kind bei Kriegsende und meine Großväter habe ich nie kennengelernt.«

»Ach, nicht? Aber irgendwo muss Ihr Vater doch gedient haben!«

»Ja, hat er, Doktor Weigand, in der Nationalen Volksarmee, den Streitkräften der DDR, bis 1990. Jetzt ist er auch invalid.«

»Ach ja? Interessant«, der alte Mann lächelt und reicht ihr die Hand, »Jakob Weigand, den Doktor lassen Sie mal weg. Dann hat er also freiwillig gedient, Ihr Herr Vater, nehmen Sie gern Platz, Frau Giucaroni!«

»Danke«, Ulrike greift sich den Armlehnstuhl vom opulenten Eichenschreibtisch an der Wand und setzt sich zu Jakob Weigand, der sich sehr geschickt wieder in seinen Ohrensessel drapiert hat, ohne hineinzuplumpsen, sein steifes rechtes Bein nach vorn gestreckt, den Oberkörper zu ihr geneigt, auf Fortsetzung von Ulrike wartend.

»Er war Offizier, freiwillig, freiwillig auch Mitglied der SED, wie, glaube ich, fast alle Offiziere, und freiwillig, wie weiß Gott nicht alle Offiziere, informeller Mitarbeiter der Staatssicherheit und absolut nicht freiwillig bereit, seine Waffe abzugeben, aber zu blöd, sich damit, wie von ihm beabsichtigt, ins Jenseits zu befördern. Pech. Invalid. Vom Kopf bis zum großen Zeh.«

Jakobs Lippen kräuseln sich, bevor er Ulrike antwortet:

»Aber er hat Haltung bewiesen, Ihr Herr Vater, finden Sie nicht?«

»Im Moment der Beschlussfassung – ja, vielleicht. Aber finden Sie es eine gute Haltung, es sich nach missglückter Ausführung auf dem politischen wie privaten Scherbenhaufen gemütlich zu machen und alle anderen im Überlebenskampf alleinzulassen?«

»Das heißt, Sie nehmen Ihrem Vater übel, dass er noch lebt?«

»Ich nehme ihm übel, meiner Mutter zur Last zu fallen, ich nehme ihm übel, sich feige vor der eigenen Verantwortung für sein missglücktes Leben zu drücken! Der Schuss ist ja nicht in seinen Kopf gegangen, das heißt, er könnte mit seinem Hirn noch was anfangen!«

Sie sitzen sich wie Kampfhähne gegenüber, da spürt Ulrike eine Hand auf ihrer Schulter und Hildegard taucht in ihrem Sichtfeld mit einem kleinen Tablett in der Hand auf.

»Eine Tasse Kaffee am Tag tut Jakob gut, ich habe Ihnen einfach eine Tasse mitgekocht, Ulrike, das Wasser ist für dich, Jakob, du musst die zweite Tablette noch nehmen, Jutta hat Ihren Rucksack, Ulrike, schon ins Gästeappartement nach oben gebracht.«

Ulrikes Gesicht entspannt sich und sie plumpst mit dem Rücken in die Polster der Rückenlehne.

»Danke, Frau Weigand.«

Jakob Weigand schiebt die Tablette, die ihm seine Schwester in die Hand gelegt hat, mit dem Zeigefinger der anderen Hand hin und her und schaut plötzlich hilflos auf.

»Jakob, du hättest jedem Patienten, der sein Aspirin nach dem Schlaganfall nicht nimmt, schön den Marsch geblasen, nimm die Tablette mit Wasser bitte.«

»Ach, der Schlaganfall, ja, vergessen …«, gehorsam legt er sich die Tablette auf die Zunge und greift zum Wasserglas. Ulrike sieht die Erleichterung in den Gesichtern der Geschwister, Hildegard nimmt ihm lächelnd das Wasserglas wieder ab und zwinkert Ulrike im Abgang zu. Ulrike greift zu ihrer Kaffeetasse, es ist ein Festhalten daran, sie mag nicht weiter über ihren Vater reden und wieso regt sie das Thema eigentlich immer noch so auf? Aber auch Jakob Weigand trinkt schweigend seinen Kaffee, so als hätte er vergessen, dass sie da ist. Sie schauen beide am jeweils anderen vorbei durch die Panoramafenster in den Garten. Ulrikes Unwohlsein löst sich in der Stille. Die alte Wanduhr hinter Jakob Weigand, zwischen den mächtigen Bücherregalen, tickt, durch die offene Terrassentür klingt das Lärmen der Gartenvögel. Schritte hinter ihnen und das Geräusch eines klappernden Schlüsselbundes lassen Jakob zusammenfahren, seine Hand umkrampft den Stock, Ulrike trinkt ihren Kaffee aus und stellt die Tasse wieder ab. Jutta beugt sich zu ihrem Vater, legt ein Schlüsselbund mit einem kleinen Lederwildschwein als Anhänger auf dem Beistelltisch ab und löst mit ruhigen, gezielten Griffen die Spastik im Arm ihres Vaters, während sie spricht:

»Ich würde Ulrike jetzt gern alles zeigen, Vati. Es ist in Ordnung für dich, wenn ich sie dir entführe?«

Jakobs Blick wandert von ihr zum Schlüsselbund.

»Jens ist nicht da.«

»Nein, Vati, Jens ist nicht da. Und er kommt auch nicht wieder«, sie nimmt den Schlüsselbund vom Tisch und steckt ihn in ihre Jackentasche, »Hildegard ist in der Küche, wenn du was brauchst, wir sind zum Essen spätestens zurück«, sie streicht ihm noch einmal über den Arm, zeigt Ulrike mit einer Kopfbewegung den Weg über die Terrassentür in den Garten und geht voran.

»Er hat noch Glück gehabt vor zwei Jahren mit seinem Schlaganfall, Hildegard war da und hat mich sofort aus der Praxis geholt und den Rettungswagen gerufen. Mit den motorischen Einschränkungen hat er sich schnell arrangiert danach, die Krankengymnastik verweigert er inzwischen, aber dass er sich nicht mehr voll auf seinen Kopf verlassen kann und auch immer häufiger komplette Blackouts hat, ist ein Problem, nicht nur für ihn.«

Sie sind über die Terrasse und den Rasen auf ein Rondell zugegangen, dessen kunstvolles Metallgeflecht von herrlichen Kletterrosen erobert wurde.

»Dein Zuhause ist ein Paradies, Jutta, trotz allem«, Ulrike setzt sich verzückt auf die runde Bank im Rondell und schaut in den Himmel.

»Ich zeige dir jetzt den Teil, der noch zu dem Paradies gehört und der es auch gefährdet, komm mit, bitte«, Jutta ist vor ihr stehen geblieben, Ulrike sieht die Trauer in ihrem Gesicht und steht sofort wieder auf.

»Entschuldige, ich ...«

»Du musst dich nicht entschuldigen«, Jutta geht auf dem schmalen Pfad, der vom Rondell aus weiter durch die Gartenanlage führt, voraus, »das kleine Haus dort rechts war mal ein Schuppen, mein Vater hat meiner Mutter daraus ein kleines Atelier bauen lassen, als Jens und ich in Braunschweig aufs Gymnasium gingen und Mutti sich immer mehr in ihre Malerei verlor, und das Haus, das du links an der Straße liegen siehst, ja das größere dort vorn, ist unser Praxishaus. Die Hecke dazwischen mussten wir zum Schutz vor allzu neugierigen Patienten ziehen, aber es gibt einen Durchgang, der etwas versteckt liegt.«

Jutta führt Ulrike zwischen Bäumen hindurch auf das Praxisgrundstück und zieht den Schlüsselbund aus der Tasche.

»Vaters erste Praxis war in einem der alten Fachwerkhäuser an der Hauptstraße, gegenüber den Fischteichen. Ich hab in Göttingen Medizin studiert, mein Bruder später in Hamburg. Wir wussten beide, Vater hofft, die Praxis mit mir weiterzuführen und später uns beiden übergeben zu können, aber ich tat mich lange schwer mit meiner Entscheidung«, Jutta schließt den Praxiseingang auf und bleibt in der geöffneten Tür stehen, »die alte Praxis schien mir aus meiner Göttinger Klinikperspektive zu eng und zu unmodern. Da rief Vater eines Tages an und meinte, er könne das Nachbarhaus kaufen und zur Praxis umbauen, mache das aber von mir abhängig. Das Ergebnis siehst du jetzt, tritt ein.«

Ulrike sieht sich im Vorraum einer Glastür gegenüber, die Jutta entriegelt, sie schließt die Haustür hinter sich, registriert rechts die Patiententoilette und links die geschwungene Holztreppe ins Dachgeschoss, bevor sie Jutta in die Praxis folgt.

»Als wir den Umbau des Hauses planten, sind zwischen Vater und mir erst kräftig die Fetzen geflogen. Im Wohnhaus meiner Eltern gibt es eine Einliegerwohnung, in die ich ziehen sollte, was ich ablehnte. Ich bestand darauf, die Praxis hier mit einem Anbau zu erweitern, der zwei Ärzten mit moderner Ausstattung gutes Arbeiten ermöglicht, und das Dachgeschoss mit einer kleinen Wohnung für mich auszubauen. Vater hatte keine Wahl, meine Sturheit habe ich von ihm.«

Sie stehen am Rezeptionstresen, Ulrike blickt durch eine weitere, offenstehende Milchglastür in ein helles Wartezimmer mit großen Grünpflanzen, Jutta geht den Flur hinunter und öffnet alle Türen, der Flur führt nahtlos in den Anbau, an dessen Ende ein größerer, sehr multifunktional eingerichteter Raum liegt. Ulrike betrachtet erstaunt die Einrichtung.

»Was findet denn hier statt? Wozu braucht Ihr Gymnastikmatten, Pezzibälle und diese Technik? Ein Videorecorder, Leinwand, Klappstühle? Hab ich was übersehen?«, sie schaut draußen nochmal auf das Schild neben der Tür, »Kursraum?«

»Am Anfang war das unser Mitarbeiterraum mit Teeküche und abgeteilt das Labor. Dann wollte Jens seinen Praxistraum mit mir und seinen Kursangeboten verwirklichen, nachdem Vater endgültig in den Ruhestand gegangen war und nur noch Wochenendnotdienste für andere Kollegen übernahm. Hier hat von Ernährungsberatungen für Diabetiker bis zu Entspannungskursen alles stattgefunden …«

»Hat stattgefunden? Und nun?«

Jutta verlässt schweigend den Raum, Ulrike folgt ihr verunsichert und mit Abstand durch den Flur, durch die offenstehende Praxisglastür in den Vorraum, da dreht Jutta sich zu ihr um, als wolle sie etwas sagen, aber die Lippen schließen sich wieder, sie greift nach Ulrikes Hand und zieht sie hinter sich her die Treppe hoch ins Dachgeschoss. Auf dem oberen Treppenabsatz angekommen, lässt sie die Hand wieder los, zieht den Schlüssel mit dem Wildschweinanhänger aus der Tasche und holt tief Luft. Ulrike liest das Schild an der Tür, Dr. Jens Weigand, plötzlich klopft ihr Herz so stark, dass sie wie Jutta tief Luft holen muss, die schaut sie an und schließt die Wohnungstür auf. Der Flur ist dunkel, aber Jutta macht kein Licht, sie öffnet die vom Flur abgehenden Türen, geht dann in eins der Zimmer und Ulrike hört, wie Gardinen aufgezogen und Fenster geöffnet werden. Nun erkennt sie im einfallenden Licht eine Flurgarderobe, an der eine Lederjacke auf einem Bügel hängt, ein Seidenschal am Haken, als wäre er gerade dort abgelegt, sie spürt den Luftzug, der durch die offenen Türen geht, und schließt die Wohnungstür, folgt Jutta in das Wohnzimmer und sieht sich um.

»Dein Bruder hat Geschmack«, sie sagt es in Juttas Rücken, die rührt sich nicht, bleibt in der offenen Loggiatür stehen, schaut in die Krone des Apfelbaums im Garten, der in das Grundstück ihrer Eltern übergeht.

»Du hast mir nicht alles erzählt in der Kur, stimmt's?«, Ulrike nähert sich Jutta, die dreht sich endlich um und Ulrike sieht die Tränen in ihrem Gesicht, aber Jutta hebt sofort abwehrend die Hände und hält sie von sich.

»Bleib da, wo du bist, und hör einfach zu. Mein Bruder hat sich vor einem halben Jahr umgebracht, hier in der Wohnung, ich habe ihn gefunden, wie schlafend, in seinem Bett. Es war Sonntag und wir waren zum Frühstück hier verabredet, nichts Besonderes, wir haben das öfter gemacht, seit wir die Praxis gemeinsam führten, nur diesmal hatte er alles anders geplant und ich hab nichts geahnt. Er hatte den Brief an mich in den Händen, als ich ihn fand«, Jutta wischt sich mit der Hand durchs Gesicht und die nasse Hand an der Hose ab, »komm mit in die Küche, ich mache uns einen Kaffee.«

Die Küche ist ein schmaler Schlauch mit einem kleinen Tisch und zwei Stühlen an der Wand. Ulrike setzt sich und beobachtet Jutta, die nichts suchen muss und sich bewegt wie in ihrer eigenen Wohnung.

»Ich war am Ende meiner Facharztausbildung in Göttingen, Jens im letzten Studienjahr in Hamburg, hier war der Praxisumbau in vollem Gang, als meine Mutter ihre erste größere Ausstellung in einer Hamburger Galerie bekam und natürlich waren wir alle zur Vernissage da, mein wahnsinnig stolzer Vater, mein damaliger Freund Siegfried und ich und natürlich mein Bruder. Dass Mutters Galerist in der Hamburger Schwulenbewegung aktiv war, konnte mein Vater gerade noch so tolerieren, da die Galerie angesehen, Kay-Uwe ein charismatischer, eloquenter Endvierziger und meine Mutter begeistert von ihm war. Als Kay-Uwe aber während seiner Eröffnungsrede meinen Bruder Jens als seinen neuen Lebensgefährten vorstellte und ihm für alle Unterstützung dankte, gab's einen Eklat«, Jutta gießt ihnen den Kaffee in die Becher, stellt sie auf den Tisch und setzt sich Ulrike gegenüber, »mein Vater wartete das Ende der Rede nicht mal ab, er ging mit seinem Sektglas in der Hand auf Kay-Uwe zu, goss ihm den Inhalt ins Gesicht, verpasste meinem Bruder wie einem kleinen Jungen eine Ohrfeige, knallte sein Glas auf den nächsten Bistrotisch und verließ ohne ein Wort die Galerie.«

Jutta starrt in den Kaffeepott und rührt mit dem Löffel darin herum. Ulrike sucht den Augenkontakt.

»Und dann?«

»Unsere Mutter hat ihm weder diesen Eklat verzeihen können noch seine Intoleranz. Im Gegensatz zu Vater und mir wusste sie längst von Jens' Homosexualität und seiner Beziehung zu Kay-Uwe, wahrscheinlich ist die Ausstellung erst dadurch zustande gekommen, aber das werden wir nie genau erfahren. Meine Mutter packte danach ihren Koffer, nahm sich eine Eheauszeit, wie sie mir vor ihrer Abreise am Telefon mitteilte, und verschwand. Nach Südtirol, in die Berge. Drei Wochen später teilte die Polizei meinem Vater mit, dass seine Frau auf einer Wanderung tödlich verunglückt sei, laut Zeugenaussagen, aber ihre Leiche nicht geborgen werden könne. Es gab nie eine Trauerfeier und es gibt kein Grab«, Jutta legt den Kaffeelöffel ab, ihre Hände umschließen den Becher, »mein Vater hat sich mit dem Umbau in der neuen Praxis betäubt und Mutters Verschwinden aus seinem Leben nie wirklich verwunden, weder Jens' Beziehung zu Kay-Uwe hat gehalten, noch meine zu Siegfried, ich meinte, meinen Vater nicht alleinlassen zu können und bin früher als geplant hierher zurückgekommen, hab mir hier meine Wohnung eingerichtet, mit Vater die neue Praxis eröffnet. Im Grunde haben wir beide die Praxis als Opium benutzt.«

»Und deine Tante ist dann in die Einliegerwohnung im Haus deiner Eltern eingezogen?«

»Gut mitgedacht«, Jutta lächelt und nimmt einen Schluck aus dem Becher, »Vater verweigerte in den ersten zwei Jahren nach Mutters Verschwinden fast alle Kontakte, auch zu Jens, der für ihn der Schuldige an allem war, er ließ niemanden mehr in sein Haus, unsere alte Haushaltshilfe kündigte schließlich, weil sie diese Situation nicht ertrug. Hildegard, sein Hildchen, ein Nachkömmling meiner Großeltern, war die Einzige, die er an sich heranließ, der er außer mir vertraute. Ihr ist es schließlich gelungen, Vater zum Umbau seiner Wohnräume zu inspirieren, nachdem die beiden ihr Elternhaus in der Lüneburger Heide verkauft hatten. So entstand nach Auflösung des Elternschlafzimmers das Gästeappartement, in dem du auch schlafen wirst, und Hilde hat sich nach dem Auszug der Haushaltshilfe die Einliegerwohnung eingerichtet. Sie fand in unserer Kirchengemeinde eine Stelle als Pfarramtssekretärin und wenig später über ihre Arbeit in der Gemeinde auch eine passende neue Haushaltshilfe für Vater, die in der Nähe wohnt. Du hast Hilde gesehen, sie ist inzwischen längst im Ruhestand, aber ohne sie ist das Unternehmen Weigand nicht denkbar. Ohne ihre Vermittlung hätten auch Vater und Sohn nie wieder miteinander gesprochen.«

»Das heißt, dein Vater hat ihn selbst nach Hause zurückgeholt?«

Jutta lacht laut auf.

»Wo denkst du hin! Er hat ihm nie ganz verzeihen können, auch wenn wir dank Hilde irgendwann wenigstens zu Feier- und Geburtstagen wieder gemeinsam an der Tafel saßen, wir vier Weigands. Aber das geschah zu seinen Bedingungen: Er wollte von Jens' Privatleben nichts wissen, seine Homosexualität blieb ein Tabuthema und ich war auf die ewige Vermittlerrolle zwischen den beiden bei medizinischen Streitgesprächen abonniert. Jens hatte sich palliativmedizinisch und auf psychosomatische Erkrankungen spezialisiert. Ersteres war in Vaters Augen keinen eigenen Bereich wert und Letzteres schien ihm überbewertet und mit zu viel Hokuspokus verbunden.«

»Und doch hat er ihn in die Praxis geholt?«

Jutta leert ihren Kaffeebecher, als hätte sie ein Schnapsglas in der Hand.

»Nein, hat er nicht und Jens hätte ihn nie darum gebeten, es ging ihm gut in Hamburg. Es hat erst eine Thrombose in seinem kaputtgeschossenen Bein gebraucht und die Ansage seiner Tochter, dass sie alles hinschmeißt, wenn er nicht nachgibt, weil sie es mit einem nicht mehr voll belastungsfähigen Arztvater an der Backe allein nicht schafft. Nicht mehr lange.«

»Können wir mal eine Runde ums Haus laufen?«

Jutta sieht sie erschrocken an.

»Du hältst es nicht mehr aus hier, oder?«

»Ich brauche jetzt einfach mal frische Luft und Bewegung, das kann dich nicht wundern. Erinnere dich an unsere Waldspaziergänge während der Kur, da hatten wir unsere besten Gespräche und Ideen, oder?«

Ulrike steht entschlossen auf, schiebt ihren Küchenstuhl an den Tisch und wartet in der Tür. Jutta stellt die Tassen in den Abwasch, aber sie zögert.

»Rike, sieh dir erst noch die ganze Wohnung an, dann gehe ich auch gern mit dir über die Wiesen oder wohin du willst, es ist wichtig, bitte«, und sie wartet Ulrikes Zustimmung nicht ab und geht an ihr vorbei in den Korridor.

»Ich bin nach Vaters Schlaganfall, der seiner Thrombose folgte, ins Elternhaus gezogen, es war nicht anders lösbar. Jens hat mein gesamtes Mobiliar hier übernommen und seine Eigentumswohnung in Hamburg als Rückzugsort behalten, er brauchte mit seinem Wagen nur etwas über zwei Stunden.«

Ulrike schaut in das winzige Arbeitszimmer mit dem antiken Schreibtisch unter der Dachgaube, erfährt, dass der ein Erbstück vom Großvater sei und weder sie noch Jens sich davon trennen konnten, das Wohnzimmer mit der Loggia kenne sie ja schon, das Bad sei nur ein Duschbad, aber zweckmäßig, sie sei schon immer sehr minimalistisch gewesen und dann stehen sie im Schlafzimmer und Jutta verstummt. Über der Bettmatratze liegt eine kunstvolle Patchworkdecke, ein kleiner Teddy auf einem dazu passenden Sofakissen, ein dreitüriger Kleiderschrank steht an der Wand und eine Anrichte neben dem Bett, darauf eine Leselampe. Ulrikes Hand streicht über die Decke, über das Teddyfell und ihre Augen bleiben bei Jutta, als sie vor dem Schrank steht.

»Darf ich?«

Jutta verharrt regungslos in der Tür, als Ulrike eine Schranktür öffnet und wieder schließt.

»Du kannst ihn noch nicht loslassen, deinen Bruder, oder? Und du willst, dass ich dir helfe?«

Jutta nickt, aber rührt sich nicht.

»Sag mir, warum er sich umgebracht hat.«

»Aids. Er hatte sich infiziert. An einem seiner Hamburg-Wochenenden. Damit konnte er nicht leben, nicht als Arzt, nicht als mein Bruder und als Sohn seines Vaters schon gar nicht.«

»Lass uns gehen«, Ulrike umarmt Jutta, nimmt ihr den Schlüsselbund mit dem Lederwildschweinanhänger aus der Hand und schiebt sie aus der Wohnungstür. Sie schließt ab und als sie sich umdreht, ist Jutta schon unten am Hauseingang und hält ihr die Tür auf. Ulrike schließt auch diese Tür zu und will Jutta den Schlüsselbund zurückgeben, aber die nimmt ihn nicht an.

»Behalte ihn für das Wochenende bitte, du kannst bis Sonntag so oft du willst hierherkommen.«

Ulrike steckt die Schlüssel ein und sie laufen los. Wie in den Kurwochen haben sie denselben Schritt, dasselbe Tempo, können sich wortlos über die Richtung und den Weg einigen. Sie verlassen das Weigand'sche Grundstück über das Gartentor auf der Wohnhausseite, queren das Ende der Sackgasse, biegen in die Schluppe ein, die so schmal ist, dass sie nicht mehr nebeneinander gehen können, Ulrike geht voran, bleibt auf der Holzbrücke stehen und schaut in das unter ihnen rauschende Bachwasser.

»Es gibt keinen Stillstand. Niemals. Und nirgendwo.«

Jutta steht dicht neben ihr, den Blick über den Bach und die Pferdekoppel ins Weite gerichtet.

»Als ich Jens fand, stand alles still. Es war zu spät, ihn zurückzuholen. Ich war unfähig, irgendetwas zu tun, nachdem ich den Brief gelesen hatte. Ich saß auf seinem Bett und las und heulte, fluchte und heulte, hörte das Telefonklingeln und war nicht imstande, auch nur aufzustehen und den Hörer abzunehmen. Irgendwann saß Hildegard neben mir, nahm mir den Brief aus der Hand und mich in den Arm und tat dann alles Notwendige. Die Polizei kam, befragte erst mich, dann Hildegard, dann Vater. Der überstand das nicht und musste mit einem Herzanfall ins Krankenhaus gefahren werden, die Praxis musste ich zwei Wochen schließen, bis ich wieder arbeitsfähig war. Die Beerdigung von Jens fand ohne Vater statt, er war inzwischen in der Kurzzeitpflege, ich glaube aber immer noch, dass er sich bewusst allem verweigert, bis heute. Ich weiß nicht, wie oft ich seitdem versucht habe, mit ihm an Jens' Grab zu gehen. Der Satz ›Jens ist tot‹ kommt einfach nicht bei ihm an, so als würde er den Empfang einer Sendung verweigern. Es gäbe kein Weigand'sches Grab, behauptet er, als ginge es noch um Mutters Verschwinden. Für ihn ist Jens nun halt auch weg, aber er tut so, als würde er wiederkommen.«

Ulrike zupft ein Blatt aus dem Grün an der Brücke und lässt es in den Bach segeln, dann hakt sie sich bei Jutta ein und die kann ihrem Impuls folgen, sie verlassen die Brücke, der Pfad wird etwas breiter und mündet in einen einspurigen, asphaltierten Wirtschaftsweg, vorbei an den Pferdekoppeln links und Schrebergärten rechts.

»Weiß dein Vater, was genau du mir angeboten hast?«

»Ich habe ihm erklärt, dass wir Geld brauchen, wenn alles so bleiben soll und dass ich Jens' Wohnung in Hamburg einem Makler zum Verkauf übergeben habe, aber nicht einfach einen Arzt an Jens' Stelle in die Praxis holen kann, mal abgesehen davon, dass es den fachlich nicht zum Aussuchen auf der Straße gibt. Ich weiß gar nicht, ob ich jemals mit einem anderen Kollegen die Praxis weiterführen kann und will, ich brauche Zeit. Aber ich brauche auch Geld für den Unterhalt der Häuser, Hildegard ist eine gute Buchhalterin, die Zahlen sprechen eine eigene Sprache, ich muss die Wohnung in der Praxis vermieten und Vater weiß, dass ich sie niemals jemandem geben könnte, der mir nicht mindestens so nahe ist wie du.«

Jutta bleibt stehen und sieht sie an.

»Meinst du, du schaffst das? Kannst du das, so mit mir und meinen seltsamen Familienrudimenten?«

»Ein Arzt, der den Tod in seiner Familie nicht akzeptieren kann, ist schon sehr besonders, aber er ist auch einfach nur ein alter kranker Mann. Vielleicht hilft es ihm sogar, wenn ich in der Wohnung lebe.«

»Heißt das, du hast dich schon entschieden?«

»Lass mich diese Nacht in der Wohnung schlafen und ich antworte dir morgen, dann ist Sonntag und du kommst zu mir zum Frühstück«, Ulrike fühlt Juttas Erstarren und hält ihre Hand fest. »Jutta? Ich weiß, das ist hart für dich, aber glaub mir, wir werden beide morgen früh schlauer sein«, und sie streicht der noch immer stummen Freundin sacht eine Strähne aus dem Gesicht.

»Zauberin«, murmelt Jutta, »auf solche Ideen kommst nur du und genau deshalb bist du es, die meinen Schlüssel in der Tasche hat. Einverstanden! Lass uns umdrehen, Hilde und Vater werden mit dem Essen auf uns warten.«

»Muss ich auf irgendetwas achten?«

»Verlass dich auf dein Gefühl. Ich glaube, mein Vater mag deine Emotionalität und auch deine Klarheit.«

Sie laufen über die schmale Holzbrücke zurück, Jakob Weigand winkt ihnen von der Terrasse aus zu, als sie in Sichtweite geraten, erleichtert, so scheint es, greift er sofort nach seinem Stock und sitzt am bereits gedeckten Esstisch, als Jutta und Ulrike ins Haus treten. Wie vorausgesagt, steht Hildegard mit der Suppenterrine in Startposition, kaum dass alle am Tisch sitzen. Ulrike wird von Vater Weigand sofort in ein Gespräch verwickelt, nicht etwa über ihren Besuch im Praxishaus, sondern über die Wiedervereinigung Deutschlands. Hildegard greift schließlich protestierend ein, um zu verhindern, dass der Gemüseeintopf nur noch kalt in Ulrikes Bauch landet. Die Fragen nach ihrem Theaterleben in der DDR und den Folgen der Wende kann Ulrike nicht mit zwei Sätzen beantworten und als Jakob seiner Schwester widersprechen will, legt sie den Löffel auf den Teller und greift nach seiner Hand.

»Ich glaube, wir werden noch viel Zeit haben zu reden, Herr Weigand, und die Suppe ist wirklich lecker«, und sie lässt seine Hand erst wieder los, als er knurrend zu seinem Löffel greift und weiterisst. Auch das Aufstrahlen in den Gesichtern von Hildegard und Jutta entgeht ihr nicht. Nach dem Essen zieht sich Jakob Weigand zu seinem obligatorischen Mittagsschlaf zurück, nicht ohne sich vorher zu vergewissern, dass man sich pünktlich um vier wieder zum gemeinsamen Teetrinken trifft. Dass Ulrike in der Küche hilft, lässt Hildegard nicht zu, aber sie lächelt, als Jutta ihr sagt, dass sie noch einmal mit Ulrike hinüber in die Praxiswohnung geht, um ihr das Bett für die Nacht dort zu beziehen, und dass sie am Sonntagmorgen dort auch mit Ulrike frühstücken würde.

Am Nachmittag hat Jakob Weigand den Mittagsdisput vergessen und es entspinnt sich beim Tee eine vorsichtige medizinische Debatte zwischen Vater und Tochter Weigand über Ulrikes Krebserkrankung und die Bedeutung der regelmäßigen Kontrolluntersuchungen, die Ulrike damit beendet, dass sie grinsend sagt, es ginge ihr gerade sehr gut, so zwischen zwei Ärzten und dass sie nicht vorhätte, egal wo sie in Zukunft leben werde, sich vor diesen Untersuchungen zu drücken, und dass es ihr auch mehr als gut damit ginge, in Jutta eine Freundin zu haben, die auch diese Erfahrung mit ihr teilen würde. Jakob kaut daraufhin lange auf Hildegards Rührkuchen herum und fragt, nachdem er auch den letzten Krümel heruntergespült hat, ob sie denn eigentlich gar keine Geschwister hätte. Jutta scheint die Luft anzuhalten, Hildegard gießt ahnungslos allen Tee nach und Ulrike antwortet, sie hätte ihre Eltern nach jahrelanger Familienfrustpause in der Stadt an der polnischen Grenze besucht, Schwedt an der Oder, das würde er sicher nicht kennen, in der ihr jüngerer Bruder und sie ihre Schulabschlüsse gemacht hätten. Wie er, Jakob Weigand, jemals den Namen dieser Stadt vergessen können sollte, wird sie da unterbrochen und in den Körper des alten Mannes kommt so viel Bewegung, dass Ulrike sich in ihrem Sessel leicht nach vorn an die Kante schiebt, um im Fall der Fälle schneller bei ihm zu sein. Die Knöchel seiner Hand, mit der er seinen Stock umklammert, treten weiß hervor und er stampft mit dem Stock auf, als er mit bellender Stimme auf seinen Dienst in den Wehrmachtlazaretten als junger Assistenzarzt verweist, der während der Schlacht an der Oder nicht nur die Seelower Höhen gesehen hätte und schließlich auf dem Rückzug in Berlin gelandet wäre, die Wochenschaubilder von den völlig zerstörten Städten an der Oder würden schlecht zum Vergessen taugen, aus Schwedt also stamme sie, aha! Nein, korrigiert Ulrike, sie sei in Berlin geboren, aber die Eltern seien durch Vaters Offizierslaufbahn in Schwedt gelandet und da seien die anderen drei Giucaronis dann geblieben und zumindest zwei davon kämen von da auch nicht mehr weg, ihr Vater, weil er nicht wolle, und ihr Bruder, weil er es nicht mehr könne, und ja, sie hätte auch ihn besucht vor der Kur, den kleinen Bruder, auf dem Friedhof. Der alte Mann starrt sie an, versteht nicht, sie sieht es und spricht weiter, er hätte einen tödlichen Verkehrsunfall mit einem Moped gehabt, ihr Bruder, mit sechzehn, da sei sie schon längst bei den Eltern ausgezogen und weit weg gewesen, in Leipzig an der Uni, aber ihren Frieden mit ihm hätte sie erst machen können, als sie auf dem Friedhof an seinem Grab gewesen sei, vor der Kur, und dann schweigt sie und sie sieht auf die Hand des alten Mannes, die den Stock nicht loslassen kann, sieht Juttas leeren Blick in den Garten, erinnert sich an deren Griffe am Arm des alten Mannes, steht auf, und dann staunen sie beide, der alte Mann und Ulrike, wie sich unter ihren Händen der Krampf in seinem Arm löst. Auch Hildegard löst sich und geht in die Küche, um neuen Tee aufzubrühen und Jutta mit Tempotaschentüchern zu versorgen, Jutta, die noch immer still und unverwandt auf Ulrike und ihren Vater schaut. Der mag die Stille nicht und als Ulrike wieder in ihrem Sessel sitzt, stößt er, immer noch gnatzig, die Frage aus, was sie denn für einen Frieden hätte machen müssen mit dem Bruder da, auf diesem Friedhof. In manchen Familien, antwortet Ulrike, seien die Rollen irgendwann verteilt und in ihrer sei sie eben das bebrillte Enfant terrible mit den merkwürdigen künstlerischen Ambitionen gewesen und ihr Bruder der gutaussehende, pflegeleichte und ach so liebe Kronensohn. Das hätte sie ihm nicht verzeihen können, sehr dumm, wie sich herausgestellt hätte, aber der Besuch am Grab des Bruders hätte ihr geholfen und dass ihre Mutter sich unglaublicherweise bei ihr entschuldigt hätte für so vieles, was ihr heute leidtäte, das hätte sie nie erwartet, sie könnten jetzt ganz anders miteinander reden, die Mutter und sie, es fühle sich an wie überhaupt zum ersten Mal, ob er verstünde, was sie meine. Ob sie eigentlich schon die wundervollen Rosenstöcke am Rondell gesehen hätte, die seine Frau noch gepflanzt hätte, und ob sie sich vielleicht für die Bilder seiner Frau interessiere, die hätte Jutta ihr doch bestimmt noch nicht gezeigt und sie dürfe ihn gern begleiten. Er lässt sich nicht helfen, von niemandem, als er aufsteht, aber er hakt sich bei Ulrike ein, als wäre es nicht das erste Mal, und die Blicke zweier stummer Frauen begleiten sie durch die offene Terrassentür in den Garten.

Am Abend haben die drei Frauen Weingläser vor sich stehen und Ulrike erfährt, wieso Hildegard zunächst unfreiwillig Hauswirtschafterin auf dem elterlichen Hof geworden ist und wie sich ihre unverwüstliche Liebe zu Zahlen dann doch noch durchsetzen konnte. Die Kirchengemeinde profitierte in den letzten Arbeitsjahren bis zum Ruhestand dreifach von der Steuerfachfrau und Buchhalterin, die Weigand'sche Arztpraxis schließlich immer noch. Familie kann also auch ein Glück sein, denkt Ulrike und erzählt, wie ihre Mutter sie in ihrer Kindheit immer wieder vergeblich versuchte ans Kochen und das kleine Küchen-Einmaleins heranzuführen und sie aus Wut darüber, von ihren Büchern getrennt zu werden, alles verweigerte und den Indianer spielte, der stoisch schweigend und regungslos aus dem Küchenfenster starrte und auf nichts reagierte, bis die Mutter die Nerven verlor und sie schreiend aus der Küche schmiss. Zur Strafe war fortan die Beseitigung des Küchenschlachtfeldes nach dem sonntäglichen Mittagessen der Giucaronis Ulrikes alleinige Aufgabe. Es gelingt ihr, die Geschichten aus ihrer Kindheit so zu erzählen, dass Hildegard und Jutta immer wieder in schallendes Gelächter ausbrechen und Jakob, der in seinem Ledersessel immer wieder einnickte und nur einmal an seinem Sherryglas genippt hatte, immer wieder wach wird. Als Ulrike sich schließlich verabschieden will und Jutta Ulrikes Rucksack holt, fährt er hoch.

»Aber wo wollen Sie denn hin? Hat Jutta Ihnen das Gästeappartement denn nicht gezeigt?«

»Ich fahre nicht weg, ich gehe hinüber ins Praxishaus.«

Jakob scheint nicht zu verstehen und Ulrike fügt hinzu:

»Ich gehe sozusagen probeschlafen, Herr Weigand. Jutta und ich haben heute Nachmittag das Bett in der Wohnung oben bezogen statt im Gästeappartement, sie kommt morgen früh auch zum Frühstück herüber, Hildegard hat uns sogar den Kühlschrank schon gefüllt. Wir sehen uns morgen zum zweiten Kaffee am späten Vormittag, versprochen. Schlafen Sie gut«, und bevor Jakob antworten kann, hat sie Jutta und Hildegard zugewunken und die Haustür hinter sich zugezogen.

Sie schließt sich ein in der Wohnung von Jutta und Jens, macht überall Licht und wandert bis Mitternacht durch die Räume, dreht den Wasserhahn im Bad auf und hört dem ablaufenden Wasser zu, zündet Kerzen im Wohnzimmer an, entdeckt in der Plattensammlung Smetana und Mozart, Schostakowitsch und Dvořák, die einzigen Komponisten, mit denen es ihrem Musiklehrer an der Erweiterten Oberschule gelungen ist, wenigstens ein lauwarmes Interesse an Klassik in ihr zu wecken, und sie legt Schostakowitschs Walzer Nr. 2 auf, tanzt durch das Wohnzimmer und macht den Plattenspieler schnell wieder aus, als ihr plötzlich Tränen wie Sturzbäche aus den Augen rollen, weil es nicht möglich ist, den Walzer zu tanzen, ohne nicht nach wenigen Takten auch seine Leningrader Sinfonie im Kopf zu haben, und alle Bilder, die sie nicht nur im Unterricht gesehen hat und die wie auf Knopfdruck in ihr aufsteigen, nein, nicht jetzt, sie wehrt sich gegen die Melancholie, die sie nur allzu gut kennt, und sitzt wenig später mit einer Tasse Kräutertee in den Händen auf dem Küchenstuhl, ein Knie hoch gezogen, aus dem Küchenradio klingt jetzt Tanzmusik, unverfänglich, launig, aber unpassend, sie schaltet das Radio aus, geht in den Flur, schaut durch die offene Tür in das kleine Arbeitszimmer und denkt, wenn der Schrank hier rauskäme, wäre Platz für ein Gästesofa, Licht aus, Tür zu und dann sitzt sie endlich mit ihrer Tasse am Fußende des Bettes, das frisch bezogen auf sie wartet. Juttas Bett. Dann Jens' Bett. Jetzt das Ihre? Sie stellt die Tasse auf dem Nachttisch ab, knipst die Leselampe aus und zieht die Gardine zurück, legt sich ins Bett und dreht sich auf die Seite, Jutta, mein Gott, vom Bett aus in den Himmel sehen, das hast du gut gemacht und es war gut für dich, Jens, und ich glaube, es könnte auch gut und richtig für mich sein.

DAMALS

Als sie aufwacht, ist es noch stockdunkel und still in der Wohnung, sie hört ihren kleinen Bruder in seinem neuen Wandklappbett leise schnorcheln, also ist noch alles gut, sie hat die Trillerpfeife und den beißenden Chlorgeruch nur geträumt, aber ihr ist so schlecht, das Herz klopft so laut, sie hat Angst, so große Angst, und diese Angst lässt sie nicht wieder einschlafen. Zugeben würde sie die nie, die Angst, aber es wird sie auch niemand fragen, und feige sein will sie schon gar nicht. Da öffnet sich die Tür, Licht fällt vom Korridor ins Kinderzimmer und Mutter kommt, sie zu wecken, setzt sich ans Bett des kleinen Bruders, küsst und streichelt ihn und sagt zu Ulrike:

»Guten Morgen, das Bad ist frei!«

Ulrike springt nicht wie gewohnt flott aus dem Bett, sie könnte es freilich etwas schneller als in der quälenden Langsamkeit, die sie jetzt zelebriert, aber die Mutter, die immer noch Ralfs Kopf krault, merkt ja sonst nichts.

»Beeil dich, Ulrike, du weißt, es ist Dienstag, du musst früher auf dem Schulhof sein.«

»Mutti, mir ist so schlecht.«

Die Mutter zieht dem Bruder nun resolut die Bettdecke weg und schickt ihn zum Frühstück ins Wohnzimmer, wo der Vater am Esstisch schon die Stullen für alle schmiert, legt danach Ulrike, die immer noch auf der Kante des alten Wohnzimmersofas sitzt, auf dem sie schläft, die Hand auf die Stirn und sagt:

»Fieber hast du nicht, das geht schon wieder weg, ab ins Bad.«

Es ist Winter und es ist dunkel, als sie 45 Minuten später aus der Haustür ihres fünfgeschossigen Wohnblocks treten und sich auf der Straße ihre Wege trennen, die Mutter zieht mit Ralf an der Hand zur S-Bahnstation, sein Kindergarten liegt in der Nähe von Mutters Arbeitsstelle, Ulrike stapft mit dem Ranzen auf dem Rücken und dem Turnbeutel in der Hand durch den Schnee in entgegengesetzter Richtung nach vorn zur Hauptstraße, wo an der Ecke ihre Freundin Martina wartet, und gemeinsam laufen sie weiter bis zu den Schülerlotsen, die die Erst- bis Viertklässler in Gruppen über die Hauptstraße führen. Sie bringen die Schulranzen im Laufschritt in ihren

Klassenraum. Frau Bremer, ihre Klassenlehrerin steht schon auf dem Schulhof, sie hören sie laut rufen:

»Klasse vier a! Antreten!«

In Zweierreihen laufen sie zur U-Bahn, die Viertklässler, sie halten sich an den Händen, um sich nicht zu verlieren, das Gedränge morgens ist groß. Als sie dicht aneinandergepresst im übervollen U-Bahn-Abteil stehen, fragt Martina sie leise:

»Ist dir wieder schlecht?«

Ulrike kann nur nicken. Sie weiß, Martinas Angst ist nicht so groß wie ihre, sie ist auch keine Brillenträgerin wie Ulrike und sie konnte schon vor dem Schwimmunterricht ein paar Züge mehr als Ulrike im Wasser machen, ohne unterzugehen. Aber zwischen ihrem Lieblingsstrandbad am Orankesee im Sommer und dem Schwimmunterricht im Stadtbad Lichtenberg liegen nicht nur Jahreszeiten. Ulrike ist erst vor wenigen Wochen nach ihrer zweiten Augenoperation aus dem Krankenhaus gekommen, sie sieht ohne Brille alles nur stark verschwommen und das Chlorwasser tut ihr in den Augen furchtbar weh. Als sie beim letzten Unterricht vor einer Woche ins tiefe Wasser springen sollten, hat ihre Hand nur mit Mühe wieder den Halt am Beckenrand gefunden und die Schwimmlehrerin hatte laut geschimpft, weil sie nicht nach vorn bis zur Leiter geschwommen war und sich viel zu früh am Rand festgehalten hatte. Nach dem zweiten Sprung hatte sie so viel Wasser geschluckt, dass sie auf die Toilette musste. Sie schloss sich ein im Klo und kam erst wieder raus, als Martina sie rief und sagte, die Stunde sei vorbei, sie sollten sich umziehen. Zu Hause erzählte sie sowas nie, das verdarb nur das gemeinsame Abendbrot und es war sowieso zwecklos, sich über Lehrer zu beschweren, die bekamen von Mutti immer recht, meist hieß es, dann müsse sie sich eben mehr anstrengen, besser zuhören, besser folgen oder sich halt nicht so dumm anstellen. Frankfurter Allee, aussteigen! Die Lehrerinnen trommeln ihre Schäfchen aus den Abteilen, der lange Zug von Kindern in Zweierreihen zieht aus der U-Bahn-Station durch die Lichtenberger Straßen auf das Stadtbad in der Hubertusstraße zu. In der Eingangshalle warten die Schwimmlehrer schon auf sie. Bevor sie in die Umkleiden gehen dürfen, werden alle Turnbeutel auf die Vollständigkeit der Schwimmsachen kontrolliert: Badeanzug, Handtuch, Seife, Badekappe. Wer etwas vergessen hat, muss bis zum nächsten Mal seitenlange Strafarbeiten schreiben, auch das hatte Ulrike schon erwischt, die Seife war ihr durch den Ausguss gerutscht und sie hatte vergessen, sich neue zu besorgen, auweia, schlimm, aber drei Seiten darüber schreiben zu müssen »Warum ich meine Seife nicht vergessen darf« war noch viel schlimmer gewesen. Ihr Magen krampft sich zusammen, als sie ihren Turnbeutel aufzieht und die Schwimmlehrerin mit geübten schnellen Griffen den Inhalt untersucht. Wenigstens ist es während der Kontrollen nicht mehr so hallig-laut, dass einem die Ohren wehtun, im Bad nachher, wenn die Trillerpfeifen der Lehrer und des Schwimmmeisters und die gebrüllten Anweisungen dazukommen, ist es ohrenbetäubend. Nichts vergessen, Glück gehabt, Beutel wieder zumachen. Das Umziehen muss sehr schnell gehen, zack, zack, und Brille ab und raus, am Beckenrand nochmal gruppenweise antreten, die Nichtschwimmer an der schmalen Beckenseite, wo das Wasser beim Reingehen nur so tief ist, dass auch so klein geratene neunjährige Mädchen wie Ulrike noch gut stehen können, aber sie wollte doch mit Martina in einer Gruppe sein und hatte sich mit ihr für die zweite Gruppe gemeldet, wo alle waren, die meinten, schon ein bisschen schwimmen zu können, die stehen jetzt an der Längsseite des Beckens, da wo der Schwimmerbereich beginnt, das tiefe Wasser, Ulrike sieht nur schemenhaft die noch kleinere Gruppe schräg gegenüber, näher am Sprungturm, sie beneidet sie, die konnten schon schwimmen und hatten bestimmt nicht solche Angst wie sie. Sie dürfen heute zum Einschwimmen die Schwimmbretter nehmen, was für ein Glück, Martina flüstert ihr in der Bretterecke zu:

»Siehste, heute jeht allet jut«, und sie springen nebeneinander mit ihren Brettern ins Wasser, froh, sich daran festhalten zu können. Ulrike gibt sich Mühe, sie will es ja unbedingt auch lernen, das Schwimmen, sie will nicht immer Angst haben müssen und Vati soll stolz sein auf sie, bei ihm sieht es so leicht und einfach aus, der traut sich sogar in der Ostsee im Sommer weit rauszuschwimmen, sie will mit ihm zusammen schwimmen können, Mutti kann nicht schwimmen, das weiß Ulrike. Da schrillt die Pfeife vom Schwimmmeister, Gruppen zwei und drei sollen aus dem Wasser kommen und sich in Reihe am Beckenrand aufstellen, alle, zack, zack!!

»Ihr springt jetzt vom Dreimeterbrett, nacheinander, und zwar alle hopp-hopp, kneifen gibt's nicht! Wer oben steht und nicht springt, dem helfe ich nach, verstanden?! Ab!!«, und Pfiff.

Die Schwimmergruppe soll beginnen. Ulrike rutschen die Augen weg vor Aufregung, sie schielt, um genauer sehen zu können, was vor ihr passiert, sieht, wie Thomas aus ihrer Klasse schnell noch mit einem Jungen aus seiner Schwimmergruppe tauscht, um in der Reihe weiter nach hinten zu rutschen, der erste springt furchtlos, taucht wieder auf, schwimmt zur Leiter am Beckenrand, der Schwimmmeister steht neben dem Sprungturm und brüllt:

»Prima! Und weiter geht's!«

Während der zweite Junge die Leiter hochsteigt, schiebt sich die Reihe unten enger zusammen, als würden sie Schutz in der Nähe zueinander finden können, und der Junge auf dem Turm läuft an die Brettspitze, langsam, schaut hinunter, weicht zurück. Sofort brüllt der Schwimmmeister:

»Mach kein Theater da oben, anlaufen und springen, hopphopp!«

Der Junge läuft an und kneift die Augen zu, bevor er abspringt, und da hat der nächste schon das Brett oben erreicht und Ulrike sieht, wie der Junge unten wieder hochkommt, prustend, er bewegt die Arme so hektisch, dass er nicht gut vorwärtskommt, eine Schwimmlehrerin nähert sich ihm mit der langen Holzstange und reicht sie ihm, als er sich auch noch am Wasser verschluckt und hustet. Es beruhigt Ulrike nicht zu sehen, dass die Schwimmlehrerin mit der Stange hilft, dieselbe Stange hat sie schon oft auf den Fingern gespürt, als sie froh war, den Beckenrand erreicht zu haben, und sie hat auch schon mehr als einmal danebengegriffen, weil sie ohne Brille im Wasser alles nur verschwommen oder gar nicht sieht. Jetzt ist Thomas dran, der sie noch nie Brillenschlange genannt hat, den sie noch nie hat fluchen oder schreien hören. Er schleicht fast auf das Brett, steht vorn, dreht um und geht zurück, hält sich am Turmgeländer fest und Ulrike hört den Brüller vom Schwimmmeister und hält den Atem an. Die Stimme des Schwimmmeisters donnert durch die Halle, er hat die Hand schon an der Leiter, Thomas geht wieder zur Brettspitze vor, aber er springt nicht. Ulrike sieht sein Zittern, sieht den Schwimmmeister die Leiter hochsteigen und hält sich die Hand vor den Mund, um nicht loszuschreien, da greift der große Mann von hinten die Unterarme des Jungen, Ulrike hört den Angstschrei von Thomas, als er an den Armen des Schwimmmeisters in der Luft hängt, Thomas klatscht ins Becken, der große Mann wartet nicht ab, er muss wieder runter, an seinem dicken Bauch käme oben keiner vorbei und es muss ja weitergehen, der Nächste, zack, zack. Bis Ulrike dran ist, muss der dicke Mann noch zweimal die Leiter hoch, noch zweimal baumeln Mitschüler schreiend und strampelnd in der Luft, sein Fluchen wird jedes Mal lauter, ein Mädchen hinter Ulrike fängt an zu weinen, Thomas steht noch immer mit gesenktem Kopf abseits seiner Schwimmergruppe und wischt sich ab und zu mit dem Handrücken übers Gesicht. Martina dreht sich plötzlich zu ihr um:

»Ick gloobe, wenn man alllet janz schnell macht, isset jar nich so schlimm.«

Ulrike presst die Lippen zusammen, ihr Zweifel ist zu groß, um mit dem Kopf nicken zu können.

»Ick lass mich jedenfalls von dem Fettwanst nich anfassen«, sagt sie ihr ins Ohr und drückt verzweifelt Martinas Hand.

Die geht zügig am Schwimmmeister vorbei, als sie dran ist, Ulrike hält den Abstand zu ihr klein, greift schon nach der Leiter, als Martina oben angekommen ist, hört den Schwimmmeister an der Seite mit einer der Lehrerinnen diskutieren, hört Martinas Eintauchen ins Wasser und will es ihr gleichtun, aber als sie oben auf dem Brett steht, verdammt, ist das hoch, ihre Füße kleben am vibrierenden Brett und das Herz rast, der Schwimmmeister lässt seinen Brüller los, plötzlich geht ein Ruck durch das Turmgestänge, sie schaut erschrocken hinter sich, der Kopf des schweren Mannes taucht über der Leiter auf, nein, oh nein, das nicht, sie hält die Luft an und springt, es tut weh beim Eintauchen und sie kann die Augen nicht öffnen, aber sie fühlt, wie sie hochkommt, schnappt nach Luft, strampelt mit den Beinen, hört Schreie, bevor das Wasser sie wieder umschließt, wo ist denn die Stange, Luft holen, Hilfe, ich sehe nichts, keine Stange, kein Beckenrand, Papaaaa! Und wieder ist sie unter Wasser und dann wird alles still und ruhig, die Arme und die Beine bewegen sich nicht mehr, es wird dunkel, dann spürt sie einen Arm um ihren Körper, es wird wieder hell, viele Hände greifen zu, heben sie auf den Beckenrand, sie liegt auf den Fliesen, jemand klatscht ihr ins Gesicht, sie reißt die Augen auf, hustet, spuckt Wasser, sieht verschwommen Gesichter über sich und hört den Schwimmmeister sagen:

»Na, is ja allet in Ordnung, bisken ville Wasser jeschluckt, kommt vor«, und er lässt seine Trillerpfeife tönen und schickt seine Gruppe ins Wasser. Die Schwimmlehrerin an ihrer Seite sagt:

»Setz dich mal hin«, Ulrike kommt langsam hoch, »ist dir schwindlig?«

»Nein, nur die Augen tun so weh und der Kopf.«

»Möchtest du lieber zu mir in die Nichtschwimmergruppe kommen?«

Ulrike nickt und beißt wieder die Zähne zusammen, sie wollte doch nicht heulen, aber da rollen die Tränen schon, die Schwimmlehrerin steht auf und nimmt sie an die Hand, sie gehen nach hinten zum Nichtschwimmerbereich, die Lehrerin geht vor ihr ins Wasser.

»Komm her, hier kannst du noch stehen und wenn du dich auf den Bauch legst, halte ich dich, los, versuch's, na siehst du, langsamer mit den Armen und schön kräftig mit den Beinen, weiter, weiter, gut machst du das und schau, du brauchst meine Hand gar nicht, es trägt dich, das Wasser, es trägt!«

Ulrike wacht mit dem seltsamen Gefühl von Schwerelosigkeit auf, nicht mal die Schulter auf der operierten rechten Seite schmerzt wie sonst nach langem Liegen, und als sie die Augen öffnet, schaut sie durch das freie Fenster in den erwachenden zartrosablauen Morgenhimmel. Sie steht auf und öffnet das Fenster weit. In dieser Stille ist das Morgenkonzert der Vögel lauter als anderswo, lauter und schöner als an jedem anderen Ort, oder nicht? Im Nachthemd und mit nackten Füßen läuft sie aus der Wohnung, die Treppe hinunter in den Keller zum Hinterausgang, den Jutta ihr gestern Nachmittag noch gezeigt hat, schließt die Tür auf und schiebt den Riegel zurück, zehn Stufen wieder hoch und sie hat Rasen unter den Fußsohlen, der Morgentau wischt die letzte Schläfrigkeit aus den Augen, die Füße tasten sich vor bis unter den Apfelbaum, in dessen Krone sie von der Loggia aus blickt, sie hebt die Arme, die Fingerspitzen berühren die unteren Äste, der Baum wäre schon als Kind nicht vor ihr sicher gewesen, guten Morgen, Apfelbaum, ich werde im Herbst bei der Ernte helfen, du wirst mich doch tragen, wirst du?

Als Jutta zwei Stunden später die Wohnung betritt, umschließt sie zunächst der Duft frisch aufgebackener Brötchen und dann die Körperwärme von Ulrike, die sie nach einem Blick in Juttas umschattete Augen fest und lange umarmt, dann ihr Gesicht in die Hände nimmt, sich auf die Zehenspitzen stellt, ihre Augen sehr vorsichtig und zart mit den Lippen berührt und sagt:

»Komm, lass uns eine neue Zeitrechnung beginnen«, und sie zieht Jutta an der Hand hinter sich her auf die Loggia, »ich hoffe, es ist dir recht, ich habe die Stühle und den Gartentisch im Keller gefunden.«

Die fassungslose Jutta schaut auf den mit Blumen aus dem Garten festlich gedeckten Frühstückstisch, auf die über die Tischdecke gestreuten Blütenblätter von Wiesenblumen, die nur von der Pferdekoppel und den Wegesrändern stammen können, auf das funkelnde Windlicht in der Sonne und hört Ulrike sagen:

»Ich bin nicht sehr begabt in solchen Dingen, aber es ist hier nicht schwer, etwas schön zu machen, setz dich bitte. Magst du Kaffee oder Tee? Beides ist fertig.«

Als sie sich gegenübersitzen und ihre dampfenden Tassen in den Händen haben, fragt Jutta:

»Und du bist dir völlig sicher?«

»Ich habe nicht nur gut geschlafen, liebe Jutta, ich weiß, dass ich springen muss, sonst kriege ich nicht raus, was trägt. Und ich vertraue dir, vertraue uns beiden und dem, was uns verbindet. Lass uns den Vertrag machen. Du weißt, ich will nichts geschenkt haben, aber allein dieses Angebot von dir ist ein Riesengeschenk.«

»Reichst du mir mal die Brötchen rüber?«

Ulrike grinst.

»Ich hoffe, ich kann dir alles reichen, was du brauchst, du musst mir nur noch genauer erklären, was das so ist im Detail.«

Und sie essen und trinken, reden und kochen die zweite Kanne Tee, räumen gemeinsam den Tisch ab, legen beide ihr Schreibzeug auf die Blütenblätter, verteilen die Aufgaben, gehen schließlich gemeinsam durch die kleine Dachwohnung und versorgen sich gegenseitig mit Taschentüchern, als es darum geht, was bleiben kann und wird und was noch aussortiert werden muss. Vor dem Kleiderschrank im Schlafzimmer mit Jens' Garderobe kapituliert Jutta. Ulrike platziert sie auf der Bettkante, zieht ihr die Hände vom Gesicht und sagt:

»Du musst jetzt weder etwas tun noch sofort entscheiden, nur überlegen, was du für dich von deinem Bruder brauchst, was du aufheben möchtest, was dir gut tut zu fühlen und alles andere lässt du mich und deine Tante Hilde machen.«

Die kommt ihnen im Garten schon entgegengelaufen, als sie hinüber zum Weigand'schen Haus quer über den Rasen gehen, und sie braucht keine Antwort auf ihre noch unausgesprochene Frage, als sie in die Gesichter der beiden Frauen sieht. Sie umarmt Ulrike.

»Ich freu mich sehr, kannst Hilde zu mir sagen«, dann hält sie ihre Hände fest, »mit meinem Bruder wirst du Geduld haben müssen.«

»Das ist schon lange meine Daueraufgabe, Geduld zu üben.«

Als hätte er gehört, worum es geht, taucht Jakob Weigand auf der Terrasse auf, ohne Stock, und ruft, die Arme schwenkend:

»Was ist los?! Weibervollversammlung? Gibt's jetzt endlich was zu essen?«

Er schwankt und Ulrike rennt die Terrasse hoch und fängt den strauchelnden alten Mann noch rechtzeitig auf.

»Herr Weigand, ich hab Sie echt gern, aber wenn Sie Ihren Stock als echten Freund und Helfer annehmen würden, tät es uns alle erleichtern!«

Jutta hat die beiden erreicht und stützt ihren Vater von der anderen Seite, der drückt die Hände der Frauen unter seinen Armen an seinen Körper und brabbelt verschmitzt:

»Soso, na ja, aber so ist's eigentlich auch sehr schön ...«

Der Gong der Standuhr tönt aus dem Wohnzimmer über die Terrasse.

»Jetzt schlägt's dreizehn!«

»Nein, Vati, jetzt gibt's einen Grund zum Anstoßen, lass uns reingehen!«

Hilde hat bereits die Gläser gefüllt, Jutta sie schnell verteilt, sie schaut in die kleine Runde:

»Ulrike hat sich entschieden, sie unterschreibt den Mietvertrag für die Praxiswohnung zum ersten August. Das ist ein Neuanfang für uns alle. Möge es gelingen, auf uns!«

Es ist der Tag, an dem sie alles zum letzten Mal macht. Sie steht zum letzten Mal hinter der letzten Reihe im Zuschauersaal der Waldbühne, die nicht mal mehr zur Hälfte mit Zuschauern gefüllt ist, gibt zum letzten Mal der Inspizientin das Zeichen für den Vorstellungsbeginn und hat einfach keine Lust, den Ablauf der Vorstellung aus der Seitengasse der Bühne zu verfolgen oder aus dem Orchestergraben, Kritik mitschreibend, wie sie das sonst oft gemacht hat. Heute ist alles anders. Sie setzt sich in die leere letzte Reihe und weiß, das Winnetou-Spektakel da unten auf der Bühne wird ihr nicht fehlen, aber an die wunderbare Arbeit mit den Kollegen in den Klassiker-Inszenierungen der letzten Jahre darf sie jetzt nicht denken und auch nicht daran, wie sehr ihr die Kollegen-Familie fehlen wird, bevor sie überhaupt zu Jutta in den Transporter gestiegen ist, der morgen vor der Tür stehen wird. Als der junge Winnetou auf seinem Pferd gerade wieder ein ›Hugh, ich habe gesprochen‹ an seine Stammesbrüder richtet und unter spärlichem Beifall abreitend die Szene beendet, legen sich von hinten zwei Hände auf Ulrikes Schultern, sie dreht sich nicht um, weil sie sicher ist, gleich die Stimme des x-ten Kollegen zu hören, der ihr verspricht, dass sie es niemals ohne Theater aushält und sowieso bald wieder da ist, aber da kommt nichts, da sind nur diese beiden Hände auf ihren Schultern. Sie dreht sich um.

»Du?! Was machst du denn hier?«

Helga Giucaroni lächelt nur entschuldigend, als sie sagt:

»Ich dachte, du kannst meine Hilfe heute gebrauchen. Und dem Trabi fehlte noch eine Fernfahrt mit mir. Du bist noch im Dienst, ich setze mich dahinten hin.«

»Nein, bleib hier!«

Als sie nebeneinandersitzen, greift Ulrike nach der Hand ihrer Mutter und hält sie sich ans Gesicht und während auf der Bühne die Platzpatronen aus den Colts und Gewehren knallen, sagt sie:

»Du bist ja verrückt, ich hab nicht mal eine freie Matratze für dich.«

»Es gibt Hotels, Tochter, ich hab ein Zimmer gebucht im Hotel am Markt und Frau Schenker habe ich auch schon guten Tag gesagt.«

Sie schweigen bis zum Vorstellungsende. Als der letzte Zuschauer aus dem Saal ist, läuft Ulrike durch ein Spalier von klatschenden Kollegen hinunter auf die Bühne, alle sind sie plötzlich da, die Männer der technischen Abteilungen, die Garderobieren, Requisiteure, Maskenbildner, Statisten, die Schauspielkollegen mit ihrem Oberspielleiter Martin Holz erwarten sie auf der Bühne, im Orchestergraben sitzt Harry Kunert, früher wie sie in der nach der Wende schnell abgewickelten Schauspielleitung, am E-Piano und intoniert den Karat-Hit »Über sieben Brücken musst du gehen« mit einem auf Ulrikes Abschied gemünzten neuen Text, so viel Tränen gab es noch nie auf dieser Bühne, so viel echte, aus Männer- und Frauenaugen. Ulrike weiß, dass sie so schnell nicht wieder von so vielen Armen umschlossen sein wird, aber die Wucht dieses Schmerzes überrascht sie. Es ist still im Trabi, als sie hinunter nach Quedelheim fahren, Mutter und Tochter. Sie stellen das Auto auf dem Hotelparkplatz ab und laufen die kurze Strecke vom Markt in die enge Seitenstraße. Auf dem Schenker'schen Hinterhof steht schon ein großer Sperrmüllcontainer, Gerda empfängt sie mit einem gedeckten Tisch zwischen ihren gepackten Umzugskisten.

»Kaffee, Tee, Wein, Sekt oder ein Schnäpschen? Wonach ist euch?«

»Menschenskind, Gerda, was ist denn hier los?«, Ulrike starrt entgeistert auf das kuriose Ambiente aus Meißner Porzellan auf dem Tisch, Papiergirlanden aus DDR-HO-Laden-Zeiten auf Gerdas Jugendstil- und Gründerzeitmöbeln, einer Flaschenbatterie von angebrochenen Likören auf dem Wohnzimmerbuffet und offensichtlich jahrelang unbeachtet gebliebenen Weinflaschen aus dem Keller, »was für Schätze hattest du denn gehortet?«

»Tja, was man so findet, wenn man räumen muss. Ich weiß, du musst noch packen oben, aber ein Likörchen zum Kaffee nach deiner letzten Vorstellung, Ulrike, das geht doch, dachte ich, und wenn ihr fertig seid, lasst ihr mich an unserem letzten gemeinsamen Abend in dieser Stadt auch nicht allein, oder? Setzt euch.«

Ulrike beobachtet fasziniert ihre Mutter, deren Zunge sich schon nach dem ersten Aprikosenlikör mit Rum so schnell löst, wie sie es noch nie erlebt hat, und sie ist froh, nicht selbst erzählen zu müssen von diesem Bühnenabschied. Sie mag ihren Schmerz nicht laut werden lassen und gießt sich selbst den zweiten Apfelkorn ein.

»Hättest du vor drei Jahren gedacht, dass wir zwei mal in den Westen gehen?«, Gerda lacht laut auf und prostet ihr zu.

»Ich wollte nach Neustrelitz vor der Wende und nicht in den Westen, da war die Mauer schon am Bröckeln, aber noch nicht gefallen«, sie kippt ihren Korn, »aber wenn das, was man liebt, einen kaputtspielt, dann muss man gehen und ich halte es in dieser Stadt nicht mehr aus«, sie schiebt ihr leeres Glas in die Tischmitte und steht auf. »Als du mir nach meinem Einzug damals erzählt hast, dass das Haus mal deiner Familie gehörte und ich dich mindestens zweimal im Jahr nach Hamburg zu deiner Schwester fahren sah, da habe ich mich schon gefragt, warum du als Rentnerin nicht einfach dableibst. Da kannte ich dich noch nicht wirklich.«

Ulrike geht zur Tür.

»Bleib ruhig sitzen, Mama, ich hab nicht mehr viel zu packen, es bleibt ja fast alles hier und geht auf den Sperrmüll. Bis gleich.«

Sie hat die letzten Sachen aus ihrem Kleiderschrank in die Umzugskiste gepackt, als ihre Mutter in der Tür steht. Ulrike schließt die Kiste.

»So, das war's, fertig. Was ist? Hast du geweint?«

»Du hast vorhin das erste Mal Mama zu mir gesagt.«

»Ja? Dann fühle ich es wohl zum ersten Mal. Mama.«

Ulrike lässt sich widerstandslos in den Arm nehmen.

»Ich bin froh, dass du es mit Gerda hier gut hattest.«

»Ich hab erst als Erwachsene begriffen, dass es deine Eifersucht war, die mir als Kind jedes Mal den Krach zu Hause bescherte, wenn ich von für dich fremden Leuten kam, denen ich deiner Meinung nach ja nur auf die Nerven gehen konnte.«

»Es war nicht nur Eifersucht, Ulrike. Ich war im Parteiapparat, dein Vater Offizier, wir mussten wissen, bei wem du warst, wo du ein- und ausgegangen bist, und ich wusste nicht viel von dir.«

»Aus gutem Grund. Lass sein. Jetzt bist du hier und in Braunschweig besuchst du mich bitte auch, ja? Oder meinst du, der Trabi fährt nicht mit dir in den Westen?«

Helga Giucaroni lässt ihre Tochter los.

»Dem Trabi ist es wurscht, aber für mich ist eine Reise in den Westen entspannter mit dem Zug«, sie lächelt verschämt, »und du brauchst wirklich nichts mitzunehmen?«

Ulrike tritt mit dem Fuß gegen den Lattenrost ihres Bettes, die Ziegelsteine darunter rutschen krachend auseinander, Lattenrost und Matratze poltern auf den alten Dielenboden.

»Was sollte ich davon noch gebrauchen können? Der Rest der Wohnung besteht aus alten Bühnendekorationen oder ist gebraucht von Kollegen oder ich hab's hier auf dem Dachboden gefunden in Gerdas familiären Altbeständen, Sperrmüll jetzt, Mama, alles. Die Wohnung in Braunschweig ist möbliert, alles auch schon ein paar Jahre alt, aber sehr gepflegt. Und es gefällt mir, und zwar nicht nur deshalb, weil es vielleicht für Jutta wichtig ist, wir haben einen sehr ähnlichen Geschmack und ich liebe ihren Minimalismus. Das gibt mir das Gefühl, frei zu sein. Irgendwie brauche ich für mich die komische Sicherheit, jederzeit wieder meinen Koffer packen zu können, verstehst du?«

»Magst du nicht mal ankommen? Du bist doch inzwischen über dreißig, mein Mädchen.«

»Ich mag vor allem Neues entdecken, ich mag frei sein. Du wartest aber nicht mehr darauf, Oma zu werden, oder?«

Ulrike sieht, wie die Röte ihrer Mutter ins Gesicht steigt. Da beginnt sie sich auszuziehen, macht Stück für Stück ihren Oberkörper frei, sieht, wie aus der Röte Blässe wird, lässt ihre Mutter nicht eine Sekunde aus den Augen.

»Wem sollte ich das zumuten? Ich halte es selbst kaum aus. Und woher soll ich wissen, ob es nicht irgendwann wiederkommt, das Krebsungeheuer?«, sie zieht sich schnell wieder an. »Vielleicht bin ich auch einfach nicht für die Liebe gemacht. Lach nicht! Es gab nicht nur einen Mann in meinem Leben. Um die letzte Beziehung tut es mir sogar heute noch manchmal leid, aber ich brauche meine Freiheit! Alles, was mich einengt, bringt mich um. Die Erwartungshaltungen, die da entstehen, und die Enttäuschung, wenn ich nicht bereit bin, auf das in seinen Augen bessere Arbeitsangebot einzugehen, die Enttäuschung, wenn du dich nicht mit Hurragebrüll ins Mutterdasein stürzen willst! Nein, zum Teufel!! Ich bin dem Krebs fast dankbar, dass ich mich zumindest dafür jetzt nicht mehr rechtfertigen muss, das hat sich erledigt.«

»Dann stimmt es, dass du schwanger warst? In der Wendezeit?«

»Ich wusste das nicht, wir haben immer verhütet, ich war nie so betrunken, dass ich die Pille vergessen hätte, aber in der Nacht nach der Premierenfeier bin ich mit Spagatsprüngen eine abschüssige Straße hinuntergetobt und schwer gestürzt, das hat dir Gerda eben erzählt, richtig? Als ich im Krankenhaus zu mir kam, saß Thomas an meinem Bett, todtraurig, und der Arzt teilte mir mit, dass ich etwa in der sechsten Woche schwanger gewesen wäre und dass es ihm leidtäte. Ich antwortete, es sei gut, so wie es ist. Das hat Thomas nicht verkraftet.«

»Das ist hart für jemanden, der liebt.«

»Du willst sagen, ich war zu hart? Liebe Frau Mutter, erstens habe ich meinen Feminismus unter anderem von dir, den hast du uns jedenfalls vorgelebt, solange wir zu Hause waren, und vielleicht wird man so verdammt hart, wenn man von Kindheit an um alles, was man will, was man sich für sein Leben wünscht an Zielen, an Inhalten, an Lebensträumen immerfort kämpfen muss und immerfort gegen unsichtbare Mauern rennt? Vielleicht mag man dann einfach keine Kompromisse mehr? Der glücklichste Tag in meinem Schülerleben war der Auszug bei euch nach dem Abitur, endlich hatte ich keine Verhinderer mehr vor meiner Nase!«

»Du hast jetzt nicht vergessen, dass ich dich schon um Verzeihung bat?«, Helgas Stimme ist tonlos dünn.

»Vielleicht ist es besser, an Gerdas Abschiedsfesttafel zurückzukehren, sei mir nicht böse. Vor Jahren hätte ich noch mein Leben gegeben für meinen Theatertraum, jetzt habe ich das Gefühl, einer Trümmerlandschaft entfliehen zu müssen, außen wie innen ist alles wund.«

»Und diese Jutta, eine Frau aus dem Westen, die versteht das alles.«

»Ach, dieses ewige Misstrauen! Kannst du es nicht lassen? Ja, Mutter, seltsamerweise versteht Jutta das alles und sie braucht nicht mal stundenlange Erklärungen von mir dafür, seltsamerweise sind wir uns in vielen Dingen fast unheimlich ähnlich, nicht nur in unserer Freiheitsliebe oder der Unfähigkeit, Abhängigkeiten auszuhalten, wir haben dieselbe Erfahrung mit einer Krebserkrankung, wir haben beide einen Bruder verloren und als Kinder ein Stück Heimat mit unserer Geburtsstadt Berlin, ihre Mutter ist verschollen und mein Vater nicht mehr der, der er war, wir können über dieselben Dinge lachen, haben dasselbe Verständnis von Nähe und Distanz und grenzenloses Vertrauen zueinander. Und ich will endlich wissen, in was für einem Land ich nun eigentlich lebe, ohne in jedem reichen Westrentner automatisch und sofort einen Altnazi oder eine Ku'dammwitwe zu sehen«, Ulrike schiebt ihre Mutter zur Wohnungstür, »raus jetzt aus dieser Bruchbude, lass uns mit Gerda anstoßen auf ein bisschen neues Leben!«

Juttas Transporter hielt vor dem Haus, als die drei Frauen bei Gerda noch am Frühstückstisch saßen. Gerdas Gesicht wurde so weiß wie ihr Haar, als Ulrike aufstand und aus der Wohnung durch die Toreinfahrt auf die Straße rannte und in Juttas Arme flog. Helga dreht den Kopf weg und gießt sich Kaffee nach.

»Wir sollten für die Frau Doktor vielleicht noch welchen nachbrühen?«, fragt Gerda und streichelt Helgas Hand.

Die nickt, bleibt aber sitzen und beobachtet die Szene vor ihrem Fenster.

»Meine Schwester in Hamburg wohnt in der fünften Etage, schönes altes Bürgerhaus, schöner alter Fahrstuhl, aber man guckt von weit oben auf kleine Menschen hinunter«, seufzend steht Gerda auf und schlurft in die Küche.

Helga Giucaroni und Jutta Weigand geben sich auf der knarrenden Holztreppe lächelnd die Hand, bevor sie zu dritt Ulrikes Kisten und ihre Taschen und Koffer in den Transporter laden. Als sie fertig sind, stellt Gerda ihre Kaffeekanne gerade wieder auf den inzwischen vom Frühstück befreiten Esstisch und sagt, sie ließe die Frau Doktor aber nicht ohne kleine Pause wieder losfahren und:

»Ich weiß, Ulrike, du wärst lieber schon weg.«

Und Helga fügt hinzu:

»Ja, Ulrike hasst Abschiede«, und gießt Jutta Kaffee ein.

Woher sie das denn wisse, fragt Ulrike und umarmt Gerda.

»Du besuchst mich aber in Hamburg!«

»Ich weiß das jetzt nicht, Gerda«, stöhnt Ulrike, »ich muss mich erstmal neu erfinden.«

Was das denn für ein Unsinn sei, erbost sich da Gerda und Jutta trinkt schnell den letzten Schluck Kaffee aus und sagt:

»Keine Sorge, Frau Schenker, ich nehme Rike mit, wenn ich in Hamburg die Wohnung meines Bruders auflöse. Wir sehen uns!«

Das klingt für Ulrike wie ein Abfahrtssignal, sie springt erlöst vom Tisch auf, Jutta nickt ihr zu und sie gehen, ohne sich umzusehen, aus der Wohnungstür, durch die Toreinfahrt auf die Straße, wissend und hörend, wie die beiden Frauen ihnen folgen. Ulrike umarmt ihre Mutter kurz und sagt:

»Ich melde mich, wenn ich angekommen bin und Land sehe.«

Gerda flüstert sie ein Danke ins Ohr und Gerdas Arme spürt sie auch noch, als Jutta den Transporter längst hochtourig über die Bundesstraße gen Westen jagt, ihr die Tempotaschentücher im Handschuhfach zeigt und sagt:

»Lass los, je mehr, umso besser.«

Die Septembersonne färbt das Laub goldbraun, es raschelt unter Ulrikes Füßen. Nach dem Termin beim Arbeitsamt hätte sie an keiner Bushaltestelle stehen und warten können, sie musste laufen, vor der harten Stimme in ihrem Ohr weglaufen, hinein ins Stadtzentrum, wo Straßenbahnen quietschen, Autos hupen, Straßenmusiker spielen, Baustellenlärm tönt, Männer brüllen. Sie zieht Auszüge in ihrer Bankfiliale und sieht, dass das Arbeitslosengeld tatsächlich auf ihrem Konto ankommt und der Kontostand auch nicht beängstigend ist, sie hat immer auf diese Reserve für Unvorhergesehenes geachtet, wollte auch immer Geld für Veränderungen haben und nie borgen oder um Hilfe bitten müssen. Warum muss sie sich jetzt von dieser Frau im Arbeitsamt herumkommandieren lassen wie Schütze Arsch im letzten Glied?! Oh, das war ja Vaters Vokabular und Stimme gerade in ihrem Kopf, nicht die der Beamtin, die sie anwies, sich gefälligst europaweit im deutschsprachigen Raum zu bewerben, und einfach ignorierte, dass Ulrike gerade erst nach Braunschweig umgezogen war und außerdem nicht mehr am Theater arbeiten konnte und wollte.

»Zum nächsten Termin bringen Sie die Nachweise über Ihre Bewerbungen mit!«, hatte die Frau gebellt und sie, ohne weitere Einwände zuzulassen, aus dem Büro verwiesen wie ein dummes kleines Mädchen.

Auf dem langen Flur des Amtes floh sie vor den Blicken der anderen Wartenden und vor dieser Stimme. Ulrike läuft aus dem Stadtzentrum über breite Alleen, vorbei an Museen, Kaufhäusern, Kirchen, auf den großen Stadtpark zu, die Stimme weicht nicht aus ihrem Kopf, sie sägt sich ins Hirn, tut weh, dann kommt das Rauschen der hohen alten Bäume endlich in ihren Ohren an und die Augen entspannen sich im Grün der Parkwiesen, da, ein großer Hund läuft frei herum und beschleunigt damit etwas ihren Puls, macht nichts, sie nimmt die Abkürzung über eine Wiese auf einen anderen Weg. Wohin führt der? Egal, ihre Füße wirbeln das Laub auf, ach, ist da schon der Sportplatz? Wenn sie mit dem Bus in die Stadt fährt, sieht sie oft Sportler auf dem Platz trainieren, Leichtathleten, nicht nur Fußballer. Sogar eine Gaststätte mit Außenterrasse und Blick auf den Platz gibt es? Und Schaukästen des Sportvereins, vor denen Ulrike stehen bleibt und liest und gar nicht merkt, dass die Stimme der Beamtin in ihrem Kopf verstummt ist.

»Wollen Sie zu uns?«

Ulrike dreht sich erschrocken um und schaut in das strahlende Gesicht einer jungen Frau in Trainingsanzug mit einer Sporttasche über der Schulter.

»Nur weil Sie gerade vor unserem Schaukasten stehen und unsere neue Pilatesgruppe noch Verstärkung gebrauchen könnte ...«

»Pilates? Ich hab mal Callanetics gemacht ...«

»Ach ja, kenne ich, die Welle gab's auch, Pilates ist ähnlich, aber breiter in den Mitteln und Möglichkeiten. Wollen Sie sich bei uns mal umsehen?«

»Ich hab überhaupt nichts mit, das war jetzt reiner Zufall, ich wohne noch nicht lange hier ...«

»Zufälle gibt's nicht, kommen Sie einfach rein, ich zeige Ihnen unseren Übungsraum und alles, was dazugehört, meine Gruppe kommt erst in einer halben Stunde«, sie öffnet die Tür und hält sie Ulrike auf, »ich bin übrigens Thea, Dorothea Buchholz, der Vollständigkeit halber.«

Ulrike ergreift Theas ausgestreckte Hand.

»Ulrike Giucaroni. Sie haben recht, Zufälle gibt's nicht und Sie schickt der liebe Gott, wenn es den geben sollte.«

Thea lacht:

»Natürlich gibt's den! Hier ist unsere Umkleide, Toiletten sind rechts, Duschen gibt's bisher nur für die Fußballer und die spielen auf einem anderen Platz und trainieren hier nur selten, aber unser Sportverein ist groß, die Leichtathleten hast du vielleicht schon mal auf dem Platz gesehen, oh, ist das Du okay? Wir kriegen das mit den Duschen irgendwann für unseren Bereich auch noch hin und hier ist unser Schmuckstück!«, und sie öffnet eine Tür.

Ulrike läuft wie magnetisiert hinter Thea her, steht in der kleinen Halle und spürt ihr Herz schlagen, das ist die Luft, die sie aus den Sporthallen ihrer Kindheit und Studenjahre kennt, automatisch schlüpft sie aus ihren Straßenschuhen und betritt den Raum, ihre Hand streicht über die oberste der gestapelten Matten.

»Du hast geturnt früher, oder?«, Thea beobachtet sie, während sie mit den Vorbereitungen für ihre Übungseinheit beginnt.

»Geräteturnen, ja, im Sommer auch Leichtathletik, mich gab's nicht ohne Sport als Kind, ist lange her.«

»Aber man sieht's noch«, Dorothea zieht eine Mappe aus der Tasche. »Schau, ich leite drei Gruppen in unserem Verein, hier ist ein Flyer mit allen Übungszeiten und auch den anderen Gruppen, ich weiß ja nicht, was du suchst. Aber ich würde mich wirklich sehr freuen, wenn wir uns in einer der Gruppen wiedersehen.«

»Danke, ich schaue es mir an. Und ich komme wieder. Bestimmt.«

Draußen hört sie Stimmen und Lachen.

»Das sind die ersten aus meiner Gruppe«, Dorothea lächelt und drückt Ulrike die Hand, »bis bald.«

Als Ulrike zu Hause ankam, war der Parkplatz vor dem Haus schon leer, ach, Mittagspause, aber sie sah noch Licht in der Praxis und ließ an der Rezeption eine Nachricht für Jutta da. Ob sie krank wäre, sie sähe nicht gut aus, fragte Doris, die Arzthelferin an der Rezeption, Frau Doktor sei gerade los, auf Hausbesuchstour. Ulrike schüttelte nur den Kopf und murmelte:

»Unkraut vergeht nicht. Lassen Sie den Zettel liegen, wenn Sie Feierabend haben! Ich höre ja, wenn sie kommt, und schaue dann selbst runter zu ihr.«

Doris zeigt auf ihren vor Patientenkarteien überquellenden Schreibtisch.

»Der ist noch weit weg, der Feierabend. Ich schick sie Ihnen gleich hoch, es sind heute nicht ganz so viele Hausbesuche.«

In ihrer Wohnung versucht sich Ulrike gegen die in der Stille neu aufsteigende Verzweiflung zu wehren, die Stimme aus dem Arbeitsamt in ihrem Kopf wird mit Radiomusik und dem Lärm von Staubsauger und Wasserkocher übertönt. Schließlich sitzt sie mit frisch aufgebrühtem grünen Tee am Schreibtisch und sortiert Bewerbungsunterlagen und Stellenausdrucke aus dem Berufsinformationszentrum und je länger sie da sitzt, umso rasanter wandelt sich die Verzweiflung in Wut. Nein!!! Sie wird sich nicht vorschreiben lassen, was sie zu tun und wo sie hinzugehen hat! Mit einer Handbewegung fegt sie das Papier vom Schreibtisch, springt auf und macht, was ihr in Krisensituationen schon immer geholfen hat, Kassette einlegen, Anlage aufdrehen, Annie Lennox' Stimme füllt den Raum und Ulrike tanzt sich wild allen Frust aus dem Körper, so wild, dass sie Jutta nicht hört und nicht sieht, bevor die sich plötzlich hüftschwingend und wie Ulrike mit den Füßen stampfend vor ihr durchs Wohnzimmer dreht. Als die Musik verstummt ist und sie beide schwitzend und keuchend aufs Sofa plumpsen, sagt Jutta:

»Du bewegst dich fantastisch, meine Kleene, und das passt gerade ganz und gar nicht zu der Nachricht, die mir Doris in die Hand gedrückt hat.«

»Wie spät ist es? Hast du Feierabend?«

»Feierabend und Zeit genug für die Flasche Wein, die ich in die Küche gestellt habe samt Salatgeschenk von Hilde, damit wir schön gesund bleiben. Hat dir das Arbeitsamt heute die Laune verdorben?«

»Das verdirbt mir nicht die Laune, das macht mich krank!«

»Gut, dann lass den Ärger erst raus, sonst futtern wir den mit, das täte uns nicht wirklich gut und dann gehen wir zum gemütlichen und kreativen Teil des Abends über.«

Und Ulrike berichtet vom »Unteroffizier im Rock« hinterm Schreibtisch und deren fehlender Bereitschaft, ihr richtig zuzuhören, von dem kompletten Unverständnis für ihre Situation, den Auflagen, die sie nicht erfüllen will, erzählt von ihrem Fußmarsch durch die Stadt und der Begegnung mit Dorothea Buchholz vor dem Sportverein. Als sie den Namen nennt, huscht ein Lächeln über Juttas Gesicht.

»Du kennst sie?«, fragt Ulrike irritiert.

»Die Familie wohnt seit Generationen in unserem Kiez, ihre Eltern waren schon Patienten meines Vaters, Herta, ihre Mutter, gehört zum Kirchenvorstand, Theas Mann ist Hornist im Orchester vom Staatstheater und hilft uns ab und an in Gottesdiensten.«

»Hilft uns?«

»Ich springe immer mal an der Orgel ein, wenn unser Kantor krank oder im Urlaub ist.«

»Du bist gläubig?«

»Ich bin getauft und konfirmiert und hatte bisher keinen Grund, aus der Kirche auszutreten, und da dir das gerade die Sprache verschlägt, lass uns mal zum zweiten Teil des Abends übergehen. Ich glaube, es ist noch warm genug draußen, ich decke den Tisch auf der Loggia?«

»Was dagegen, wenn ich dir in die Hand drücke, was auf den Tisch soll?«

»Natürlich nicht, sorry …«

Als die Salatschüssel leer ist und sie die Gläser zum zweiten Mal gefüllt haben, fragt Jutta:

»Weißt du schon, wie du dem Arbeitsamt entkommen kannst?«

»Ich weiß, dass du mich krankschreibst, wenn es gar nicht anders geht, aber ich will das nicht! Und ich hab auch nicht jahrelang studiert, um jetzt putzen zu gehen! Das Arbeitsamt bin ich aber nur los, wenn ich einen regulären Arbeitsvertrag unterschrieben habe …«

»… dann lass uns zwei doch mal über einen Vertrag reden, der muss ja nicht für immer sein, komm, wir gehen mal runter in die Praxis. In deinen Sätzen sind zu viele Aber«, und sie steht schon in der Tür, »damit dreht man sich im Kreis.«

Sie lassen die Wohnungstür offen, sind schnell die halbe Treppe runtergelaufen, Jutta schließt die Praxis auf, macht Licht im Flur, dreht sich zu Ulrike um und zeigt auf die zwei Stühle hinter der Rezeption.

»Such dir einen aus und setz dich hin.«

Ulrike reagiert augenblicklich, als wäre sie auf der Probebühne in einer Improvisationsübung. Sie geht hinter den Tresen, setzt sich auf einen der

Schreibtischstühle, fixiert, was sich in ihrer Reichweite befindet, wechselt den Stuhl, schaut sich um, schüttelt den Kopf und setzt sich wieder auf den zuerst gewählten Stuhl.

»Das ist der richtige, denke ich.«

»Warum?«

»Auf diesem habe ich das Telefon griffbereit und bin mit zwei Schritten vor der Rezeption beim Patienten, wenn das nötig wäre, oder auf dem Flur, um etwas zu überbringen. Auf dem anderen Stuhl wäre ich den Schränken und Karteien näher, von denen ich keine Ahnung habe.«

»Gut, Ulrike Giucaroni, ich habe dich als Kommunikationsass erlebt und traue dir diesen Platz nach kurzer Einarbeitungsphase zu. Mein Personalnotstand ist nur vorübergehend, das weißt du, aber Verträge kann man den Erfordernissen entsprechend ja immer anpassen, wenn beide Seiten das so wollen. Bevor wir wieder hochgehen, schau bitte nochmal in den Kursraum und sag mir, an welcher Stelle im Raum du dich sehen könntest, perspektivisch.«

Ulrike folgt Jutta, das Licht im Raum geht an und ihre Augen bleiben sofort an den Gymnastikmatten in der Ecke hängen.

»Schmeiß die bitte nie weg. Ich weiß noch nicht, wie und was genau, aber die Arbeit mit kleinen Gruppen könnte ich mir vorstellen.«

Jutta sagt nichts, sie umarmt Ulrike und hält sie lange fest, dann nimmt sie ihren Kopf in die Hände und zaust ihr langes Haar.

»Vergiss das nicht! Und grüß Thea von mir, wenn du das erste Mal in ihren Kurs gehst, und jetzt: Abmarsch! Unsere Weingläser warten oben und ich erzähle dir, wie ich mir den Arbeitsvertrag mit dir vorstellen könnte. Gut?«

»Nein, Mama, das rettet mich nicht nur vor dem Arbeitsamt, das verschafft mir auch Zeit herauszukriegen, was noch so möglich ist für mich! Ich habe einen richtigen Arbeitsvertrag als Rezeptionskraft von Jutta bekommen, mit sechs Monaten Probezeit, verstehst du? Ich mache nur Organisation und Planung, sitze am Telefon und nehme Patienten auf, während Doris, meine Kollegin, die ausgebildete medizinische Fachkraft zwischen Labor, EKG und Sprechzimmer hin und her springt, wir haben uns schon ganz gut eingespielt, ich hätte nie gedacht, dass mir das so viel Spaß macht! Am Theater hab ich manchmal gestöhnt, wenn ich mir Fusseln an die Gusche reden musste, um Kollegen von irgendwas zu überzeugen, aber dabei hab ich offensichtlich viel gelernt, das kommt mir jedenfalls jetzt zugute. Das

Einarbeiten in den Papierkram wird noch dauern, aber das kann man schaffen, du hast das auch gepackt damals bei der AWO, oder? Nein, Computer haben wir noch nicht. Du machst gerade einen EDV-Kurs? Donnerwetter! Wie? Du hast Vater abends nach dem Kurs aus der Kneipe abschleppen müssen? Kannst du dich eigentlich noch daran erinnern, was du mir vor drei Jahren am Telefon erzählt hast, als Vater das erste Mal durchgedreht ist, bevor er seine Waffe abgeben musste? Da hat er mit Scheidung gedroht und du hast mir gesagt, du wärst einverstanden, würde er ein zweites Mal davon anfangen und es gäbe auch bei euch Scheidungsanwälte. Doch, natürlich hast du das gesagt! Ich sehe mich noch in Gerdas Wohnung am Telefon, mir ist ja der Hörer fast aus der Hand gefallen! Mama, kein Mensch darf sich sein Leben kaputt machen lassen, bitte, denk da nochmal drüber nach, ja? Auch bei euch gibt's Wohnungsleerstand ohne Ende, wie in Quedelheim, wie fast überall im Osten, so schnell kann Vater gar nicht gucken, wie du eine Wohnung findest, und wenn er allein für sich sorgen müsste, fällt bei ihm der Groschen vielleicht doch noch! Wie, schlechtes Gewissen? Aber du liebst ihn doch nicht mehr und, Mutti, die Zeiten, wo du wegen einer Scheidung ein Parteiverfahren am Hals gehabt hättest, sind nun unwiderruflich vorbei. Hast du nicht noch Urlaub dieses Jahr? Du wolltest mich doch besuchen! Ich hab inzwischen sogar ein richtiges Gästesofa! Du überlegst es dir, versprochen?«

Sie hat sich von ihrem ersten Gehalt neue Sportsachen gekauft, ist staunend durch die Kaufhausetagen und Abteilungen bei Karstadt gelaufen und hat immer nur gedacht, mein Gott, ein ganzes Haus nur für den Sport, wie geil, hat nach zwei Stunden mit einem neuen Rucksack voller Trainingssachen das Kaufhaus verlassen, ist durchs östliche Ringgebiet nach Hause laufend am Schaufenster eines Fahrradhändlers hängengeblieben und hat sich in ein Rad verliebt, für das sie nun sparen wird, so viel Geld auf einmal kann sie nicht ausgeben, aber der Fahrradhändler hat sich mit ihr gefreut, als sie nach der Probefahrt sagte:

»Gott, es ist nicht nur wunderschön rot, es fährt auch toll! Kann ich eins vorbestellen?«

Sie schwebt fast nach Hause. Es ist Freitagnachmittag, das Glück ihrer Arbeitszeiten kann sie noch immer kaum fassen. Selbst an den vollen Tagen Montag, Dienstag und Donnerstag hat sie eine ganze Stunde Mittagspause und ist nach Feierabend noch nie später als neunzehn Uhr oben in ihrer

Wohnung gewesen, mittwochs und freitags haben sie nur bis mittags geöffnet, aber gegen vierzehn Uhr ist sie immer mit allem fertig und Doris achtet sehr darauf, dass sie möglichst keine Überstunden macht. Ulrike weiß inzwischen, dass Jutta Doris darum gebeten hat, besonders mittwochs, damit sie sich vor dem Sport nochmal hinlegen und ausruhen kann, wenn sie das braucht. Aber sie braucht es kaum. Doris hat nur entsetzt die Augen aufgerissen, als sie ihr mal sagte, die 36 Wochenstunden würden sich für sie nur wie eine halbe Stelle anfühlen, im Theater seien fünfzig bis siebzig Stunden pro Woche für sie normal gewesen, da sie ja auch keine freien Wochenenden hatten. Schnee von gestern, denkt Ulrike, als sie zu Hause angekommen ist und ihr aus dem Briefkasten ein Umschlag entgegenfällt, unfrankiert und unverschlossen, sie weiß sofort, Dorothea war hier und hat ihr das Formular für den Eintritt in den Sportverein vorbeigebracht.

»Ich freue mich!«, liest sie auf der beigelegten Grafikwerkstattkarte, und weiter: »Magst du nächsten Mittwoch nach der Übungsstunde mit in die Hubertusklause kommen? Ich würde gern mal länger mit dir reden. Schönes Wochenende und bis bald, Thea.«

Ulrike schließt ihre Wohnung auf, schlüpft aus den Schuhen, stellt den Rucksack ab und öffnet die Balkontür weit. Das Leben fühlt sich gerade sehr schön an, sie hält ihr Gesicht mit geschlossenen Augen in die Sonne, hört die Kirchturmuhr fünf schlagen, da klingelt das Telefon und Hilde fragt, ob sie am Abend auf ein Glas Wein hinüberkäme, auch Jakob würde sich freuen, und Ulrike sagt zu und wundert sich auch nicht über Hildes Bemerkung, sie könne hören, dass es ihr gut ginge. Sie kommt nicht mehr dazu, nach Jakob zu fragen, der ihr vor einer Woche für alle überraschend das Du angeboten und es am nächsten Tag, als sie ihn zum Spaziergang abholte, schon wieder vergessen hatte. Ulrikes Bewunderung für Hilde steigt stetig. So einen Ärztehaushalt aus älterem kranken Bruder und Workaholic-Nichte zu managen, das muss man nicht nur können, das muss man auch wollen und Ulrike wüsste schon sehr gern, weshalb eine so kluge und autarke Frau wie Hilde auf mehr eigenes Leben verzichtet, warum so eine Frau eigentlich keinen Partner hat. Haben denn alle Weigands diesen Unabhängigkeitsdrang, den sie so stark bis vor kurzem nur von sich selber kannte, oder versteckt sich dahinter einfach nur Bindungsangst? Sie würde den Wein gern mit Hilde allein trinken, dann bliebe ihr auch Jakobs Kommentar zur Nichtvereinbarkeit von Krebs und Alkohol erspart, sobald sie beim zweiten Glas sind und so weit, dass sie mit Jakob Grundsatzdebatten über Lebensqualität, und was das für sie bedeutet, führt, ist sie noch nicht, kann sich auch nicht vorstellen, jemals dazu bereit zu sein. Sie kennt die Risiken und akzeptiert sie, auch darin weiß sie sich Jutta verbunden, der Einzigen, mit der sie dieses Thema schon seit ihrer gemeinsamen Zeit in der Kur haarklein und unter immer wieder neuen Aspekten durchdiskutiert hat. Jutta findet ihre augenblickliche Lebensform mit Vater und Tante alternativlos, sie würde ihren Vater nie in einer Pflegeeinrichtung leben lassen, solange sie es zu Hause bewältigen könnten, und noch kriegen die drei es gut hin, aber sie achtet sehr genau auf ein Mindestmaß von Unabhängigkeit und Freiheit und reagiert bei gelegentlichen Grenzüberschreitungen von Jakob empfindlich. Ulrike schwenkt ihre Teeschale leicht, die sie mit beiden Händen umschlossen hält, die Blätter des Apfelbaums im Garten erzählen von Herbst, aber es ist noch immer warm genug, um auf dem windgeschützten überdachten Balkon zu sitzen, das Wort Loggia hat sie erst hier gelernt, sie benutzt es im Gespräch, aber sie denkt Balkon. Hört sie Loggia, denkt sie an Italien, das passt für die Ostberlinerin in Niedersachsen noch nicht zusammen, aber sie weiß inzwischen, was für ein Geschenk sie sich mit diesem Umzug, mit dem Verlassen ihrer alten Lebensräume gemacht hat, und saugt alles Neue wie ein Schwamm auf. Bevor sie zu Hilde und Jakob hinübergeht, wird sie die Pilatesübungen wiederholen, die sie diese Woche neu in Theas Gruppe gelernt hat, und sie weiß, sie muss ihrem Ehrgeiz Zügel anlegen. Ihr Körper mit seinen OP-Narben quittiert diesen Ehrgeiz unangenehm, Jutta hat mit hochgezogenen Augenbrauen auf ihre nicht mehr schmerzfreie rechte Seite und die sichtbare Bewegungseinschränkung der rechten Schulter reagiert, die Ulrike versuchte zu bagatellisieren. Jutta fragte daraufhin amüsiert, ob sie etwa die Bedeutung des Wortes Achtsamkeit schon vergessen hätte, so lange sei doch die Kur noch nicht her. Also gut, sie wird besser auf ihre Atmung achten und in der Bewegung nur bis an den Schmerz gehen, aber nicht in ihn hinein. Wahrnehmungsgestört ist sie schließlich nicht, oder? Irgendwann im Laufe ihrer Behandlungen nach der Krebsoperation war sie sogar froh, den Umgang mit Schmerz in ihrer Kindheit so bleibend gelernt zu haben, sogar ihre damals noch heillose Wut auf die Mutter reduzierte sich mit dieser Erkenntnis. Aus kindlichem Trotzverhalten war ihr eine Widerstandskraft gewachsen, die sie noch vor Schulabschluss den eigenen Weg hat finden lassen. Sie war hart im Nehmen geworden und es fiel ihr nicht schwer, immer wieder zu klaren Entscheidungen zu finden, darüber, was sie wollte und was nie wieder.

»Du musst noch viel ruhiger und gelassener werden«, hatte Jutta ihr nach einem Disput mit einer Patientin geraten.

Ulrike beendet ihre Übungen auf dem Wohnzimmerteppich mit einem lauten Seufzer und der Kind-Position aus dem Yoga, einem Kurüberbleibsel, das ist entspannend und genug, findet sie. Mehr Gelassenheit, wozu sollte das gut sein?

»Bin ich dafür nicht vielleicht noch zu jung?«, hatte sie Jutta grinsend gefragt und die hatte genauso grinsend geantwortet:

»Es wäre ja vielleicht den Versuch wert, wenn es vor unnötigen Zusammenstößen und frühzeitigen Alterungsprozessen schützt!«

Na gut, die Mittvierzigerin, die auf die Wechseljahre zusteuert, tickt da wohl anders. Ulrike steht auf und betrachtet sich kritisch vor dem Korridorspiegel. Angezogen ist sie sehr einverstanden mit sich. Die Brille zu akzeptieren, die ihr in der gesamten Schulzeit so viele Träume zerstörte, hat ihr ganzes Erwachsenwerden gebraucht, nein, sie ist jetzt nicht mehr willens, mit sich zu hadern. Über mehr Gelassenheit kann man ja nochmal nachdenken, wenn das für ihr neues Berufsleben nützlich sein sollte. Später. Vielleicht.

Hilde umarmt sie, Jakob begrüßt sie mit der Frage:

»Was sagst du eigentlich zur Verurteilung eures ehemaligen Verteidigungsministers, der muss wegen des Schießbefehls hinter Gittern bleiben! Und zum Prozess gegen euren senilen Stasi-Mielke hast du auch noch nichts gesagt!«

»Nicht? Hattest du mich danach schon gefragt? Findest du den wirren alten Mann noch haftfähig?«

»Jetzt streitet aber nicht wieder den ganzen Abend über die DDR und die deutsch-deutsche Vergangenheit«, kann sich Hilde nicht verkneifen zu mosern, als sie die Weingläser auf den Tisch stellt, »wir sind immerhin schon drei Jahre vereinigt!«

»Trotzdem war es für viele eine Sturzgeburt und die Ankunft in der neuen Realität ziemlich schmerzhaft, nicht nur für uns im Osten. Ich wurde in der Praxis erst heute wieder gefragt: ›Ach, aus der Zone kommen Sie?‹«, und Ulrike imitiert die Stimme der schon betagten, aber sichtbar nicht armen, silber-dauergewellten Dame, von der sie sich am Vormittag in der Praxis provozieren ließ.

Jutta hat auf der Treppe von oben kommend Ulrikes letzten Satz gehört und lacht laut auf:

»Das war Frau Schuster, Papa, eine alte Patientin von dir, und weißt

94

du, was Ulrike geantwortet hat?«, jetzt imitiert sie Ulrike: »›Nee, aus der DDR! War übrigens ein UNO-Mitglied, dieser Staat, genauso wie die BRD!‹ Du hättest deine Freude an dem Disput gehabt!«

Ulrike spielt Frau Schuster, als sie weiterspricht:

»Na gut, wenn Sie meinen, dann eben aus der ehemaligen DDR ...«

Jutta übernimmt Ulrikes Part:

»›Wieso denn ehemalige DDR? Meine Oma ist doch auch nicht meine ehemalige Oma, nur weil sie gestorben ist!‹«, und sie drückt Ulrike schallend einen Kuss auf die Backe, »gut gekontert und trotzdem, meine Liebe, ich weiß, ich wiederhole mich, musst du viel ruhiger und gelassener im Umgang mit Patienten werden, solche Debatten an der Rezeption können nach hinten losgehen. Es war ein Glück, dass Frau Schuster kein Publikum hatte, weil sie allein am Tresen stand und die Tür zum Wartezimmer zu war.«

»Ich weiß, wir sind eine Arztpraxis und kein Runder Tisch und Gott sei Dank klingelt ja auch dauernd das Telefon ...«

Hilde steht mit zwei Weinflaschen in der Hand vor ihr.

»Rike? Wie immer rot?«

»Ja bitte, rot bleibt meine Farbe«, sie grinst und reicht ihr das Glas, »auch wenn die Idee, wofür sie steht, geplatzt ist wie eine Seifenblase. Und über die alten, fanatischen und kranken Männer, Jakob, die ihre Macht verloren haben, müssen wir auch nicht mehr diskutieren. Wenn sie verurteilt werden können und müssen nach dem nun für alle geltenden Recht, dann ist es in Ordnung.«

»Soso, na ja. Gibt's für so 'ne alte, schwarz wählende Socke wie mich hier eigentlich noch was anderes als Kräutertee?«

»Alles, was du willst, Papa, Verbote waren immer dein Lieblingsthema, nicht meins.«

»Euer Klingenkreuzen, Jutta, ist auch keine Abendunterhaltung zum Einläuten eines freien Wochenendes. Ich hab noch Eis im Kühlschrank, Jakob, einen kleinen Whiskey wie früher?«, und Hilde verlässt ihren Sessel Richtung Küche.

Als auch Jakob sein Glas in der Hand hat, sagt Jutta:

»Dann lasst uns anstoßen, auf den Hausfrieden, Ihr Lieben, und ein schönes Wochenende!«

»Ja, das wünsche ich uns allen«, Hilde stellt ihr Weinglas nach dem Anstoßen auf den Tisch zurück und holt vom Schreibtisch einen Briefumschlag, »Jakob und ich haben uns gedacht, ihr zwei müsst mal raus, mal was anderes sehen«, sie schiebt Ulrike den Umschlag über den Tisch, »mach mal auf, Rike!«

Ulrike öffnet den Umschlag, es sind zwei Eintrittskarten, die sie in der Hand hält.

»Theaterkarten«, sagt sie tonlos, und sie fallen ihr aus der Hand.

Sie hatten sich gestritten, bevor sie zum Staatstheater aufbrachen.

»Verdammt, jetzt glaub mir doch einfach mal! Es ist nicht gut, sich zu etwas zu zwingen, auf das dein Bauchgefühl mit einem ganz klaren NEIN geantwortet hat«, schmetterte Jutta ihr ins Gesicht.

»Es ist auch nicht richtig, die Karten einfach verfallen zu lassen, Hilde und deinen Vater derartig zu enttäuschen und so feige zu sein! Ja, ich nenne das Feigheit und Schwäche, einem Gefühl Entscheidungen zu überlassen und einfach klein beizugeben. Ich habe meine Liebe zum Theater doch nicht verloren, nur weil ich da nicht mehr arbeiten kann! Und ich bin neugierig auf euer Theater!«

»Es ist nicht feige, sondern zeugt eher von Verantwortungsgefühl für sich selbst, entscheiden zu können, wann der richtige Zeitpunkt für etwas gekommen ist, was vor kurzem unter anderem noch mit viel Schmerz verbunden war.«

»Wir werden nicht rauskriegen, ob es zu früh, genau richtig oder falsch war, wenn wir's nicht tun!«

Jutta hatte resigniert die Hände gehoben und aufgegeben, sie hatten sich leger in Schale geschmissen, waren schweigend zur Bushaltestelle gelaufen und die Spannung zwischen ihnen löste sich erst, als sie das Theaterfoyer betraten, ihre Mäntel abgegeben hatten und Ulrike mit großen leuchtenden Augen durch alle Foyers in allen Etagen lief, die Fotos an den Wänden regelrecht studierte und sie dann endlich mit einem Glas Wein in der Hand an einem der Bistrotische standen und amüsiert die anderen Besucher betrachteten. Sie hatten Karten für den ersten Rang, erste Reihe und auch noch mittig, die Königsloge, die es nicht gibt, hatte Jakob verschmitzt gesagt und Ulrike begreift, was er meint, als sie schon lange vor dem dritten Klingeln auf dem ersten Rang vor ihrem Platz steht, den noch fast leeren Zuschauerraum mit seinen drei Rängen versucht zu erfassen, nicht merkend, dass sie sich mit offenem Mund in alle Richtungen dreht. Nur das Gefühl, das sich vom Bauch aus auch in die letzte Zelle ihres Körpers wabernd ausbreitet, das spürt sie deutlich. Jutta ist plötzlich dicht neben ihr und sagt flüsternd:

»Fall mir nicht runter und nicht um.«

»Es ist wunderschön«, murmelt Ulrike, streicht über den roten Samt ihres Sitzes, klappt ihn runter und ist froh, dass auch ihr Kopf Halt an der Rückenlehne findet, »ich möchte nicht nochmal ins Foyer, ich bleibe hier, ja?«, fast entschuldigend blickt sie zu Jutta hoch, die immer noch neben ihr steht.

»Aber ich kann dich allein lassen? Ich hab im Foyer eine Kollegin mit ihrem Mann entdeckt ...«

»Es geht mir gut, geh nur.«

Ulrike mag nicht zugeben, dass sie schon jetzt, bevor der Vorhang sich überhaupt geöffnet hat, diese Wunde in sich fühlt, die sie geschlossen glaubte. Jakob und Hilde hatten in guter Absicht gemeint, Brechts DREI-GROSCHENOPER sei genau das Richtige für einen wunderbaren Theater-abend, der Brecht sei ja immerhin aus seinem Exil nach dem Krieg ganz bewusst in die DDR gegangen und sein Berliner Ensemble weltberühmt geworden und Ulrike hatte sich, schief lächelnd, auf die Zunge gebissen und heruntergeschluckt, was ihr als Erwiderung quasi schon am Kehlkopf hing: dass sie den Brecht zwar liebe, aber es schon schoflig gefunden hätte, dass sie seine Stücke in der DDR nur gegen Valuta hätten spielen können, weil der große Bertolt Brecht die Rechte für seine Stücke bei einem großen West-verlag beließ, und Valuta waren knapp, mehr als knapp, wenn ein kleines Theater im kleinen Ländle auch mal ein westeuropäisches oder gar ameri-kanisches Stück auf dem Spielplan haben wollte. Giucaroni, vergiss es, freu dich einfach an dem schönen Haus, in dem du sitzt, an dem bunten Volk, das den Zuschauersaal mehr und mehr flutet, das zweite Klingeln war ertönt, auch Jutta nimmt neben ihr Platz, schaut sie prüfend an, Ulrike lächelt, wild entschlossen, sich gegen alles zu wehren, was ihre Selbstkontrolle beein-trächtigen könnte. Drittes Klingeln, das Raunen im Saal mit seinen Rängen wird leiser, Ulrike schätzt mit geübtem Blick, und da nur wenige Plätze frei bleiben, um die 800 Zuschauer, die mit ihr auf den sich öffnenden Vorhang schauen und mit Einsetzen der Musik vollends verstummen. Es ist die Magie des Theaters, die sie in ihren Bann geschlagen hat, seit sie als Sechsjährige mit ihrer Schulklasse das erste Mal in einem großen Theater saß, damals in der Berliner Staatsoper, als sie diese dicke alte Gretel auf der Bühne und diesen Hänsel mit Busen und hoher Stimme, der doch auch eine Frau sein musste, trotz der in ihren Ohren seltsamen Musik akzeptieren konnte, sich einfangen ließ vom Bühnengeschehen, und es ist immer noch dieselbe Magie, die ihr jetzt schier das Herz zerreißt, und die Wunde in ihr öffnet sich mit jedem weiteren Song, mit jeder Szene, das Ensemble auf der Bühne ist zu gut, um das zu verhindern, und je mehr sie die Leistungen der Kollegen auf der Bühne anerkennen muss, umso tiefer geht der Schmerz, der ihr das Atmen immer schwerer macht. Ihre Hände krallen sich ineinander, sie versucht, sich zu retten, indem sie innerlich die Position der Regisseurin und Dramaturgin einnimmt, die wie in einem Vorsprechen die Kollegen bewerten und beurteilen muss, das verschafft ihr wenigstens kurzzeitig mehr Distanz zur Bühne, aber ist nicht zu halten, es verbraucht zu viel Kraft, die sie nicht hat. Sie spürt eine Übelkeitswelle von unten aufsteigen und schnell ist auch die Angst wieder da, die Angst vor der Hilflosigkeit mit dem Kontrollverlust, die auf die Hyperventilation folgen wird. Ulrike steht auf und verlässt fluchtartig ihren Platz. Es gelingt ihr, die Tür zum Foyer leise zu öffnen und zu schließen, sie hört die gedämpften Stimmen der Platzanweiserinnen und läuft auf die Treppe zu, die Stimmen entfernen sich, sie muss sich am Treppengeländer festhalten, so sehr schlottern ihr die Beine, sie sinkt auf eine Treppenstufe, sucht mit flatternden Händen eine Tüte in ihrer Handtasche, in die sie atmen könnte, Mist, vergessen, also hält sie sich die Hände vor Mund und Nase und versucht mit aller Kraft, ruhiger zu atmen, zählt beim Ausatmen bis sie merkt, es funktioniert, sie schafft es, dann hört sie Schritte hinter sich und will erschrocken aufstehen, nur keine Fragen beantworten müssen, eine Hand legt sich von hinten auf ihre Schulter.

»Bleib sitzen, atme ruhig weiter, hast du gut gemacht, ganz ruhig bleiben, ich bin da.«

Ulrike spürt Juttas Wärme, als die neben ihr auf der Treppenstufe sitzt. Jetzt rinnen die Tränen zwischen ihren Fingern hindurch und tropfen auf die nicht mehr schlackernden Knie.

»Es tut mir leid, verzeih ...«

Jutta nimmt ihr eine Hand vom Gesicht und drückt ihr ein Tempotaschentuch hinein.

»Macht nichts, Kleene, es ist so zwar der schwierigere Weg, aber nun sind wir schlauer, und das wolltest du ja so, oder? Gegenüber vom Theater ist ein Café, das am Wochenende immer erst nach der Pause im Theater schließt, da könnten wir jetzt zwei ruhige Plätze für uns finden, was meinst du?«

»Nur, wenn ich dich als Entschädigung einladen darf.«

»Klingt gut, aber schaffst du den Weg dahin?«

Ulrike steht auf, lässt nach kurzem Zögern auch das Treppengeländer los.

»Nicht so vorwitzig, junge Frau! Darf ich's wagen …«, und Jutta bietet Ulrike mit leichter Verbeugung ihren Arm an. Die greift gequält lächelnd zu, das macht es ihr leichter, diesen ungewollten Abgang aus dem Theater mit Fassung zu tragen.

»Die nächsten Theaterkarten, meine Liebe, besorgst du, aber erst, wenn du sicher bist, das zu verkraften. Sind wir uns da einig oder müssen wir das erst noch diskutieren?«

Sie überqueren die Straße zwischen Theater und Café.

»Nein«, antwortet Ulrike, »darüber müssen wir nicht diskutieren. Für diese Wahnsinnsmenge an freier Zeit, die wir haben, gibt es ja in dieser Stadt auch noch Kinos, Museen, Ausstellungen und Konzerte.«

»Dir geht's schon wieder viel zu gut«, kopfschüttelnd zieht Jutta Ulrike durch die Tür ins Café.

Seit Dorothea weiß, dass Ulrike in ihren Theaterjahren auch zeitweise das Bewegungstraining der Schauspieler geleitet hat, lässt sie nicht locker.

»Ich sehe dein Bewegungstalent, ich höre, was du früher am Theater alles gemacht hast, und ich kapiere nicht, wie du mit dem Job in der Arztpraxis allein glücklich sein kannst!«

»Und du? Hast Wirtschaftswissenschaft und Management studiert und lässt dein Wissen in deinem Familienbetrieb mit Kindern und dem Sportverein verkümmern? Wie geht das denn?«

»Muss ich dir erklären, was es bedeutet, mit einem Musiker vom Staatstheaterorchester verheiratet zu sein und zwei kleine Kinder zu haben?«

So beharken sie sich allwöchentlich verbal nach dem Training mit viel Vergnügen, Ulrike lernt die vielen Nichtselbstverständlichkeiten im Leben westdeutscher Frauen durch Thea und ihre Sportkameradinnen noch besser kennen, aber kaum akzeptieren. Der Satz:

»Mein Mann ist bei VW und will nicht, dass ich arbeite«, passt für sie nicht in dieses Jahrhundert und dass Hausarbeit mehr sein könnte als ungeliebte Notwendigkeit, will auch nicht in ihren Kopf.

»Es kann doch nicht sein, dass Wissen, Zeit und Geld derartig vergeudet werden! Und es ist genauso wenig in Ordnung, dass Frauen nur Teilzeit arbeiten, um den beruflichen Anschluss nicht zu verlieren und das Geld für den halben Kitaplatz zu verdienen, den sie selbst, wenn sie wollten, gar nicht ganztags kriegen könnten!«

»Vielleicht solltest du in die Politik gehen, Frau Giucaroni?«

Sie sitzen in der Vereinskneipe und haben beide ein halbvolles Alsterglas vor sich auf dem Tisch, ihr Durstlöscher nach dem Training.

»Dafür ist mein Fell nicht dick genug und ich kann mir auch nicht vorstellen, jemals wieder Mitglied einer Partei zu sein.«

»Und könntest du dir vorstellen, mal an meiner Stelle eine Übungsstunde für unsere Gruppe zu machen?«

»Wie kommst du auf die Idee?«

»Als Test für dich und uns alle. Ich denke, du könntest das gut und ich würde die Frauengymnastiksparte in unserem Verein gern ausbauen. Du müsstest dann die Trainerlizenz als Übungsleiter natürlich machen, aber das schaffst du spielend, dauert ein bis zwei Jahre, je nachdem für welchen Schein du dich entscheidest, und natürlich übernimmt der Verein einen Teil der Kosten. Was meinst du?«

»Das klingt nach überraschend neuer Perspektive. Aber Lust das auszuprobieren, hätte ich schon. Hast du noch Zeit für ein zweites Alster oder musst du schnell wieder nach Hause?«

»Ich muss nach Hause, Volker hat Vorstellung heute Abend und meine Mutter hat den Kleinen aus der Kita abgeholt, ich kann und will das nicht überstrapazieren. Magst du uns am Wochenende nicht mal besuchen? Dann lernst du meine kleinen und großen Männer zu Hause auch gleich kennen und wir haben Zeit über die Probestunde und die Übungsleiterausbildung in Ruhe zu reden.«

»Thea, du bist eine Menschenfängerin.«

»Solche wie dich hole ich besonders gern ins Boot.«

»Solche Verlorenen wie mich?«

»Du fühlst dich nicht wirklich so«, Thea schaut auf ihre Uhr, »Samstag halb vier bei mir?«

»Zisch ab, ich zahl dein Alster, Samstag halb vier bei dir«, und Ulrike schluckt lächelnd den Kloß weg, den sie im Hals spürt, und winkt Thea zu, schluckt weg, was sie ihr vielleicht später erklären wird, warum das Theater früher für sie halt nicht nur Arbeit und Leidenschaft war, sondern auch das Zuhause. Es war Familie mit allem, was dazugehörte, mit Streit und Zoff, Kriegen und Fronten, Verletzungen und Verlusten, aber auch immer wieder mit Gewinnen und Sternstunden, mit Vertrauen, Liebe und Nähe, auch jenseits von Premieren. Ich hab mein Zuhause verloren, Thea, denkt sie und legt das Geld für die Getränke auf den Tisch, winkt Udo, dem Kneipier zu und verlässt das Vereinsheim, läuft schlendernd durch den Park um den Sport-platz herum, sieht den Speerwerfern zu, die noch auf dem Platz sind und ihre Trainingszeit bis in die anbrechende Dunkelheit hinein ausnutzen. Zuhause verloren, die beiden Wörter haben sich festgehakt in ihrem Kopf, während die Augen die fliegenden Speere verfolgen und ein anderer Teil ihres Hirns sich begeistert die Aufwärmübungen der Sportler für die Schultergelenke merkt. Thea würde ihr bestimmt antworten:

»Aber du hast doch ein neues Zuhause gefunden, und was für ein schö-nes!«

Ulrike weiß, es gibt Frauen in der Gymnastikgruppe, die ihr entweder die enge Freundschaft mit Frau Doktor Jutta Weigand oder die Wohnung über der Arztpraxis oder auch beides neiden. Thea hat ihr die für sie merk-würdigen, unverständlichen Verhaltensweisen dieser Frauen mit der Ge-fühlskategorie Neid erklärt, die sie nicht nachvollziehen kann, weil sie keine Ahnung hat, wie Neid sich anfühlt. Sie war in ihrem ganzen Leben noch niemals auf irgendetwas oder jemanden neidisch gewesen. Sie hatte immer Ziele, ja, aber immer jenseits von allem Materiellen und Freundschaften sind ihr einfach aus gemeinsamen Aufgaben gewachsen. Wenn sie ihre Ziele nicht oder nicht vollständig erreichen konnte, gab sie sich selbst die Schuld und grübelte allein oder mit Teilen ihrer Theaterfamilie, woran es gelegen haben könnte, und dann steckte sie sich das nächste Ziel. Sie weiß, sie würde Thea mit einem »Ja, aber« antworten, aber diesem Aber müsste die Erklärung folgen. Was war es also genau, was sie trotz des neuen Zuhauses im noch immer fremden Land vermisste? Sie stellt die Sporttasche auf der Treppe zu ihrer Wohnung ab, verschließt die Haustür wieder und geht durch den Garten zum Haus der Weigands hinüber.

»Jakob hat heute keinen guten Tag«, empfängt Hildegard sie und lässt sich beim Aufräumen der Küche nach dem Abendbrot nicht stören, »ich hab ihn schon nach oben in sein Zimmer gebracht.«

Ulrike setzt sich auf den Küchenstuhl und schaut ihr zu.

»Und wie geht's dir?«

»Mir? Ach, weißt du, solange er da oben allein klarkommt und nur ver-gisst, was er früher immer gern gegessen hat, wenn er über meinen Salat schimpft, ist alles gut. Nimm mal die Arme hoch«, und sie wischt den immer sauberen Tisch ab und geht mit dem Abtrockentuch, das ihr vorn an der Schürze steckt, über die leicht feuchte Platte. Als sie fertig ist, schnappt sie sich die beiden Illustrierten vom Beistelltisch.

»Die neue BRIGITTE ist da, magst du dir die alte mitnehmen? Ich muss jetzt die LINDENSTRASSE gucken, aber du kannst gern mit ins Wohnzimmer kommen.«

»Nein, danke, Hilde, ich hab genug zu lesen«, Ulrike verabschiedet sich und denkt, wenn ich jemals die LINDENSTRASSE sehen muss, bin ich nicht mehr ich, dann ist da irgendwas in mir kaputtgegangen.

Sie schließt die Haustür auf, kein Licht in der Praxis, Jutta ist also noch immer nicht von ihrer Hausbesuchstour zurück, ach, und wollte sie heute Abend nicht noch zu einer Probe mit dem Kantor in die Kirche? Ihr Briefkasten ist leer, in ihrer Wohnung empfängt sie die Stille. Sie räumt ihre Sportsachen zum Lüften ins Bad, setzt Teewasser auf und wirft einen Blick in ihr Wohnzimmer. Vor ihrem Einzug haben sie gemeinsam Jens' Sachen sortiert, Hilde sorgte dafür, dass der Inhalt seines Kleiderschrankes an Bedürftige kam, der Gärtner kümmerte sich um den wenigen Sperrmüll, vor der Bücherwand saßen sie als Letztes gemeinsam, Ulrike und Jutta, auf dem Fußboden, jede umgeben von Bücherstapeln, zwei Abende lang, eine Schallplatte nach der anderen auflegend und immer ein Glas Wein auf dem Tisch. Die medizinischen Fachbücher wanderten hinüber in die Weigand'sche Bibliothek, ein kleiner belletristischer Teil zu Hilde, ein größerer in die Gemeindebibliothek, der klassische Teil mit sehr guten Ausgaben von Thomas Mann, Feuchtwanger, Goethe, Arnold Zweig und anderen behielt seinen Platz in der Bücherwand, da Ulrikes mitgebrachte Klassikerausgaben überwiegend aus Reclam-Bänden bestanden, denen die Umzüge und die frühere Feuchtigkeit des Fachwerks nicht gutgetan hatten. Und was für herrliche Debatten hatten sie, als Ulrike Erwin Strittmatters Trilogie DER LADEN, Christa Wolfs KINDHEITSMUSTER und KASSANDRA, Bücher von Stefan Heym und Jurek Becker in Jens' Bücherwand fand! Die Bücher sind mein Zuhause, denkt Ulrike, und Menschen, mit denen man über Literatur reden und streiten kann, und die Sprache ist mein Zuhause, ist Heimat. Ich glaube, ich könnte dieses Land nicht verlassen. Bücher, Sprache, Arbeit, Freunde, das ist die Basis für jedes Zuhause, Ulrike Giucaroni, und hier stimmt sie, die Basis.

»Also mach was draus!«, sagt sie laut.

Als sie am Samstag pünktlich um halb vier vor Dorotheas Haus steht, bewundert sie den gelungenen Mix aus altem, sanierten Fachwerk und einem Anbau aus Glas und Beton, bevor sie auf den Klingelknopf drückt. Ein

blonder Wuschelkopf öffnet ihr die Tür und schaut sie von unten mit großen grauen Augen an.

»Bist du Ulrike? Und hast du mir was mitgebracht?«

»Ich bin Ulrike und du musst der Burgwächter Lukas sein, aber meine
Taschen sind leer, ich kann den Zoll nicht zahlen. Was nun?«

»Lukas, was soll das denn! Entschuldige, Ulrike, komm rein«, Dorothea
nimmt ihren Vierjährigen an die Hand und öffnet die Tür weit.

Ulrike sieht, dass Lukas' Frage Thea peinlich ist, sie will sie umarmen,
aber Lukas schiebt sich dazwischen, umklammert die Beine seiner Mutter
und quengelt:

»Mama, spielst du jetzt mit mir?«

Thea hebt sich ihren Sohn auf die linke Beckenseite und geht mit ihm vor
ins Wohnzimmer, während Ulrike ihre Schuhe auszieht und dann langsam
folgt. Sie kennt die Wohnungen ihrer früheren Theaterkollegen und ertappt
sich dabei zu vergleichen. Es ist sehr sichtbar ein Unterschied, ob man in der
DDR Schauspieler an einem kleinen Stadttheater war oder in der BRD schon
lange Musiker an einem Staatstheater. Ulrike erkennt mühelos Original-
graphiken an den Wänden, am Türrahmen und der Beschaffenheit einer nur
angelehnten Tür macht sie das Musikzimmer aus, was für eine Dämmung!
Durch eine offene Tür schaut sie in eine großzügige Wohnküche mit schon
gedecktem Kaffeetisch und bleibt schließlich in der Wohnzimmertür stehen,
hörend, wie Thea ihrem Jüngsten noch immer klarmacht, dass sie jetzt mit
Ulrike gemeinsam Kaffee trinken, er bitte seinen Bruder David aus seinem
Zimmer holen und dabei leise wie ein Mäuschen sein solle, weil der Papa
noch schläft nach der Probe und sich vor der Abendvorstellung ausruhen
müsse. Lukas zieht einen beleidigten Flunsch, aber trollt sich schließlich die
Treppe hoch ins Obergeschoß. Ulrike lässt ihren Blick wandern durch den
Raum, dessen salonartiger Charakter durch den offenen Übergang vom älte-
ren Teil mit den unverputzten Fachwerkbalken, gediegenen Ledersofas und
Sesseln am Kaminofen in den neueren, hellen Teil mit einem Klavier an der
Wand und einer durchgehenden wintergartenähnlichen Fensterfront hinter
leichtem, fast verspielten Sitzmobiliar entsteht. Im Sommerhalbjahr würde
Volker hier auch mit Kollegen in kleinen Besetzungen, in denen er nebenbei
auf Honorarbasis auftritt, proben, erzählt Thea, und sie hätten auch gern
und oft Gäste, Kollegen vom Theater meist, das kenne sie ja sicher auch von
früher. Die Kinder kommen die Treppe herunter, Ulrike lächelt ihren Wund-
schmerz im Bauch, der da leise aufflackert, weg und drückt Davids Hand, die

er ihr mit freiem Blick hinstreckt. Sie gehen gemeinsam in die Wohnküche und David nimmt mit großer Selbstverständlichkeit eine kleine Thermoskanne von der Küchenarbeitsplatte und gießt sich und seinem Bruder den Kakao ein, während seine Mutter die beiden Kaffeetassen füllt. Die Kinder stürzen sich auf den Rührkuchen, Thea versucht Lukas immer wieder den Sinn und Zweck eines Tellers zu vermitteln und Ulrike ist sehr schnell klar, dass sie jetzt weder über ihre Probestunde noch über die Übungsleiterausbildung reden können.

»Ihr wohnt sehr schön«, kann sie loswerden und Thea erklärt, dass es das Haus ihrer Großeltern ist, das sie geerbt und mit Hilfe ihrer Eltern vor Lukas' Geburt ausgebaut und saniert hätten, und David will ihr unbedingt sein Zimmer zeigen. Sie lässt sich von ihm nach der ersten Tasse Kaffee in sein Reich entführen, auch in seinem Zimmer steht ein Notenständer neben dem Schreibtisch und seiner Schultasche und sie entdeckt seinen Geigenkoffer. David verrät ihr, bevor sein kleiner Bruder in ihr Gespräch und ins Zimmer platzt, dass er die Geige eigentlich nicht so mag und viel lieber Schlagzeug spielen würde, aber Papa sagt, dazu sei es noch zu früh, weil er erst sieben Jahre alt ist, und das könne er später immer noch lernen.

»Mama sagt, du sollst jetzt mit mir spielen und Ulrike soll wieder runterkommen, der Kaffee wird kalt!«, Lukas steht wie ein kleiner Zinnsoldat vor seinem großen Bruder, mit dem Rücken zu Ulrike. Die zwinkert David zu und sagt:

»Dann wollen wir der Mama mal gehorchen«, und schließt die Kinderzimmertür hinter sich.

Sie haben zwanzig ruhige Minuten, in denen sie sich über das nächste Training und Ulrikes Probestunde verständigen. Ulrike möchte die Stunde mit einigen Übungen aus ihren früheren Trainingsprogrammen auffüllen und beschreibt sie gerade, als sie aus dem Korridor eine Bassstimme hört:

»Oh, wir haben Ostbesuch!«

»Woran erkennt man Ostbesuch, bevor man ihn sieht?«, ruft sie, ohne sich zur offenen Tür umzudrehen.

Ulrike wusste von Thea, dass Volker einige Jahre älter ist als sie, aber mit diesem Hünen, durch dessen Bart und sich lichtende halblange Locken sich kräftige graue Strähnen ziehen, hat sie nicht gerechnet.

»Alle Ostler ziehen in fremden Wohnungen ihre Schuhe aus, egal ob sie aus Sachsen, Berlin oder Rostock kommen«, Volker schmunzelt in seinen Bart, sein Händedruck ist kräftig und warm, Ulrike sieht in die klaren grauen

Augen, die auch seine Söhne haben, und kann nicht anders, als ihm diesen blöden Spruch zu verzeihen.

»Liegt vielleicht daran, dass es bei uns nicht viele Frauen gibt, die Lust und Zeit haben, ihren Männern und Kindern hinterherzuputzen, und gelernt ist gelernt.«

Volker küsst seine Frau auf den Scheitel und sagt:

»Bleib sitzen, ich hol mir den Kaffee selbst«, und als er mit seinem Kaffeepott neben seiner Frau sitzt, fügt er lächelnd hinzu, »und ich kann übrigens auch meine Hemden selbst bügeln.«

»Hugh, ich habe gesprochen«, Ulrike kann sich das Grinsen nicht verkneifen, »solange ich am Theater war, habe ich unter den Kollegen kaum Paare kennengelernt, bei denen es starre Rollenverteilungen gegeben hätte, DDR-Frauen hin oder her, und wenn beide am Theater sind, verteilen sich die häuslichen Aufgaben ohnehin mehr nach den Dienstplänen, oder?«

Volker stutzt und überlegt, bevor er antwortet.

»Komisch, ich weiß das gar nicht so genau und ein Orchester ist eine sehr bunt gemischte Körperschaft, wenn ich das so sagen darf, mehr Männer als Frauen sowieso, aber auch viele Nationalitäten. Da gibt's alles. Einige sind mit Kollegen aus anderen Sparten verheiratet, wenige sitzen im Orchester neben ihrem Ehepartner und ich bin auch nicht der einzige Glückliche, der so relativ verwurzelt ist und dann auch noch eine tief verwurzelte theaterfremde Einheimische heiratet und mit ihr Kinder zeugt, ein Haus umbaut, einen Apfelbaum im Garten pflanzt und auch nicht mehr weggehen will.«

»Was heißt verwurzelt?«

»Ich bin gebürtiger Hannoveraner, hab da auch Musik studiert und bekam nach dem Studium mein erstes Engagement am Staatstheater in Karlsruhe. Es war schön, gleich nach dem Studium an einem großen Haus zu sein, aber ich bin nicht warm geworden dort, nicht mit der Stadt, nicht mit den Menschen und dann war es einfach zu weit weg von zu Hause. Ich weiß, Heimweh macht sich für Theaterleute nicht gut, aber ich kann dazu stehen. Auch wenn die Rivalität zwischen Braunschweig und Hannover eine wahrlich unendliche Geschichte ist, der Tag, an dem ich nach meinem Vorspiel am hiesigen Staatstheater meinen Vertrag unterschreiben konnte, bleibt einer meiner glücklichsten. Ich war wieder in Niedersachsen, für meine Eltern wieder greifbar und nah an allem, was mir wichtig ist.«

»Und eine gewisse Dorothea muss dir ja dann auch noch über den Weg gelaufen sein …«, hakt Ulrike nach.

»Dieser gewissen Dorothea hat er mit einer Pendeltür eine dicke Beule am Kopf verpasst, weil man mit einem Instrumentenkoffer unter dem einen Arm, einem Notenstapel unter dem anderen und auf dem Gang lautstark mit Kollegen diskutierend ja nur rückwärts durch die Tür kommt und dabei nicht auch noch gucken kann!«

»Wer weiß, ob ich mich ohne deine Beule so schnell in dich verliebt hätte!«

»Stimmt, ein Mannsbild wie du, schwer doppelt belastet als Musiker und Gewerkschafter, hätte die kleine Praktikantin aus der Verwaltung ohne diesen Zusammenstoß wunderbar übersehen können!«, lästert Dorothea.

»Du warst Praktikantin im Staatstheater?«

»Notgedrungen, ja, während des Studiums und auch nur ein paar Wochen, die ich lieber bei Siemens oder VW verbracht hätte, aber die Stellen dort waren sehr schnell weg.«

»Zum Glück! Sonst gäb's uns zwei mit den beiden Quälgeistern da oben nicht hier«, Volker reagiert mit seinem entspannten Lächeln auf das Trampeln und zornige Geschrei aus dem Obergeschoss.

»Ich schau mal nach«, sich entschuldigend steht Thea auf und läuft schnell die Treppe hoch, während sich Volker zurücklehnt und Ulrike mustert.

»Und du? Wovor bist du geflüchtet?«

»Geflüchtet? Wie kommst du denn darauf?«

»Du bist nicht die erste Ex-DDR-Kollegin, die mir gegenübersitzt, wir haben einen Beleuchter aus Sachsen, der kam kurz vor dem Mauerfall über Ungarn, gleich 1990 bewarben sich zwei Musiker aus Orchestern, die – wenn es sie noch gibt – zumindest um ihre Existenz kämpfen, das sind tolle Kollegen und soviel ich weiß, haben deine Schauspielkollegen auch kaum ein Problem, an Theater in den alten Bundesländern zu wechseln, man findet euch in allen Sparten. Also …«

»… antworte ich dir mit: Gute Frage, lieber Volker, aber ich wäre weder 1989 noch 1990 geflüchtet, wie du es nennst, und ich wäre auch jetzt nicht hier, wenn nicht unsere gesamte Infrastruktur zusammengebrochen und ich nicht krank geworden wäre. Woher sollen Kommunen, die bankrottgehen, Geld für ihre Theater nehmen? Und mal ganz davon abgesehen, dass sich die Theater im Osten gerade alle neu erfinden müssen, mein DDR-Theaterwissenschaftsdiplom ist anders als Schauspieler- oder Musikerabschlüsse nicht so die tolle Eintrittskarte für den künstlerischen Westhimmel, und neues Leitungspersonal an unseren Osttheatern hat auch zunehmend Studienabschlüsse aus München oder Hamburg vorzuweisen. Ich hab keine Lust, mich für meine Biografie entschuldigen zu müssen, und ich wäre nicht hier, wenn ich noch genügend Kraft für die Kämpfe, die im Osten auszutragen sind, hätte. Ich fühle mich nicht als Flüchtling, ich bin froh, noch genügend Neugier auf euch und das Leben in diesem Land in mir zu haben, glücklich, um nichts betteln zu müssen und neue Beziehungen und Freundschaften eingehen zu können, und wirklich sehr dankbar für die Perspektiven, die sich für mich gerade neu auftun«, und mit diesem letzten Satz wendet sich Ulrike Dorothea zu, die gerade wieder den Raum betritt, den zerknirschten und verheulten Lukas auf dem linken Arm, Papiere unter den rechten Arm geklemmt.

»Volker, kannst du ihn übernehmen? Ich will Ulrike wenigstens noch die Materialien für die Übungsleiterlizenzen zeigen.«

Volker schraubt sich vom Sofa hoch.

»Wir sehen uns sicher bald wieder, gern auch im Theater!«

Ulrike schüttelt den Kopf.

»Nee, da bestimmt vorerst nicht. Ich bin zwar nicht geflüchtet, aber an der Stelle noch nicht schmerzfrei. Der Winter steht vor der Tür. Vielleicht gibt's mal einen dienstfreien Abend mit Glühwein, unsere Patienten schwärmen mir die Ohren vom Braunschweiger Weihnachtsmarkt voll.«

»Weihnachtsmarkt? Du enttäuschst mich!«

»Na gut, wir können auch über Christa Wolfs Amerikaaufenthalt reden! Nicht?«

Volker war gequält zusammengezuckt und nimmt seiner Frau schnell den immer lauter quengelnden Lukas ab, beide versuchen, ihn zu beruhigen, Dorothea schiebt Volker hinaus und schließt mit einem lauten Stöhnen die Tür hinter ihnen.

»Sag nichts. Ich wollte das alles so, auch wenn es manchmal nervt«, und sie breitet die Papiere auf dem Tisch aus.

Ulrike hört sich die Erklärungen zu den unterschiedlichen Trainer- und Übungsleiterlizenzen an und blättert in den Broschüren.

»Du sagst ja gar nichts. Ulrike?«

»Du weißt, dass ich Brustkrebs hatte, und kennst die Anforderungen der Ausbildung. Du meinst, ich kann das trotzdem problemlos schaffen?«

»Ich fände es sogar gut, wenn eine selbst Betroffene den Schein für die Rehakurse macht. Das ist eine Herausforderung, sicher, aber nicht nur für dich, auch für unseren Verein. Hast du Zweifel?«

David reißt die Wohnzimmertür auf und beschwert sich laut:

»Papa hat Lukas erlaubt, mit meinem Tretauto zu fahren, ohne mich zu fragen, das ist gemein! Mama, du musst mir helfen!«

»David, du siehst doch, dass wir noch Besuch haben und ich mit Ulrike im Gespräch bin, du bist groß genug, das mit Papa und Lukas selbst zu klären! Und wehe, du knallst jetzt die Tür zu!«

Ulrike sammelt die Papiere, die sie mitnehmen darf, ein, während David wutschnaubend aus dem Zimmer rennt, und steht auf.

»Ich gehe jetzt besser, Thea, hab Dank für deine Zeit und das Material. Ich rufe dich an, wenn ich noch Fragen habe, und wir sehen uns nächsten Mittwoch beim Training wieder, gut?«

Draußen winkt sie Volker und den Kindern zu und beeilt sich beim Verlassen des Buchholz'schen Grundstücks. Das, lieber Volker, ist jetzt Flucht, denkt sie, und erhöht ihre Schrittfrequenz.

1994

Die Januarsonne steht niedrig am Horizont, ihre Strahlen kämpfen sich durch dunstig-feuchte Luft und scheinen die Erde nicht zu erreichen. Der kurze Kälteeinbruch zu Jahresbeginn hat nicht gereicht, um die neuen Schlittschuhe auf dem Eis der schnell zufrierenden Fischteiche ausprobieren zu können. Ulrike läuft mit ihrer Sehnsucht nach klarer, frostiger Luft und dem Dahingleiten auf Kufen über die Wiesen und durch die nahen Anlagen der Gartenvereine, der Boden unter ihren Füßen schmatzt und patscht, sie läuft gegen ihre Müdigkeit an, hofft, dass der Wind ihr alles Unnütze und Belastende aus dem Kopf bläst, mag nicht denken, nicht jetzt, ihre Augen suchen die Vögel im Graubraun des schneelosen Wintertages, aber alles Schöne scheint ihr versteckt, und sie stolpert auf der Wiese über alte und neue Maulwurfshügel. Sich vergraben, auch eine Lösung, aber nicht für mich, denkt sie, bleibt stehen und schaut wieder in den Himmel, den grauen, und plötzlich steigt ein Greifvogel auf, dem die Augen folgen können, fliegen, ja, fliegen wäre die bessere Variante, den Wind spüren, alles unter sich klein werden lassen, bedeutungsloser, Probleme wie Menschen, frei sein. Ihre Beine finden den Rhythmus wieder, sie versucht, den Vogel nicht aus den Augen zu verlieren, folgt ihm unwillkürlich, der Wind zerrt an ihrer Jacke, sie hält ihre Wollbaskenmütze fest, die Füße haben wieder Asphalt unter den Schuhsohlen, der Vogel kreist über ihr und sie dreht sich im Wind, breitet die Arme aus und schreit:

»Ich bin frei!«

Der Schrei hallt in ihr nach, als sie die Arme sinken lässt. Seltsam, war sie das, die geschrien hat? Sie dreht sich noch einmal, halb Spiel, halb Umschau, aber es ist niemand da außer ihr. Und dann ist der Vogel nicht mehr zu sehen und Regentropfen verwischen die Sicht durch die Brillengläser, die Füße laufen schneller, nach Hause, nur wieder nach Hause. Ulrikes Atmung geht jetzt nur noch über den geöffneten Mund, viel zu früh, viel zu schnell! In den ersten Stunden ihres Übungsleiterkurses ist ihr klar geworden, wie sehr sie an ihrer Ausdauer arbeiten muss, Mund zu, befiehlt sie sich, aber es geht nicht. Nicht alles auf einmal, das ist jetzt kein Training, das sollte nichts als ein Morgenspaziergang vor dem Frühstück sein, bevor Kirchgänger und Sonntagsspaziergänger die Wege bevölkern, und doch japst sie, als der Haustürschlüssel endlich im Schloss steckt und sie die Wohnungstür hinter sich zugemacht hat. Ulrike hat sich angewöhnt, am Wochenende beim Frühstück zu lesen, manchmal mit leiser Musik vom Plattenspieler, manchmal ganz in der Stille, manchmal zwei Stunden und länger. Heute gelingt es ihr nicht. Sie hat sich mit ihrer Mutter verabredet, die anrufen wird, sobald der Vater die Wohnung zum Frühschoppen in seiner Kneipe verlassen hat.

»Du bist frei«, den Satz ihrer Mutter hat Ulrike noch im Ohr, und der ihr so fremde Neid in diesem Satz war während des Besuchs ihrer Mutter in der Adventszeit zum Auslöser von Gesprächen zwischen ihnen geworden, wie sie sie zum ersten Mal miteinander führten. Helga Giucaroni hatte ihren restlichen Jahresurlaub bei ihrer Tochter verbracht, konnte von allem nicht genug kriegen, nicht von ihren gemeinsamen Spaziergängen um die Fischteiche und durch den Wald des Landschaftsschutzgebietes, nicht vom Weihnachtsmarkt in der Braunschweiger Innenstadt und dem Bummeln durch Geschäfte und Kaufhäuser und zu Ulrikes großem Erstaunen auch nicht von Kirchenbesichtigungen. Nach einem Konzert im Braunschweiger Dom, für das Jutta ihnen Karten besorgt und geschenkt hatte, gestand Helga ihrer Tochter, dass sie erst sehr spät eine Liebe zu klassischer Musik in sich entdeckt habe, die sie nur leider mit niemandem teilen konnte. Daraufhin schleppte Ulrike ihre Mutter ins musikalische Mittagsgebet des Doms, weil sie kein zweites passendes Konzert fand, und beobachtete fasziniert die während des Orgelspiels über das Gesicht ihrer Mutter ungehindert laufenden Tränen. Die Genossin Giucaroni weinte in einer Kirche? In einem Café wollte sie diese Frage ihrer Tochter nicht beantworten, aber beim Wein unter vier Augen und im Schein der Adventskerze gab es Abend für Abend keine Fragen ohne Antworten und Ulrike wurde vorübergehend sprachlos, als sie erfuhr, dass ihre Eltern getauft waren, Helga als Baby sogar gegen den Willen und in Abwesenheit ihrer Mutter, die schon vor der Machtergreifung der Nazis Anfang der dreißiger Jahre KPD-Mitglied war, und Antonio Giucaroni sang sogar noch als Junge im Kirchenchor, bis er bei Dynamo das Boxen für sich entdeckte und mit seiner Volljährigkeit und dem Antritt seines Ehrendienstes in der NVA aus der Kirche austrat. Und inzwischen seien sie überall ausgetreten, auch aus der Partei, der Vater, weil er meinte als ehemaliger Waffenträger der neuen PDS zu schaden, die Mutter aus Angst, sich berufliche Weiterentwicklung mit politischen Statements zu blockieren.

Sie war als ehemalige hauptamtliche Mitarbeiterin der SED-Kreisleitung froh, überhaupt wieder Arbeit gefunden und eine neue Chance erhalten zu haben. Dass die Ehe ihrer Eltern nicht durchgängig glücksgeschwängert war, hatte Ulrike schon als Schulkind geahnt, obwohl es weder lautstarke Auseinandersetzungen noch offensichtliche Alleingänge der Eltern gegeben hatte, aber Ulrike entwickelte ein Gespür für Fassade und nur vorgetäuschte Einigkeit in den ohnehin äußerst sparsamen Gefühlsäußerungen der Eltern und spätestens in der Pubertät beschloss sie, Liebe anders leben zu wollen. Nun, als fast Zweiunddreißigjährige, hörte sie eine Lebensbeichte, die ihr den Atem nahm. Helga Giucaroni hatte sich während eines dreimonatigen Kreisparteischulaufenthaltes in einen Genossen aus ihrer Seminargruppe verliebt und er sich in sie, da war sie wenig jünger als Ulrike jetzt. Beide waren aber verheiratet, beide hatten Kinder zu Hause. Helga wollte damals die Scheidung einreichen, aber den Liebenden wurde noch auf der Parteischule klargemacht, welche Folgen ihre Beziehung hätte, sie müssten als Genossen schließlich auch moralisch Vorbild sein, ein Parteiverfahren bekämen sie beide in jedem Fall und das hätte natürlich auch Folgen für ihre weitere Entwicklung im Parteiapparat und wie die Genossin Giucaroni es mit ihrem Gewissen vereinbaren könne, ihren Mann, der als Offizier der NVA einen schweren Dienst absolviere, in derartige Probleme zu stürzen, ganz zu schweigen von ihren Kindern, die sie doch sicher behalten wolle, nicht wahr?

»Du hast auf die Liebe verzichtet, weil die Partei es so verlangte?«

»Ich wollte nicht wieder als Zugschaffnerin auf Bahnsteigen stehen und durch Züge laufen, Ulrike, ich hatte mir meinen Beruf als politische Mitarbeiterin nach einem Neubeginn als Sekretärin im Parteiapparat schwer erkämpft und dein Vater schwor Besserung! Er reduzierte tatsächlich seinen Bierverbrauch, meckerte nicht mehr herum, wenn ich abends las statt fernzusehen, und vielleicht erinnerst du dich auch daran, dass wir ab und zu nach Berlin ins Theater fuhren.«

»Es war mein schönstes Geschenk zum vierzehnten Geburtstag, dass ihr mich ins Maxim-Gorki-Theater mitgenommen habt ... Hast du ihn wirklich nicht wiedergesehen, den Mann, in den du so verliebt warst?«

»Nein. Er lebt mit seiner Frau in einer anderen Stadt und was Parteidisziplin bedeutet, weißt du ja wahrscheinlich auch noch.«

»Mein Parteiverfahren vor der Wende hat mit Ausschluss geendet und mir damals unerwartet neue Freundschaft von Kollegen eingebracht.«

»Mädchen, Parteiapparat und Theater, unterschiedlicher können Welten kaum sein!«

»Und jetzt?«

»Was meinst du?«

»Wir leben in einer anderen Welt, die du gerade mit so viel Freude neu entdeckst, ich erkenne dich kaum wieder! Du kannst doch jetzt nicht einfach zurück in die Platte zu diesem Stiesel fahren und so weitermachen?«

»Dieser Stiesel, meine Liebe, ist dein Vater!«

»Der nicht mehr der ist, der er war, der wieder trinkt, der sich weigert, nach neuen Wegen zu suchen, der es sich auf seinem Scherbenhaufen bequem macht, obendrein auf deine Kosten!«

Helga Giucaroni musste ihrer Tochter vor der Abreise versprechen, alle Optionen ihrer Ehe auf den Prüfstand zu stellen. Die neu gefundene Nähe zueinander machte ihnen den Abschied schwer. Sie verabredeten regelmäßige Telefonate sonntags, sobald Antonio die Wohnung Richtung Kneipe verlassen hat. Ulrike räumt ihren Frühstückstisch ab und zieht mit ihrer zweiten Tasse Kaffee um ins Wohnzimmer, wo das Telefon auf einem Tischchen neben ihrem Lesesessel steht. Aber es klingelt nicht. Zeit zu überlegen, ob sie der Mutter jetzt schon vom geplanten gemeinsamen Urlaub mit Jutta erzählen soll. Die Ostfriesischen Nordseeinseln kennt Ulrike nur von der Landkarte, Jutta hat bei Insulanern auf Juist seit Jahren eine Ferienwohnung als Stammquartier und Ulrike will ihrer Mutter in der Zeit ihrer Abwesenheit ihre Wohnung als Urlaubsquartier anbieten. Sollte sie es schaffen, sich von ihrem Mann zu trennen, dürfte kein Geld für Urlaub übrig sein. Helga Giucaroni war in ihrer Ehe von Anfang an für die Finanzen zuständig, Antonio war nach der achten Klasse in die Lehre gegangen, er hatte es nie mit Zahlen, das Geld floss ihm durch die Finger wie später das Bier durch die Kehle, beides zu verhindern war von Anfang an Helgas Aufgabe und würde es auch bleiben. Ulrike kämpft trotz Kaffee gegen die ständig wieder aufkommende Müdigkeit, ohne eine Erklärung dafür zu haben. Sie steht auf, holt ihre Gymnastikmatte aus dem Schlafzimmer und rollt sie vor dem Lesesessel aus. Bewegung hilft immer, das ist eine ihrer Grunderfahrungen, von Kindheit an auch in schwierigen Konfliktsituationen erfolgreich getestet. Wann immer sie mit ihrer Mutter in der Schulzeit aneinandergeraten und nicht gleich mit Stubenarrest bestraft worden war, rannte sie raus, möglichst weit weg vom Wohnblock, gern in den Wald, allein oder mit Freunden, brauchte Luft, Bewegung und die Umarmung einer Freundin, um in ihrer

Verzweiflung wieder Boden unter den Füßen zu spüren. Jetzt reicht oft auch die Matte, auf die sie sich legen kann. Sie geht in eine Dehnstellung und zuckt zusammen. Schon wieder dieser Schmerz im Rücken, wo zum Teufel kam der her? War sie zu schnell gewesen? Sie zieht die Knie an den Körper, wiegt sich mit größerer Vorsicht von links nach rechts, ohne auf die Seite zu rollen, und der Schmerz, das dumpfe Druckgefühl im Rücken, lässt langsam nach. Sie schreibt den Schmerz der gewachsenen und noch ungewohnten körperlichen und sportlichen Belastung seit Beginn ihrer Übungsleiterausbildung zu und hat bisher mit niemandem darüber gesprochen, überzeugt davon, dass er sich irgendwann wieder geben würde, wenn sie sich insgesamt mehr Kraft antrainiert hätte. Sie löst ihre Hände von den Schienbeinen und streckt sich aus, diagonal, es knackt laut in den Schulter- und Wirbelgelenken, das kennt sie, also weiter. Da klingelt das Telefon, endlich! Sie krabbelt zum Telefon, bleibt auf der Matte sitzen und nimmt den Hörer ab. Sie klingt jetzt anders, die Stimme ihrer Mutter, die sie früher nicht mochte. Heute weiß sie, es war nicht der Klang, es waren all die Verbote und Ab- und Zurückweisungen, die diese Stimme zu ihr transportierten und die die Wut und den vermeintlichen Hass auf die Mutter in ihr auslösten. Nicht vergessen, aber vergeben. Ulrike kann zuhören, ohne dass es ihr weh tut, und sie hört, dass der Vater sich endlich gesprächsbereit gefunden habe, aber von Scheidung nichts wissen wolle. Wovon er dann leben solle, habe er gefragt und Helga, die alles recherchiert und Erkundigungen sowohl von Ämtern als auch von Anwälten eingezogen hatte, erzählte ihm, dem Entwaffneten, wie das ginge und was die bundesdeutschen Gesetze möglich machten, von Prozesskostenhilfe bis Sozialhilfe und dass auch sie bereit sei, ihn bei Bedarf zu unterstützen, sie habe sogar im Erdgeschoss eines benachbarten Wohnblocks eine Einraumwohnung gefunden, die sie ihm helfen würde einzurichten, denn das zu DDR-Zeit Gesparte wäre ja aufzuteilen, bevor man in das nötige Trennungsjahr gehe. Ulrike gratuliert zu so viel Klarheit und denkt, strukturelles Denken habe ich wohl von ihr. Antonio sei überrumpelt gewesen, sie habe ihn gebeten, alles in Ruhe zu überdenken, und damit ließe er sich nun Zeit, sie kenne das ja, Entscheidungen zu treffen sei nie seine Stärke gewesen, aber immerhin würde er sich nun bei seinen Kumpels nach für ihn machbaren Aushilfsjobs erkundigen und, oh Wunder, einer würde am Kanal aus einem alten Ausflugsdampfer eine Sommerkneipe mit Imbiss machen wollen und da keiner die Gläser so blank putzen würde wie Antonio, könne sich der Erich schon vorstellen, ihn im Minijob zu beschäftigen. Dann könne der Vater sein Nachtlager ja gleich am Tresen aufschlagen, versucht Ulrike zu ulken, ist aber froh, dass Bewegung in das quälende Nebeneinander ihrer Eltern gekommen ist. Wie weit es mit ihrer Übungsleiterlizenz sei, will die Mutter wissen und Ulrike erzählt von den ersten Lehrgangsstunden, interessanten Kursleitern und netten Leuten, die sie kennenlerne, verschweigt aber die Schmerzen und auch alles ihr Fremde und lenkt ab auf das Weigand'sche Familienleben, richtet Grüße von Hildegard aus und bietet ihrer erstaunten Mutter schon mal ihre Wohnung für zwei Wochen Sommerurlaub an.

»Du musst auch mal was anderes zu sehen kriegen als den Oderbruch, Mama, auch wenn das Geld für große Reisen jetzt nicht reicht, und Hilde schmiedet schon Ausflugspläne und überlegt, was sie dir alles zeigen könnte!«

»Auf was für Ideen ihr kommt«, hört Ulrike die überraschte Helga sagen und für einen Moment hören sie sich beide nur atmen.

»Mama, es tut mir sehr leid, wirklich, dass ich dir nicht helfen kann bei allem, ich meine, dass ich nicht da bin. Und auch nicht kommen werde.«

»Du musst dir keine Sorgen machen, mein Mädchen. Dass ich mit dir darüber reden kann, ist die größte Hilfe. Und dass du mich verstehst und nicht verurteilst. Alles andere kriege ich gut organisiert, wenn es denn sein soll. Wir haben bei uns in der AWO tolle Zivis, ich bin für die Jungs mitverantwortlich, es macht Spaß mit denen zu arbeiten und jeder würde mir helfen, wenn ich frage, bestimmt!«

Klar, denkt Ulrike, mit Jungen konntest du schon immer besser umgehen und auch dieser Gedanke tut nicht mehr weh und sie lächelt dem Bild ihres Bruders an der Wand zu.

»Ich muss mit dir reden, als Vorstandsmitglied, nicht als Freundin«, hatte Dorothea ihr nach einer Übungsstunde gesagt und wollte sich weder in die Vereinskneipe noch ins Café am Fischteich von Ulrike einladen lassen. Der Vorstand hatte zum erfolgreichen Abschluss des Grundlehrgangs gratuliert, die Übernahme der Kosten für ihre weitere Ausbildung in höheren Lizenzstufen war beschlossene Sache, also dachte Ulrike, dass es Dorothea jetzt um die neue Frauengymnastikgruppe ginge, die Ulrike leiten sollte und die gerade im Aufbau war. Als Thea sie dann aber, noch in der Umkleide stehend, darum bat, ihre grundsätzliche Einstellung zu Frauen, die nicht berufstätig seien, zu überprüfen, und meinte, sie hätten Probleme, neue Gruppen aufzubauen, wenn sich nicht alle gleichermaßen wertgeschätzt fühlten, wie es in einem Verein üblich sei, und dass es leider von einzelnen Mitgliedern Beschwerden über Ulrikes Verhalten gäbe, da platzte ihr der Kragen:

»Und warum, zum Teufel, kommen die nicht zu mir, wenn sie ein Problem mit mir haben?«

»Vielleicht, weil sie sich abgelehnt fühlen? Und bitte, halt die Luft an, ich weiß, was du sagen willst, und nein, das ist kein Zickentheater, wie du es immer nennst, und ja, ich akzeptiere deinen Ehrgeiz und deinen Leistungswillen, aber für diese Frauen geht es nicht vordergründig um Leistung, die brauchen eine andere Ansprache, compris, Ulrike Giucaroni? Denk da bitte drüber nach, wir reden später weiter, ich rufe dich an«, und damit ließ sie sie in der Umkleide stehen und rannte los, weil sie ihre Söhne zu Hause vor Volkers Abendprobe übernehmen musste. Als Jutta am Abend an ihre Wohnungstür klopft und dann einfach hereinkommt, weil es ungewöhnlich ist, dass sie ihr nicht sofort freudestrahlend öffnet, findet sie sie heulend zusammengekauert auf dem Sofa, Karats »Albatros« klingt laut vom Plattenteller und auf dem Tisch steht eine offene Weinflasche.

»Oh, Weltuntergangsstimmung!«, Jutta dreht die Lautstärke zurück und nimmt Ulrike in die Arme.

»Ich verstehe sie nicht, diese komischen verwöhnten Zicken, ich verstehe nicht, wie man erschöpft sein kann, wenn man nicht arbeitet, ich verstehe nicht, wieso man im Zeitalter von Verhütung vier Kinder hat, wenn man sie eigentlich nicht kriegen wollte, ich verstehe auch nicht, wieso man überhaupt unbedingt heiraten musste, wenn man sich doch gar nicht sicher war ...!!«

»Ach Gott, Ulrike und ihr Hausfrauenproblem! Ist es dir jetzt auch im Verein auf die Füße gefallen? Menschenskind, Rike, Gottes Tierreich ist groß und hier sind Mädchen eben oft mit anderen Vorstellungen und Frauenbildern aufgewachsen als du! Was für eine Rolle spielt das für dich als Übungsleiterin? Du musst doch nicht mit allen befreundet sein und sie sind ja auch nicht alle gleich! Also ein bisschen mehr Toleranz bitte, das kriegst du hin, im Dienst läuft es doch auch gut inzwischen.«

»Vielleicht bin ich einfach kein Vereinsmensch.«

»Blödsinn, du bist ein Bewegungsmensch, du kannst leiten und du brauchst neue Kontakte. Vergiss nie, dass Frauen in diesem Land noch bis 1977 ihren Ehemann um Erlaubnis bitten mussten, wenn sie arbeiten gehen wollten, während Frauen wie deine Mutter bei euch von Anfang an gleichberechtigt waren, und du hast schon als Achtzehnjährige die bei euch kostenlose Pille geschluckt und mit Selbstverständlichkeit über deinen Körper entschieden. Mit diesem Selbstbestimmungsrecht sind die Frauen hier nicht aufgewachsen. Gnade, Ulrike!«

Jutta deutet mit gefalteten Händen einen Kniefall an und erreicht damit ihr Ziel, Ulrike muss lachen, wischt sich die letzten Tränen weg und putzt ihre Brille.

»Hast du auch für mich ein Glas Wein? Bleib sitzen, ich weiß, wo ich's finde, oder hast du umgeräumt?«, sie läuft in die Küche und ist schnell wieder da, »meine Insulanerin hat die Buchung für unseren Urlaub im Juni bestätigt, ich wollte dir das gleich telefonisch weitergeben, aber du warst besetzt.«

»Das war Gerda, sie rief aus Hamburg an, musste mal reden und fragt, wann ich sie besuchen komme ...«

»Hat sie sich gut eingelebt bei ihrer Schwester?«

»Ich denke schon, sie würde ja nie klagen oder sich über ihre Schwester beschweren, aber die Sanierung des Hauses in Quedelheim ist wohl schwierig. Ihre Nichte Cornelia kämpft mit den Auflagen vom Denkmalschutz und hat's wohl auch mit den Menschen dort nicht ganz einfach, dabei versucht sie bewusst, ausschließlich einheimische Firmen zu beschäftigen. Als sie letzte Woche aus Lübeck zur Absprache mit dem Bauleiter anreiste, haben die Arbeiter sie zu spät im Hof gesehen, sie hörte deren Witze und Sprüche und war wohl sehr erbost.«

»Was für Sprüche?«

»Sowas zum Beispiel: Triffst du einen Westdeutschen und der ist nicht mit dir verwandt, dann ist es entweder dein Vorgesetzter oder dein Vermieter oder du stehst vor Gericht. Darüber konnte sie halt nicht lachen ... Gerda hat so viel vom Haus und den Arbeiten in unseren früheren Wohnungen erzählt, dass ich glaube, sie hat ganz schreckliches Heimweh. Prost«, Ulrike hebt ihr Glas.

»Rike? Es ist nicht weit nach Quedelheim, wir können uns sonntags auch einfach mal ins Auto setzen und rüberfahren, du könntest am Theater vorbeischauen und dich mit früheren Kollegen treffen ...«

»Lass, Jutta, es ist Gerda, die über Achtzigjährige, die Heimweh hat, nicht ich. Es verlassen nicht ohne Grund immer mehr Menschen ihre alte Heimat und umgekehrt kommen immer mehr Kollegen aus dem Westen an die Theater, nicht unbedingt bessere, ich mag die Klagelieder nicht hören, die kenne ich alle schon und davon wird nichts besser. Ich hab meine Entscheidungen getroffen und ich bereue sie nicht, keine einzige. Aber danke, dein Angebot ist lieb. Ich fahre immer gern mit dir weg, am liebsten dahin, wo ich noch nie war.«

»Hast du dich als Kind eigentlich in andere Länder geträumt?«

»Ich hab die Indianerbücher von Lieselotte Welskopf-Henrich verschlungen und wäre wie sie gern nach Nordamerika und Kanada gereist. Als ich irgendwann verstanden hatte, dass ich mich als Erwachsene nicht so ohne weiteres im nichtsozialistischen Ausland werde bewegen können und in der Schule Russisch lernte, träumte ich vom großen sowjetischen Bruderland und hatte immer viele Brieffreunde, im Ural, im Kaukasus, in der Ukraine. Aber nach dem Mauerfall bin ich als Erstes ins Land meiner Vorfahren gereist, mit dem Bus nach Rom, übrigens mit einem Braunschweiger Reisebusunternehmen.«

»Ach, und? Mit welchen Erkenntnissen bist du aus Bella Italia zurückgekommen? Was haben dir deine Vorfahren geflüstert?«

»Der Familiensaga nach waren die Giucaronis immer arme Schlucker, die der Arbeit nachgereist sind, von Süd- nach Norditalien und Ende des neunzehnten Jahrhunderts, als in Deutschland der Bergbau expandierte, von Südtirol ins Mansfeldische, in den Südharz. Es war schön, in Rom auf antikem Pflaster zu laufen und Menschheitsgeschichte anfassen zu können, ich habe die Dolomiten bewundert, aber bei jeder Fahrt durch ein enges, dunkles Tal gedacht, wie gut, dass ich in Berlin zur Welt gekommen bin!«

»Ohne den Mauerfall und ohne deinen Zusammenbruch wären wir uns nie begegnet, wir zwei Berliner Gören.«

Ulrike will in das plötzliche Schweigen hinein ihre Gläser nachfüllen, aber Jutta hält ihre Hand fest.

»Wir müssen beide morgen früh raus, Rike, ich gehe jetzt besser. Übrigens habe ich uns Termine für die Krebskontrolle gemacht, mein Arzt hat dich mit übernehmen können, die Termine liegen nur wenige Wochen auseinander, wir haben ja auch unterschiedliche Kontrollintervalle. Der Terminzettel liegt auf deinem Schreibtisch«, Jutta streicht ihr mit dem Handrücken über die Wange und steht auf.

»Haben wir eigentlich in der Ferienwohnung ein gemeinsames Schlafzimmer?«, fragt Ulrike, als Jutta schon in der Wohnzimmertür steht.

»Ja, warum?«

»Vielleicht können wir das schon mal ausprobieren?«

Jutta lässt die Türklinke wieder los und Ulrike hält die Luft an, ihr Atem fließt erst lautlos weiter, als sie Juttas Lächeln sieht.

»Ich denk drüber nach. Schlaf jetzt gut.«

Die Mitgliederversammlung des Sportvereins fand im Großen Saal der Gaststätte an den Fischteichen statt, die Vereinskneipe wäre zu klein gewesen. Ulrike überfiel eine Art Premierengefühl, als sie den schon fast vollen Saal betrat, mit so vielen Menschen hatte sie nicht gerechnet. Es war ein Gewimmel von Jungen und Älteren, Lang- und Grauhaarigen, Rentnern und Schülern, die in Gruppen zusammenstanden oder schon an Tischen in Gespräche verwickelt waren. Kellner liefen eifrig mit vollen Tabletts von Tisch zu Tisch, Ulrike stand hilflos und offensichtlich im Weg herum, das machte ihr ein Rempler klar, als links von ihr ein Kellner vorbeischoss und gleichzeitig eine ältere, etwas füllige Frau rechts an ihr vorbeiwollte. Da erblickte sie Dorothea, die ihr vom Präsidiumstisch aus Zeichen machte, und sie sah die Frauen aus ihrer Pilatesgruppe an einem der langen Tische und steuerte auf den letzten freien Platz dort zu. Erleichtert klopfte sie auf den Tisch und ließ sich fallen. Sie hängte ihre Jacke über die Stuhllehne, packte ihr Schreibzeug aus, registrierte das Begrüßungslächeln von Antje, die ihr schräg gegenüber saß, eine der jüngeren Frauen aus ihrer Gruppe, von der sie aber nicht viel wusste, und bestellte sich einen Kräutertee, was ihr einen eher verwunderten Blick vom Kellner einbrachte. Dann nahm die Versammlung ihren Lauf und während Ulrike dem Rechenschaftsbericht und allen darauf folgenden Beiträgen zuhörte, studierte sie die Gesichter der Menschen um sich herum und fragte sich, ob das wirklich so eine gute Idee war, was sie sich für heute vorgenommen hatte. Vor zwei Tagen erst hatte Dorothea ihr in einem langen abendlichen Telefonat die Empfindlichkeiten einiger Frauen aus den Gymnastikgruppen klargemacht und Ulrike hatte still zugehört und entgegen ihrer sonstigen Gewohnheit nicht gestritten und nicht diskutiert, hatte versprochen, sich alles zu Herzen zu nehmen, natürlich bei ihrem Ausbildungsziel für den Sportverein zu bleiben und sich in Zukunft achtsamer zu verhalten. Nachdem alle Berichte verlesen waren, übergab der Vorsitzende das Wort an Dorothea, die über die Arbeit der Frauengruppen sprach und die geplante Erweiterung des Sportangebots erläuterte. Ulrike beobachtete die Gesichter der Frauen, als ihr Name fiel, und sie sah sowohl die freundliche Bestätigung als auch die verkniffenen Mundwinkel genau da, wo sie es erwartet hatte. Ihr Arm ging hoch, bevor Dorothea wieder auf ihrem Stuhl im Präsidium saß, und Ulrike entging ihre Irritation nicht. Der Vorsitzende aber gab ihr sofort und erfreut über so viel scheinbare Spontaneität das Wort. Ulrike stand auf, ging zum Mikrofon am Pult und fixierte eins der Gesichter mit den verkniffenen Mundwinkeln, bevor sie anhob zu sprechen: »Vielleicht ist es gut, wenn ihr etwas genauer wisst, mit wem ihr es zu tun habt«, und die Augen, die zu den verkniffenen Mundwinkeln gehörten, trafen schließlich erstaunt ihre, nachdem sie ihren Namen gesagt und sich als Erstes entschuldigt hatte, entschuldigt für ihre Arroganz. Nahezu alle Augen im Saal waren plötzlich auf sie gerichtet und sie nutzte diese Aufmerksamkeit, erzählte, dass sie in dem Land, das es nicht mehr gab, mit einem anderen Frauenbild groß geworden sei, vorgelebt von Mutter und Großmüttern, Arbeiterinnen, die glücklich über die verordnete Gleichberechtigung waren und die alles taten, sie auch durchzusetzen, auch zum Leidwesen von Vater und Großvätern, das Wort »Hausfrau« sei mindestens mit einem Makel behaftet, wenn nicht gar ein Schimpfwort gewesen und ihre Freizeit als Kind so ausgefüllt mit Sport, verschiedenen Arbeitsgemeinschaften und Zirkeln, in die sie gern und freiwillig gegangen war, dass sie nie auf die Idee gekommen sei, sich zu wünschen, die Mutter würde nicht in Vollzeit arbeiten und mehr zu Hause sein! Im Gegenteil, mit der in ihrer Schulzeit eingeführten Fünftagewoche wurde der Samstag zum Putztag und damit für das Schulkind Ulrike zum schrecklichsten Wochentag, weil sie dann mittags zu Hause von ihrer Mutter in Kittelschürze empfangen und mit so ungeliebten Aufgaben wie Staubwischen gequält wurde. Es waren nicht nur Männer, die an dieser Stelle von Ulrikes Rede lachten. Sie sei mit dem Gefühl von Freiheit in ihrer Kindheit groß geworden, der Freiheit zum Training in der Eishalle, kostenlos natürlich, später auf den Sportplätzen oder Turnhallen ihrer Schulen, immer nach eigener Entscheidung, und sie sei groß geworden mit dem Gefühl, auch als Mädchen alles werden zu können, wenn sie nur die Leistung dafür bringe, Grenzen seien ihr nur durch ihren Körper gesetzt worden.

»Mit Brille als Kind nützt dir nirgendwo auf der Welt das Talent und die Beweglichkeit, da bist du im Eiskunstlauf genauso wie im Geräteturnen für den Hochleistungssport ungeeignet, untauglich, fehl am Platz, und das hat damals verdammt weh getan.«

Sie habe sich trotzdem nie die Freude am Sport und an der Bewegung nehmen lassen, nicht als Schülerin, nicht als Studentin, nicht in ihrem früheren Berufsleben am Theater. Und auch nach der Wende und ihrer Brustkrebserkrankung vor über drei Jahren sei es letztlich diese im Sport erfahrene und gut trainierte Lebensfreude gewesen, die ihr geholfen hätte, mit allen Krisen und Brüchen fertig zu werden.

»Ich habe die EMMA inzwischen wieder abbestellt, weil ich das Gefühl hatte, da wollen mich Westfeministinnen über etwas aufklären und belehren, was ich ihnen längst voraushabe, aber ich möchte, dass ihr wisst, ich lerne auch gern, auch von euch, und ich wollte und will niemanden verletzen. Danke, das war's.«

Es war einen Moment sehr still im Saal, aber der Beifall brach los, bevor Ulrike ihren Stuhl wieder erreicht und sich gesetzt hatte, und sie suchte das Gesicht mit den verkniffenen Mundwinkeln und fand es nicht mehr, stattdessen große Augen und einen halb geöffneten Mund und Antje von schräg gegenüber strahlte sie an und hob den Daumen und in der Pause umarmte sie eine fremde Frau, die sich als Ina und Handballerin vorstellte und Ulrike hörte am Dialekt, dass sie eine ähnliche Kindheit und Jugend gehabt haben musste.

»Wolltest du mich überraschen? Ist dir gelungen gestern Abend!«, Dorothea läuft ihr aus dem Haus entgegen.

Ulrike stellt ihr Fahrrad ab und umarmt sie.

»Eine bessere Gelegenheit gab's nicht, sorry, aber Überraschungsmomente sorgen immer für mehr Aufmerksamkeit.«

»Ich fand's mutig und die Anmeldungen für deine neue Gruppe sind sofort in die Höhe geschossen. Du könntest noch diesen Monat loslegen.«

»Dann soll es auch so sein«, Ulrike strahlt, »du kannst den Aushang fertig machen. Fahren wir jetzt direkt zur Kirche oder müssen wir noch irgendwo was abholen?«

»Nein, die Aussteller und Händler sind schon seit gestern Abend beim Aufbau und Antje wartet am Klostergang auf uns. Hab ich dir schon gesagt, dass ich es toll finde, dass du dabei bist, obwohl du sonst gar nichts mit Kirche am Hut hast?«

Sie steigen auf ihre Räder und radeln los, vorbei an den Kleingärten Richtung Klosterkirche und Ulrike erzählt, wie sehr sie Kirchen in der Schulzeit fasziniert haben und dass es ihr von den Eltern verboten war, sie zu betreten. In ihrer Leipziger Studentenzeit, nach dem Bruch mit den Eltern, wurde die Thomaskirche für sie zum Rückzugsort, fernab vom Universitätsbetrieb und den Mehrbettzimmern im Studentenwohnheim, da fand sie die Ruhe, die sie brauchte, wenn sie schwierige Entscheidungen zu treffen hatte. Die

Thomaskirche war immer offen und immer fand sie dort einen Platz, der ihr Stille und Konzentration gab, inmitten von einzelnen Betenden, Touristen und manchmal auch Orgelklängen.

»Ich kam immer anders aus der Kirche wieder heraus, als ich hineingegangen war, irgendwie beschenkt, und das war mir am Anfang selbst sehr suspekt. Ich konnte bald nirgendwo sonst so gut nachdenken und Lösungen oder neue Wege finden wie dort.«

»Du findest das vielleicht komisch, aber das sind für mich heilige Momente. Ich kenne es nicht anders, bin getauft und konfirmiert. Meine ganze Familie ist in der Kirchengemeinde engagiert und Probleme vor Gott auszubreiten, wie ich das nennen würde, habe ich quasi seit meiner Kindheit trainiert, das war für mich so normal wie für dich vielleicht die Pionierorganisation. Ich gehe selten allein in die Kirche und auch zu Gottesdiensten nicht regelmäßig, mir fehlt die Zeit, aber für mich ist sie ein Stück Geborgenheit außerhalb meiner vier Wände und ich finde sie auch einfach wunderschön. Schau, Antje wartet da schon!«

Sie haben den Klostergang erreicht und radeln zu dritt weiter.

»Warst du schon mal in unserer Klosterkirche?«, fragt Antje, als Ulrike neben ihr fährt.

»Ich habe Jutta vor Wochen abends von einer Orgelprobe mit dem Kantor abgeholt, ich war zu früh und saß in einer Bank, während sie noch spielte. Ich mochte den Raum und den Klang.«

Sie sind vor der Kirche angekommen und stellen ihre Räder ab.

»Ich zeige sie dir gern genauer, wenn wir mal Pause haben, auch den Klostergarten, wenn du magst.«

»Schlag das nicht aus, Rike, Antje hat Kunstgeschichte studiert und macht Führungen in unserer Kirche, niemand kennt sich besser aus!«

»Sagt die Menschenfängerin«, Ulrike schließt ihr Fahrrad ab und zwinkert Antje zu, »ich lass mich gern von dir führen, wenn wir die Zeit dazu finden.«

Sie helfen den Frauen, die für das Kuchenbuffet unzählige Torten und Bleche gebacken haben, ihren Stand am Eingang zum Seitenschiff unter den riesigen Bäumen aufzubauen, und trennen sich anschließend, um zu schauen, welcher Stand noch Hilfe benötigt. Ulrike verschlägt es die Sprache beim Anblick der Vielzahl, Unterschiedlichkeit und künstlerischen Originalität der ausgestellten Exponate auf diesem von der Kirchengemeinde veranstalteten Ostereiermarkt vor dem Fest. Keramik-, Stein- und Holzeier in kunstfertigen Techniken, die Ulrike noch nie sah, Majolika-Gefäße mit österlichen Motiven von solcher Schönheit, dass Ulrike sofort den Inhalt ihres Portemonnaies überprüft. Sogar sorbische Ostereier aus dem Spreewald entdeckt sie und hatte nicht gewusst, dass es sowas überhaupt gab. Hat sie sich am Vorabend noch gefragt, wie das zusammengeht, ein Eiermarkt und eine Klosterkirche, so verliert sie sich jetzt in dieser Farben- und Formenpracht und sinkt irgendwann erschöpft vom Schauen etwas abseits vom Haupteingang der Kirche in eine Bank, lässt ihre Augen durch den Raum mit seinen hohen gotischen Bögen wandern und denkt wie immer beim Anblick jahrhundertealter Gemäuer: Was mögen diese Steine gehört und gesehen haben, wie viele Tränen, welche Klagen, Freuden und Gesänge. Sie schreckt zusammen, als sie Juttas Stimme hört:

»Unser Pfarrer eröffnet den Eiermarkt draußen unter den Bäumen, ich spiele, wenn sich das Kirchenportal danach öffnet. Möchtest du draußen sein oder mit mir auf die Orgelempore kommen?«

»Ich komme mit dir. Ich möchte hierbleiben.«

Osterfeuer auf der Wiese zwischen den Gartenvereinen, Bratwurst vom Grill, Bier aus der Kiste, die Menschen stehen in Gruppen zusammen um das Feuer, die Flammen lodern in den Himmel, es wärmt, das Feuer. Ulrike ist mit den Weigands zusammen hierhergelaufen, sie hat den Klappstuhl für Jakob getragen, der selig am Arm seiner Tochter zur Festwiese hinkte und kaum, dass er saß, von Menschen begrüßt und umringt wurde. Hilde blieb in seiner Nähe, Jutta und Ulrike stellten sich in die Schlangen am Grill und am Getränkestand.

»Du schaust, als wärst du zum ersten Mal bei einem Osterfeuer.«

Ulrike blickt in Antjes Gesicht, als sie sich umdreht, und drückt verlegen ihre Hand.

»Es ist wirklich das erste Mal. Treffer. Und es ist wunderschön. Bist du allein hier?«

»Nein, für meine kleine Tochter und ihren Vater sind das Osterfeuer und Ostern überhaupt das erste große Highlight nach dem Weihnachtsmann«, Antje zeigt auf eine etwa Fünfjährige, die mit ihrem Vater Stockbrot in eine extra dafür hergerichtete Feuerstelle hält.

Da die Weigands inzwischen auf verschiedene kleine Gruppen verteilt sind, bleibt Ulrike bei Antje, nachdem sie alle Bratwürste losgeworden ist und von Jutta ein Bier in die Hand gedrückt bekommen hat. Das Feuer und das Bier lösen die Zungen. Ulrike erfährt, dass Antje eigentlich Kunst auf Lehramt studiert hat, aber vor dem Referendariat schwanger wurde, ungeplant, trotz Verhütung. Als sie das Studium wenige Wochen nach der Geburt ihrer Tochter fortsetzen wollte, schlug ihr so viel Widerstand und Ablehnung von allen Seiten entgegen, dass sie das Lehramt sausen ließ und die Studienrichtung wechselte.

»Ich wurde als Rabenmutter beschimpft, auch von Kommilitoninnen, Freundschaften lösten sich in Luft auf, Krippenplätze waren nicht zu finden, in der Verwandtschaft niemand verfügbar oder belastbar, Neles Vater war als AiP-ler im Klinikum und fiel für mich also völlig aus, außerdem lebten wir nicht zusammen und hatten das eigentlich auch für die Zukunft nicht geplant.«

»Himmel, selbst wenn ich Mutter hätte werden wollen, hätte ich bei uns solche Probleme nicht gehabt, jedenfalls keine unlösbaren, trotz Singledasein und Arbeit oder Studium!«

Sie wisse, dass das in der DDR anders ausgesehen hätte, sie habe Verwandtschaft im Osten, aber hier wäre es einfach ihr Glück gewesen, dass Markus sich als Vater wenigstens nicht vor seiner Verantwortung drückte und seine Eltern ihnen finanziell halfen, damit sie die Tagesmutter bezahlen konnten, die sie schließlich fanden, und ihre Oma sei eingesprungen, wenn Nele krank wurde. Schließlich hätten sie gemeinsam eine WG gegründet, ein Hausbesitzer im östlichen Ringgebiet hätte sich darauf eingelassen, ihnen eine große Fünfraumwohnung dafür zu überlassen, nachdem Markus sein Staatsexamen bestanden und den Vorvertrag vom Klinikum hatte.

»Wir sind drei Erwachsene und zwei Kinder in der WG und alle voll berufstätig, im Augenblick kann ich mir nichts Besseres vorstellen als unsere kleine Kommune. Noch ein Bier?«

So geht's also auch, sinniert Ulrike, als sie wieder allein ins Feuer starrt und Markus mit seiner Tochter beobachtet. Und plötzlich schummelt sich ihr Vater in ihre Gedanken, mit dem sie als Kind gern allein in den Wald ging, der mit ihr Pilze und Blaubeeren sammelte, ihr Fährten erklären konnte und sie auch gern vom Angeln begeistert hätte, aber Ulrike mochte keine Regenwürmer auf die Angelhaken spießen, auch Ralf suchte das Weite, sobald er dazugerufen wurde, und selbst wenn der Vater enttäuscht gewesen sein sollte, zeigte er es ihnen nicht. Kleine Lagerfeuer hat er trotzdem mit ihnen gemacht in den Ferien und Kartoffeln haben sie in die Glut gelegt und wie man mit einem Taschenmesser umgeht und schnitzt, auch das zeigte ihnen der Vater.

»Du heulst jetzt aber nicht, weil es so schön ist, nein?«, Antje hält ihr eine neue Flasche Bier unter die Nase.

Ulrike schüttelt nur ihren Kopf, über ihren Vater mag sie mit Antje nicht sprechen, auch nicht über den Brief von ihrer Mutter, der zu Hause auf dem Küchentisch liegt, und so bedankt sie sich nur für das Bier und fragt:

»Aber ihr habt es nochmal versucht, Markus und du, als Paar?«

»Haben wir, um Neles willen, aber das allein reicht eben nicht. Es klingt abgedroschen, aber wir sind wirklich die besten Freunde geworden. Wahrscheinlich, weil wir auch vorher kein richtiges Paar waren.«

»Und wenn sich einer von euch mal richtig verliebt, was dann?«

»Das hatten wir alles schon, es hat nur nie gehalten, aber unsere WG, die hält, prost!«, Antje lacht. »Der dritte Erwachsene ist ein alleinerziehender Vater mit achtjährigem Sohn, Dozent an der TU, ich habe eine feste Stelle als Museumspädagogin, keiner von uns lebt in der WG, weil er sich nichts anderes leisten könnte, wir wollen das so. Gab's das bei euch denn früher gar nicht?«

»Doch, schon, aber soweit ich das erlebt habe, mehr aus dem absoluten Wohnungsmangel heraus, nicht unbedingt als gewollte Lebensform. Für mich ist die kleine Wohnung über der Praxis jedenfalls ein Paradies.«

Wie aufs Stichwort steht Jutta neben ihnen:

»Mein Herr Vater hat genug und Hilde alte Bekannte wiedergetroffen, ich möchte sie ungern da rausreißen.«

»Ich helfe dir gleich. Wir sehen uns nächste Woche in meinem Kurs, Antje?«

»Genau, aber du kannst mich gern auch zwischendurch anrufen. Schöne Ostertage euch!«

Jakob hatte genau ein Bier zu viel getrunken und fand es sehr lustig, zwischen zwei jungen Frauen den Heimweg anzutreten. Ostern sei schließlich das Fest der Auferstehung, schwadronierte er leicht schwankend, der Sieg des Lebens über den Tod, rülps, das Fest der Hoffnung, ha! Sie haben etwas Mühe, das fröhliche Hinkebein die Treppe hoch in sein Zimmer zu bugsieren, sitzen aber schließlich entspannt auf der Terrasse und sehen über den Garten und die Pferdekoppel hinweg auf den Schein des Osterfeuers am Himmel.

»Magst du was zum Brief deiner Mutter sagen?«

»Du hast ihn liegen sehen?«

»Ich hab ihn liegen sehen und ich habe dich heute Abend gesehen.«

»Sie schreibt, sie hätte ihren Mann dreimal im Leben weinen sehen: als Ralf starb, als die DDR verloren war und als sie ihm sagte, dass sie die Trennung will. Sie schreibt, sie wolle nicht schuld an seinem zweiten Selbstmordversuch sein, auch wenn er nicht damit droht.«

»Gönn ihm diese Chance, Ulrike, und dir selbst auch.«

»Ostern ist echt das Fest der Hoffnung?«

»Echt. Amen.«

Die Praxis war schon seit einer Stunde geschlossen, Ulrike vervollständigt am Tresen noch Karteien der heute von Jutta behandelten Patienten. Der letzte Patient, ein Notfall, ist noch im Behandlungsraum, sie hört Juttas Stimme, eindringlich, ruhig, dann klappt die Tür, Jutta verabschiedet den Patienten und bleibt am Tresen vor Ulrike stehen, als die Eingangstür wieder verschlossen ist.

»Doris räumt noch das Labor auf?«

»Genau, ich bin hier auch gleich fertig.«

»Wenn du so weit bist, komm bitte zu mir in den Behandlungsraum, ich muss mit dir sprechen, als Ärztin, nicht als Chefin.«

Ulrike hat damit gerechnet, den Untersuchungsbericht vom Onkologen nach der Kontrolluntersuchung hat sie selbst in ihre Patientenkartei gelegt, trotzdem schlägt ihr Herz jetzt schneller. Sie hat nicht mitbekommen, dass Jutta sich ihre Patientenkartei auf den Schreibtisch geholt hat. Sie beschließt, die weiße Dienstkleidung anzubehalten, als bräuchte sie einen Schutzschild.

»Lass uns nicht Versteck spielen, Rike, das passt nicht, so wenig wie der Arztbericht von Dr. Bogdanovich, in dem nicht eine einzige Information über weitere Untersuchungen zu finden ist. Das lässt nur einen Schluss zu: Du hast kein Wort verloren über deine Schmerzen, richtig?«

»Richtig.«

»Was soll das? Warum machst du das? Nur weil du es verschweigst, verschwindet es doch nicht!«

»Ich bin gerade sehr zufrieden mit meinem Leben, Jutta, ich arbeite gern in der Praxis, meine Gruppe im Sportverein läuft nicht nur gut, sondern hervorragend, ich soll schon im Herbst eine zweite Gruppe kriegen, weil die Nachfrage steigt. Je glücklicher ich bin, umso weniger Schmerzen habe ich!«, und sie versucht es mit dem Lächeln, das früher am Theater fast jeden entwaffnet hat.

»Lenk nicht ab«, Jutta bleibt unbeeindruckt kühl, »und erzähl mir jetzt auch nicht, du müsstest nur präziser und langsamer turnen und dich vorher gründlicher dehnen, das kann ich inzwischen singen. Ich bin mit unserer Apothekerin zusammen zur Schule gegangen, Ulrike, ich weiß, dass du dich regelmäßig dopst, kein Mensch kauft ohne Grund so oft Schmerzmedikamente.«

»Jutta...«, Ulrike windet sich auf ihrem Stuhl, »ich will dieses Karussell nicht, ich weiß doch, was passiert, wenn die Verdachtsdiagnose erstmal schwarz auf weiß da steht!«

»Ich bitte dich jetzt als deine Freundin, als der Mensch, der bereit ist, sich auch weiter auf dich einzulassen, lass uns den Verdacht abklären, je schneller, umso besser, lass mich mit Dr. Bogdanovich telefonieren, bitte.«

Ulrike ringt mit sich, schaut an Jutta vorbei aus dem Fenster. Sie hören beide, wie Doris das Labor zuschließt, und Jutta steht auf und verabschiedet sich draußen von ihrer Mitarbeiterin. Als sie zurückkommt, legt sie Ulrike von hinten die Arme um den Hals und drückt ihr Gesicht in Ulrikes Mähne.

»Ich hatte mich gefreut auf den Urlaub mit dir.«

»Das ist Erpressung.«

»Knochenszintigraphie und du nimmst nur noch, was ich dir verschreibe?«

»Deal. Aber nur, wenn wir am Wochenende wieder Urlaub spielen.«

»Du hast Glück, Frau Giucaroni, ich habe frei.«

Sie kennt die Wege inzwischen im Klinikum, es ist nicht das erste Gespräch mit Dr. Bogdanovich, auf das sie wartet. Das Ergebnis vom Knochenszintigramm ließ noch keine Schlussfolgerung auf einen eindeutigen Befund zu, sie hatte sich zur Computertomographie überreden lassen, auch das lag zwei Wochen schon zurück, die Befundbesprechung sollte vor zwei Stunden stattgefunden haben, ein Notfall kam dazwischen, es gibt keine Tage ohne Notfälle mehr in ihrem Leben, seit sie in der neuen Heimat lebt. Ulrike läuft mit dem zweiten Kaffee aus dem Automaten den langen Gang hinunter zu den Stühlen für alle, die warten müssen. Warten auf den Arzt, warten auf einen Befund, warten auf das Ende einer Operation, die ein Angehöriger durchstehen muss, es sitzt niemand entspannt mit einer Zeitung vor der Nase in der Nische, Ulrike setzt sich so, dass sie aus dem Fenster schauen und die Wolken am Himmel verfolgen kann, das beruhigt sie. Sie macht sich keine Illusionen. Im Sportverein ist sie zu Hochform aufgelaufen, wenn es um das Vertuschen und Überspielen von Schmerzen oder Übelkeitswellen geht, aber sie hat vor einer Woche nicht verhindern können, dass Antje erst Dorothea aus der Vereinskneipe und die dann den Notarzt holte, nachdem Ulrike beim Aufwärmen ohnmächtig zusammengebrochen war. Sie kam wieder zu sich, bevor der Arzt den Rettungswagen rufen konnte, und weigerte sich so vehement, ins Krankenhaus zu gehen, dass dem Arzt nichts anderes übrig blieb, als das zu akzeptieren, aber natürlich bekam Jutta als Hausärztin den Bericht auf den Tisch und diesmal war Ulrike schlau genug, den Vorfall vorher zu Hause zu beichten. Jutta hatte sie ungern allein zum heutigen Gespräch gehen lassen, aber Ulrike ertrug schon den Gedanken nicht, dass ihretwegen die Sprechstunde verlegt, Patienten abgesagt und Dienstpläne von Kollegen geändert werden müssen. Und sie mochte Dr. Bogdanovich sehr. Seine Eltern waren in den siebziger Jahren mit ihrem Sohn Milan in die BRD gekommen, wollten als Ärzte nicht unter Tito und der jugoslawischen Mangelwirtschaft weiterleben, ihr Sohn sollte in ihre Fußstapfen treten und nun sitzt er als Oberarzt vor Ulrike, die sich ihm auf seltsame Weise verbunden fühlt, seit sie von seiner Herkunft weiß und er von ihrer. Er erklärt ihr unumwunden, dass die Auffälligkeiten an ihrer Wirbelsäule auf eine Metastasierung hinweisen und er sie nicht aus der Klinik lassen würde, ohne auch ihre Lunge geröntgt zu haben, bei ihrer Krankheitsgeschichte sei das unerlässlich. Ulrike erklärt ihm genauso direkt, dass er sie gerne röntgen könne, wo er wolle, aber egal wie das Ergebnis ausfalle, sie säße nächste Woche mit ihrer Freundin im Auto Richtung Nordseeküste, den Inselurlaub auf Juist brauche sie nicht, weil es ihre Erstbegegnung mit einer Ostfriesischen Insel sei, sondern, wenn sie ihn richtig verstehe, zum Nachdenken, denn dann stünden ja wohl Entscheidungen an, die ihr Leben, mal wieder, verändern würden.

»Sie fahren mit Frau Dr. Weigand?«

»Ja, Doc, und ich weiß inzwischen auch ohne Nachhilfe von Frau Dr. Weigand, welche Rolle der Faktor Zeit bei Krebserkrankungen spielt.«

»Dann sind Sie sicher auch so freundlich und nehmen den Röntgenbefund noch mit auf die Insel?«

»Ich werde mich bedanken dafür.«

»Sie waren zu DDR-Zeiten nie in Jugoslawien? Die kroatische Mittelmeerküste ist ein zerklüfteter Traum, ich wünsche Ihnen noch Zeit, auch die zu entdecken, Frau Giucaroni.«

»Ich danke Ihnen wie immer für Ihre Klarheit, Doc, wo geht's zum Röntgen? Noch sehen Sie mich kooperativ.«

Dr. Bogdanovich steht auf und begleitet Ulrike zur Tür.

»Bitte bleiben Sie das! Wir sehen uns wieder«, und er drückt ihr fest die Hand und übergibt sie mit dem Röntgenschein einer Schwester auf dem Flur.

Ulrike beeilt sich, von ihm wegzukommen, die etwas rundliche Schwester hat Mühe, mit ihr Schritt zu halten. Auf das Ergebnis der Röntgenuntersuchung will sie nicht warten, sie sollen es ihrer Hausärztin übermitteln. Den verwunderten Blick, den ihr die Röntgenassistentin hinterherschickt, sieht sie nicht mehr, als sie im Sturmschritt das Klinikgelände verlässt und in den ersten Bus springt, der stadteinwärts ins Zentrum fährt. Sie will das ganz normale, pralle Leben ganz schnell wieder um sich haben, allen Lärm hören, den Menschen verursachen, im Straßenverkehr, in Fußgängerzonen, in Straßencafés, Kaufhäusern, Restaurants. Sie läuft ziellos durch die Innenstadt, bis sie nicht mehr kann. Die Mittagszeit ist vorbei, sie findet in einem Kaufhausrestaurant problemlos einen Tisch, an dem sie sich mit Blick durch die großen Scheiben nach draußen Cola, die sie sonst nie trinkt, und Bockwurst mit Brötchen, auf die sie nie verzichten will, eine Pause, ein Atemholen gönnt. Sie verdrängt die Bilder aus dem Universitätsklinikum Halle, die in ihr aufsteigen, wann immer sie durch Kontroll- oder Verdachtsuntersuchungen mit ihrer Krebserkrankung konfrontiert wird, unterdrückt die Tränen beim Gedanken an ihren Arzt Dr. Wardetzky und seinen Selbstmord und hört ihn doch wieder sagen:

»Ich verspreche Ihnen, dass nichts, wirklich gar nichts gegen Ihren Willen unternommen wird. Ich helfe Ihnen auch dann, wenn Sie sich gegen alle Therapien entscheiden.«

Passen Dr. Bogdanovich diese Schuhe von Dr. Wardetzky, die sie vorhat ihm zu offerieren? Sie schiebt diesen Gedanken wieder weg. Es ist Jutta, mit der sie zuerst reden muss, heute noch. Eine Gruppe von Oberschülern rückt neben ihr zwei Tische zusammen und der Lärm zerfetzt ihre Gedankengänge. Ulrike steht auf, bringt ihr Tablett weg, ihre Beine wollen keinen Sturmschritt mehr, sie verlässt das Kaufhaus, nimmt den kürzesten Weg zur nächsten Bushaltestelle, wartet ruhig auf den Bus, der sie am Prinz-Albrecht-Park wieder aussteigen lässt, läuft hinein in den Park, taucht ein in das Grün der Wiesen und Bäume und weiß erst, als sie lange auf einer Bank gesessen und in die Sonne geblinzelt hat, worum sie Jutta am Abend bitten wird.

Der Koffer lag noch offen auf ihrem Bett, als das Telefon klingelte und Jutta ihr sagte, sie würden erst am Sonntag nach dem Gottesdienst auf die Insel reisen, einen Tag später also, der Kantor falle aus, sie hätte versprochen einzuspringen. Packen ist für Ulrike ein Bad in Vorfreude, sie liebt es, der Koffer bleibt offen im Schlafzimmer, der Juniabend ist hell und warm, sie nimmt ihr Fahrrad, fährt ihre Lieblingswege, vorbei an den Schrebergärten, von einer Grillduftwolke durch die nächste, vorbei an den Fischteichen, und ohne es beabsichtigt zu haben, findet sie sich plötzlich im Klostergang wieder. Sie sieht den Küster aus dem Kirchenportal kommen, das offensteht, und folgt den Klängen, schiebt ihr Fahrrad auf den Klosterhof, denkt nicht ans Abschließen, setzt sich in der Kirche so, dass Jutta sie sehen kann, wenn sie die Orgelempore verlässt. Sie hat keine Ahnung, was Jutta spielt, kennt keine Kirchenlieder und dennoch umfängt sie das Thomaskirchengefühl ihrer Leipziger Studentenzeit in dieser niedersächsischen Klosterkirche, ob mit oder ohne Orgelklang. Das Rascheln der Notenblätter in der Stille, der Blick in die Tiefe der Kirche trägt sie zurück in vergangene Zeit, zurück zu verstorbenen Mitpatientinnen, zurück zu Dr. Wardetzky. Sie war gar nicht in Halle, als er vom Klinikdach sprang, und doch sieht sie ihn fallen, in Zeitlupe, wie ein Fallschirmspringer ohne Fallschirm segelt er durch die Luft, Juttas Orgelspiel verhindert seinen Aufprall, er segelt, segelt und winkt er nicht? Ulrike schließt die Augen und hört seine Stimme, hört seine Begeisterung, hört ihn vom Grundgedanken der Hospizbewegung sprechen, sie hat sie von ihm übernommen wie ein Erbe, diese Hoffnung auf ein Sterben ohne Schmerz, auf einen Abschied in Würde, frei gewählt, selbst gestaltet und bestimmt. Juttas Orgelklänge verweben die Gedanken und Bilder, Ulrikes Denken an Vergangenes, das mit ihrem Heute und Jetzt verschmilzt. Wie Wardetzky hat Jutta ihr versprochen, nichts gegen ihren Willen zu unternehmen, sie zu nichts zu drängen. Juttas Arzttasche wird im Auto liegen mit allem Urlaubsgepäck. Sie vertraut Jutta, glaubt ihr. Und wenn es dich gibt, Gott, denkt sie, dann hilf uns, uns beiden. Die Orgelpfeifen dröhnen im Schlussakkord und dann ist es plötzlich still. Sehr still. Schön still.

Jutta fährt gern, zügig und sicher, Ulrike beobachtet sie aus den Augenwinkeln, wenn sie auf die Überholspur wechselt, und sieht die Freude in Juttas Gesicht, sobald der Fuß das Gaspedal durchdrücken kann. Ihre Augen treffen sich und sie lachen beide laut los.

»Warum hast du nie den Führerschein gemacht?«

»Wer den Führerschein macht, will in der Regel auch ein Auto haben. Ich glaube, ich bin in allem Materiellen fast wunschlos auf die Welt gekommen. Ich wollte nie etwas haben, um das ich mich anschließend auch kümmern muss, ich hatte nie den Traum vom eigenen Auto, von Haus und Garten, Boot oder was auch immer, von den Schwierigkeiten, in der DDR zu solchem Besitz zu kommen, mal ganz zu schweigen, mich hat das einfach nie interessiert. Ich hatte nur meinen Traum vom Theater und wollte immer meinen Koffer packen und weiterziehen können. So was kann man doch im Blut haben, oder?«

»Mag sein. Woher, meinst du, hast du's?«

»Ich hab keinen meiner italienischen Vorfahren kennengelernt, aber ich fand als Kind nichts spannender als die Geschichten, die mein Vater mir von den alten Italienern erzählte. Es gab einen Stammbaum der Giucaronis, der ging über zweihundert Jahre zurück, und keiner ist da gestorben, wo er geboren wurde, eine Katarina ist in den zwanziger Jahren sogar nach Amerika ausgewandert, mein Vater ist schließlich auch aus seinem Heimatort weggegangen und Mutters Familie stammt aus Pommern und ist durch die Kriegsfolgen in Mecklenburg gelandet. Nach Schulabschluss und Lehre hat auch sie ihren Koffer gepackt, sie haben sich in Berlin kennengelernt, meine Eltern, so bin ich als Berlinerin auf die Welt gekommen. Als wir aus Berlin raus mussten, weil mein Vater versetzt wurde, saßen wir vorn im LKW, meine Mutter mit meinem Bruder auf dem Schoß und ich daneben. Auf der Straße stand meine Freundin und als der LKW losfuhr, heulten plötzlich alle, erst meine Mutter, dann mein Bruder, meine Freundin sowieso, und ich verstand das gar nicht, es war doch alles so spannend und aufregend!«

»Wie, du warst nicht mal traurig, weil du deine Freundin verlierst?«

»Aber ich habe sie nicht verloren, ich wusste, ich kann sie besuchen, wir sind doch nicht ausgewandert, sondern nur ein paar Kilometer weiter in eine kleinere Stadt gezogen und es gab den Zug und meine Großtante in Berlin, bei der ich immer schlafen konnte. Außerdem fand ich Briefe schreiben und auf Antwort warten schon als Kind wunderbar, also wo ist das Problem?«

»Ich fand es immer schrecklich und anstrengend wegzuziehen, Freunde nicht mehr täglich sehen zu können, neue zu suchen und sich woanders neu zurechtfinden zu müssen, nicht nur nach unserer Flucht aus Berlin zu den Großeltern. Bis wir hier in Braunschweig gelandet waren und das Abitur hatten, mussten wir insgesamt viermal die Schule wechseln, das war für mich kein Spaß.«

»Aber in Braunschweig bist du doch jetzt zu Hause, oder? Deine Eltern haben das ja nicht nur für sich selber geschaffen.«

»Nein, das war ursprünglich für alle kommenden Generationen der Weigands gedacht. Und? Siehst du sie irgendwo, die kommenden Generationen?«, Juttas Stimme klingt plötzlich brüchig.

Eine Autobahnraststätte kommt in Sicht.

»Ich tanke nochmal voll, dann können wir auf der Rückreise auch gleich durchstarten.«

»Meinst du, wir schaffen es, die Rückreise für die nächsten zwei Wochen auszublenden?«

»Wünschst du dir das?«

»Ja, sehr. Und mein Rücken sagt, ich soll mich bewegen.«

»Gut, mein Berliner Italowildfang, dann versuchen wir das«, Jutta blinkt und fährt von der Autobahn ab, »du steigst, während ich tanke, schon mal aus, läufst auf den Rastplatz vor, aber keine Sprints und keine unnötigen Verrenkungen bitte, wir können uns weder jünger machen noch vergessen, warum auf dem Rücksitz meine Arzttasche liegt, capito?«

»Sì, Signora«, Ulrike hebt die Hand zum Schwur.

Für Ulrike ist der Urlaub vom ersten Tag an eine Entdeckungsreise in ein fremdes Land. Sie staunt über alles, was ohne Probleme schon immer zu funktionieren und für alle anderen um sie herum normal zu sein scheint. Sie hört Dialekte, die sie nicht kennt, versteht weder den Ostfriesen, der Jutta beim Parken in den Frisia-Garagen einweist, noch den Busfahrer des Shuttles, der zwischen Garagen und Fähranleger pendelt und wie selbstverständlich schon dasteht, kaum dass sie eingeparkt haben. Wie benommen sitzt sie schließlich auf der Fähre, sie haben keinen Fensterplatz mehr bekommen, sitzen dafür an einem kleinen Wandtisch am Gang für sich und noch immer ziehen Fahrgäste mit kleinen Kindern, junge Leute mit Rucksäcken und ältere Ehepaare mit prall gefüllten Einkaufstaschen an ihnen vorbei.

»Das sind Insulaner, die von der Einkaufstour auf dem Festland zurückkommen«, Jutta reißt Ulrike aus ihren Beobachtungen, »würdest du einen Blick in die Speisekarte werfen, der Kellner wird gleich hier sein, es gibt auch Bockwurst«, sie lacht, »und wir brauchen auf der Insel erstmal Zeit zum Auspacken, Einrichten und Einkaufen.«

Jutta hat kaum ausgesprochen, da steht der Kellner schon vor ihnen und keine zehn Minuten später alles Bestellte auf dem Tisch. Dann geht ein Ruck durch das Schiff, die Motoren lassen es vibrieren, der Kapitän begrüßt die Fahrgäste an Bord über den Lautsprecher und die Fähre legt ab.

»Schling nicht so, du kannst anderthalb Stunden lang das Schiff entdecken und über die Außendecks laufen«, Jutta greift über den Tisch nach Ulrikes Hand, »wir haben Zeit jetzt, Rike.«

»Haben wir wirklich?«, Ulrike schluckt und geht aus Juttas Blick, »ich möchte dann hoch aufs Außendeck, kommst du mit?«

»Ich bleibe hier bei unseren Sachen und trink noch was. Geh und lass dir bitte Zeit, Rike, für alles. Der Wind da oben wird dir guttun.«

Er nimmt ihr den Atem, der Wind, sie sucht Deckung in einer Nische am Schornstein, um die Jacke zuzumachen, steigt dann weiter aufs Oberdeck, wo in der Sonne kaum ein Platz freigeblieben ist. Sie sucht sich einen Platz an der Reling, wo sie frei stehen kann, sie will ihn spüren, diesen Wind, der an ihrem Haar reißt, an allem, was sie an sich hat, hat einen Moment Angst um ihre Brille, jetzt nicht blind sein, Himmel, nein, sie hält, die Brille, und sie versucht zu begreifen, was die Augen sehen, blickt zurück auf die immer winziger werdenden Häuser am Festland, kann dann rechts die Hochhäuser von Norderney ausmachen, als sie die Hafeneinfahrt hinter sich gelassen haben, und links vor sich einen dünnen weißgelben Strich, den Kalfamer von Juist. Jutta hat ihr von Juist als ihrer Zuflucht in die Weite und Stille erzählt, keine Autos, nur Pferdegetrappel, kaum Tagestouristen, Menschen, die in der Ruhe die Begegnung mit der Natur und oft auch mit sich selbst suchen, Insulaner, die die Besonderheiten ihrer Insel, auch die nur tideabhängige Erreichbarkeit schützen und um ihren Wert wissen. Ein Krabbenkutter zieht längs vorbei. Eine andere Welt, was für eine andere Welt, denkt Ulrike. Sie dreht sich um, weil sie es seltsam findet, wie ruhig es an Deck trotz der vielen Menschen ist, hier und da kurze Wortwechsel, Sonnenbrillen in vielen Gesichtern, entspannte, lächelnde, gelassene. Eine Motorjacht kreuzt sie, ein Gischttropfen trifft Ulrike, sie schmeckt das Salz im Wassertropfen, in der Luft, im Gesicht, die Knie werden ihr weich, sie sucht den nächstbesten freien Platz, Panik überfällt sie, nein, sie hat ihr Medikament am Morgen genommen und Jutta ist da, alles ist gut, atme, zähle eins-zwei-drei-vier-ein, Luft anhalten und auf sieben aus, weiter, weiter und nochmal, jetzt kann sie den Kopf wieder heben, hängt sich mit den Augen an eine schreiende Möwe, die das Schiff begleitet, Möwe sein, fliegen wie sie und alles unter dir wird klein. Ulrikes Atem geht wieder ruhig, sie staunt, so schnell hat sie das noch nie geschafft. Jemand setzt sich neben sie. Jutta.

»Du bist gerade sehr schön. Bleib so.«

Sie blicken vom Balkon ihrer Ferienwohnung im Ostdorf auf das Watten-
meer, haben kaum zehn Minuten Fußweg hinüber auf die andere Seite zum
offenen Meer. Ulrike läuft gegen alle Mahnungen von Jutta rastlos bis zur
Erschöpfung, dabei fühlt sie sich allein von der Nordseeluft und dank Insel-
klima in den ersten Tagen wie gekeult und schläft lange und viel, sobald sie
sitzt oder liegt.

»Schalte runter, Rike, du musst nicht auch noch Gewicht verlieren«,
Jutta beißt sich auf die Lippen.

Sie hatten erst am Abend zuvor eine Auseinandersetzung, in der Ulrike
ihr vorwarf, sie zu behandeln wie ein Kind.

»Ich brauche kein Mach-dies-nicht und Lass-jenes! Vergiss bitte nie,
dass es fast nichts gibt, das ich nicht schon wüsste und durchgemacht habe,
genau wie du selbst! Nicht nur alle gängigen Krankenhausuntersuchungen
und -operationen, nicht nur Chemo- und Strahlentherapien, sondern auch
unzählige Aufklärungsgespräche, Ernährungsberatungen, Arztgespräche,
Krankengymnastik, du kennst doch meine Akte, Doktor Weigand, lass uns
Urlaub als Jutta und Ulrike machen, nicht in irgendwelchen blöden Rollen-
spielen!«

Und Jutta hatte erschreckt sofort akzeptiert und geduldig nachts darauf gewartet, Ulrikes Arme um sich zu spüren und ihren Körper im Rücken zu fühlen. Sie schlief wie ein Kind. Und sie waren sich so nah, wie es
näher nicht denkbar war, nicht mit ihren geschundenen Körpern. Ulrikes
Krebsdiagnose vor über drei Jahren war ein Zufallsbefund. Nach ihrem
Zusammenbruch im Theater am Premierenabend ihrer ersten eigenen Inszenierung war sie mit dem Rettungswagen ins Quedelheimer Krankenhaus
eingeliefert worden, die Ärzte fanden zunächst keine organischen Ursachen,
Burnout war keine klassifizierte Diagnose, auch wenn einzelne Ärzte bei
Erschöpfungssymptomen mit diesem Begriff arbeiteten. Schließlich stellte
sie ein Gynäkologe diagnostisch auf den Kopf, nachdem er herausgefunden
hatte, dass sie ihren letzten Krebsvorsorgeuntersuchungen aus Zeitgründen
ferngeblieben war. Sie wurde aus dem Krankenhaus nur entlassen, um ihre
Tasche für die Uniklinik in Halle packen zu können. Jutta wusste davon, seit
sie sich in der Kur gefunden und jede von der anderen erfuhr, was sie sonst
noch niemandem gestanden hatte, manches nicht mal sich selbst. Für den
Urlaub hatten sie noch in Braunschweig Regeln aufgestellt, jede wollte ihren

Freiraum haben, sie einigten sich täglich beim Frühstück nach einem Blick in den Himmel und je nach Befindlichkeit über einen möglichen Tagesablauf, wobei Ulrike versprochen hatte, Jutta immer umgehend zu signalisieren, wenn ihr Körper medizinisches Eingreifen brauchte. Sie waren beide glücklich, dass das bisher nicht nötig war und Ulrikes Medikamente auch das eine oder andere Glas Wein erlaubten, ohne sie schachmatt zu setzen. Juttas Bemerkung über den drohenden Gewichtsverlust steht noch immer im Raum, Ulrikes Schweigen und ihr bohrender Blick aus den inzwischen scheinbar tellergroßen Augen, in denen Jutta das Unausgesprochene liest, sind schwer auszuhalten. Jutta steht auf und nimmt sie in die Arme, froh, keinen Widerstand zu spüren.

»Verzeih, bitte, ich verspreche mich zu bessern, ich lerne es noch, hab Geduld mit mir.«

»Ich lege jetzt die Beine hoch, auf dem Balkon, im Liegestuhl und du lädst mich zur Buße heute Abend zum Sonnenuntergang auf ein Glas in die Strandhalle ein!«

Jutta wiegt Ulrike im Arm und murmelt:

»Du Schlingel weißt, es ist der längste Tag des Jahres und es wird ein Sonnenuntergang, der für zwei Gläser mindestens reicht.«

»Alles, was wir tanken können, muss für lange reichen, und vieles wird kürzer werden, nicht nur unsere Tage, du weißt es. Lass uns genießen, was wir haben.«

Ulrike läuft allein am Strand entlang, lässt alle Strandkörbe hinter sich, das Wasser läuft ab, der ohnehin breite Strand wird noch breiter, sie hat hier keine Angst vor freilaufenden Hunden, die sind zu weit weg, kleine Kinder werden zu Punkten auf dem Sand und ihre Schreie verweht der Wind. Im Rucksack hat sie das, was sich in den zurückliegenden Tagen als sinnvoller Standard erwiesen hat: das Badehandtuch, auf dem sie sitzt oder liegt, eine Flasche Wasser und ihr Notfallmedikament, Traubenzucker für den Fall, dass sie die Zeit vergisst und in den Unterzucker gerät, den Sonnenhut, den sie seit den Vor-Wende-Theaterferien auf dem Darß durch alle Sommer trägt, und die Tube Sonnencreme, die Jutta ihr nach dem ersten Sonnenbrand aufgedrängt hat. Das Buch, das in den ersten Tagen im Rucksack nicht fehlen durfte, bleibt verwaist auf dem Nachttisch liegen. Sie hat sich süchtig gelaufen am Meer, mit und ohne Jutta, war nach einer Woche fast verzweifelt, weil sie keine Worte hatte für das, was da mit ihr passierte, suchte nach den

Unterschieden zwischen ihrer Liebe zur heimatlichen Ostsee und den Gründen für ihr Verfallensein der Nordsee, fand sie nicht. Der Verstand streikte. Und sie lief weiter, bei jedem Wetter, kam bei Regen unter im Loog oder auf der Bill oder auf der Wilhelmshöhe oder auf dem kleinen Flugplatz am Kalfamer. Auch der Himmel über der Ostsee war nicht jeden Tag gleich, also was zum Teufel trieb das Meer hier mit ihr auf Juist? Begriffen hatte sie es gestern, nachdem sie mehr als sechs Stunden ununterbrochen am Meer gelaufen, gesessen, geschlafen hatte. Sie war bei Niedrigwasser losgelaufen, der Wind spielte mit den Wolken am Himmel, die ihr den angenehmen Wechsel von Sonne und Schatten bescherten, ihre Turnschuhe baumelten am Rucksack, die Füße gruben sich durch den Dünensand an den festen Meeressaum, Austernfischer, Sanderlinge und Möwen fischten sich um die Wette aus dem Meeresboden, was ihren Hunger stillte, Ulrike verlor sich im Beobachten der Vögel, verlor sich im Zusammenspiel der Naturgewalten, legte ihr Handtuch in den Sand, als der Körper die Pause verlangte, schlief ein, gestreichelt von Wind und Sand, vogelfederleicht, erwachte vom Grollen am Himmel und von Möwengeschrei, setzte sich auf und ihr Atem ging flach. Das Meer war, bevor sie einschlief, gefühlt hundert Meter von ihr entfernt, jetzt tobte es in wenigen Metern Abstand, weit draußen peitschte der Wind die Wellen hoch und Ulrike sah wie hypnotisiert auf diese Wellen und ihr langes, raumgreifendes Ausrollen, Auf-sie-zu-Rollen. In diesem Moment begriff sie mit ihrer Seele, deren Existenz sie bisher geleugnet hatte, in der Dynamik von Ebbe und Flut ihr eigenes Sandkorndasein, fühlte es nicht als Bedrohung, sondern als Aufgehobensein in den Gesetzen der Bewegung von Mensch und Himmelskörpern und in der Unendlichkeit dieser Bewegung. Was auch passieren würde, von nun an passierte es in der Gewissheit des ewigen Kommens und Gehens und auch in dem Glauben, dass nichts verloren geht von allem, was zwischen Himmel und Erde geschieht. Sie hatte noch keinen Namen dafür, aber sie wusste, sie würde es nie wieder verlieren. Jutta sah die Veränderung bei ihrer Rückkehr, ließ keinen Vorwurf für ihr langes Ausbleiben über die Lippen, stellte ihr einen Teller Suppe vor die Nase und eine Scheibe Brot dazu, Ulrike brauchte immer Brot zur Suppe und sie nannte Juttas Kochen aus wenigen Zutaten Zauberei, die sie bewunderte, und löffelte brav das Gemüse und brachte nichts als ein paar spröde Sätze über ihre Begegnung mit den Gezeiten und den Wetterwechsel heraus. Sie strichen den geplanten abendlichen Strandhallenbesuch und saßen still auf dem Balkon, bis die Sonne unterging. Das Farbenspiel am Himmel passte zu Ulrikes Metamorphose, sie blieb stumm und spürte irgendwann Juttas Hände, die ihr eine Decke über den Körper legten, da waren die Sterne schon da. Und jetzt lief sie wieder und lief, wem oder was eigentlich hinterher oder wovor davon? Sie bleibt abrupt stehen, schaut auf ihre Füße, von da einer Möwe folgend zur heute sanften See, zieht gedankenverloren das Handtuch aus dem Rucksack, setzt sich und schlingt ihre Arme um die Beine. Ulrikes Augen kleben an den rollenden Wellen, kleben am Horizont, verlieren sich wieder und wieder in der Weite. Sie atmet Unendlichkeit, sie atmet ein, was sie gesucht hat, er flutet ihren Körper, dieser Frieden, und sie wird ihn hüten, den Frieden in sich, alles, was sie jetzt einatmet, in sich hineinzieht an Bildern, Geräuschen, Gefühlen wird sie nie wieder loslassen. Es ist ein Versprechen, das sie spürt, noch immer namenlos, aber es gibt ihr die Sicherheit, die sie für ihre Zukunft braucht. Heute wird sie mit Jutta reden können. Sie legt sich hin und den Darßer Sonnenhut auf das Gesicht, sie feiert ihr Fühlen und Spüren als Liebesakt mit dem Universum.

»Wir haben Post!«, empfängt Jutta sie, »ich von Hilde, mit Grüßen für dich, du von Helga.«

Ulrike reißt den Brief auf und überfliegt ihn im Stehen.

»Meine Mutter kann noch zwei Tage bleiben, wenn wir zurück sind.«

»Es scheint ihr Spaß zu machen, mit Hilde unterwegs zu sein.«

»Das sicher auch, aber ich hatte ihr geschrieben und gefragt, ob sie den Urlaub etwas verlängern kann, ich muss mit ihr reden, ich will, dass sie mich im Fall der Fälle versteht und ich will dann keine Vorwürfe hören und dass sie dir jemals Vorwürfe macht, kann ich nur verhindern, wenn ich in ihr Hirn gekommen bin, wenn sie wirklich begreift, worum es mir geht.«

»Das klingt nach gordischem Knoten, der zu lösen ist.«

»Es wäre einfacher, wenn ich immer noch glauben würde, ich bin ihr egal oder sie hätte mich nie geliebt. Oder umgekehrt.«

»Es wäre nur für einen Moment einfacher und ausschließlich für dich und es wäre ein Grat von verbissener Sturheit und Blindheit, der deiner unwürdig ist. Was willst du mir damit sagen?«

Ulrike setzt sich vor Jutta auf den Fußboden, umschlingt Juttas Beine und drückt den Kopf in ihren Schoß. Als sie Juttas Hände auf ihrem Haar spürt, holt sie tief Luft und schaut sie an.

»Ich habe hier verstanden, warum ich vor nichts Angst haben muss, wenn der Krebs zurück ist, dass es gut wird, auch wenn ich sterbe. Es wird weh tun sich vorzustellen, dass wir uns nicht mehr berühren können, aber wir werden uns niemals verlieren. Du weißt, wovon ich spreche, auch wenn du andere Worte dafür hast als ich, ich habe nicht gelernt, was du gelernt hast, aber ich habe es jetzt, glaube ich, erfahren, in den Stunden am Meer, allein, ich fühle es und deshalb vertraue ich mir und dir und dem, was uns trägt.«

»Wenn du schon immer so warst, so sensibel und mutig, so stur und wild, dann musst du deine Mutter als Kind, so wie sie war, an den Rand des Wahnsinns gebracht haben.«

»Siehst du mich so?«

»Ich liebe jedenfalls auch dieses kleine eigensinnige Mädchen in dir, ich kann es manchmal sehen, auch wenn es dir nicht gut geht. Und wenn ich nicht um deine Stärke wüsste, könnte ich diesen Weg mit dir nicht gehen.«

Auf der Fähre nach Norddeich stehen Ulrike und Jutta nebeneinander auf dem Außendeck an der Reling, als das Schiff den Juister Hafen verlässt. Ulrike hat sich selber nicht vertraut und das Taschentuch griffbereit, aber sie braucht es nicht. Ohne Jutta anzusehen, fragt sie:

»Bin ich schön geblieben?«

Jutta stutzt, dann wirft sie den Kopf in den Nacken und lacht.

»Viel schlimmer: noch schöner geworden, also eigentlich nicht mehr zum Aushalten!«, sie legt den Arm um Ulrike, »ich wünsche mir, dass wir unser Lachen nicht verlieren, lass uns das üben, das Lachen.«

»Ich höre die Stimme der Frau Doktor, noch haben wir Urlaub, meine Liebe, aber mit der Aufgabe bin ich einverstanden, lass mich das Besiegelungsgetränk holen«, Ulrike dreht sich aus Juttas Arm und läuft die Stufen hinunter zum Bordkiosk.

Minuten später stoßen sie mit ihren Kaffeepötten an.

»Danke, Jutta, danke für alles.«

Nun ist es Jutta, die schweigt, und Ulrike, die ihr das unbenutzte Taschentuch aus der Jackentasche schnell hinüberreicht. Sie bleiben an Deck und mit den Augen an Juist hängen, bis sie in den Norddeicher Hafen einlaufen. Der Shuttlebus zu den Frisia-Garagen wartet bereits, es ist Sonntag, sie haben Glück auf den Straßen, keine Staus, keine Unfälle, sie reden wenig, einigen sich mit dem Autoradio auf einen Kultursender, den Ulrike leicht genervt hinter Hannover wieder ausschaltet, als ein Theaterkritiker sich über eine Hamburger Premiere auslässt. Juttas fragenden Seitenblick ignoriert sie.

»Wir sind in etwa einer Dreiviertelstunde zu Hause, ist es das?«

»Nein. Es gibt scheinbar keine Osttheater mehr. Und ich will gerade nicht, dass das mein Problem ist. Bleibt.«

»Da wir trotzdem gleich zu Hause sind, willst du mir vielleicht noch verraten, worin genau der gordische Knoten im Gespräch mit deiner Mutter besteht?«

»Über den Tod wird in meiner Familie nicht gesprochen. Früher nicht, jetzt nicht. Es gibt die Heldensaga der in den faschistischen Konzentrationslagern und Gefängnissen umgekommenen Verwandten und Genossen, aber ich kann mich an keine Beerdigung, keinen Abschied erinnern als Kind, ich weiß weder, wann die Urgroßmutter, an deren Bett ich mich als Vierjährige noch sitzen sehe, verstorben ist und wo begraben, noch wann meine Großmutter verstorben ist und wo sie liegt. Ärzte sind Götter in Weiß, denen man keine Fragen stellt, und Krankheiten begegnet man einzig mit ›Wird schon wieder‹, wenn man überhaupt ein Wort darüber verliert. In jedem Fall aber hat man den Anweisungen des Arztes zu folgen, wenn man sich schon in seine Hände begeben hat, und man hat gefälligst wieder gesund zu werden. Mein Bruder soll nach seinem Unfall tagelang im Koma gelegen haben, natürlich waren sie unter Schock, meine Eltern, aber selbst nach seinem Tod haben sie sein Sterben versucht auszulöschen, indem sie ein paar Wochen nach seiner Beerdigung in eine Zweizimmerwohnung gezogen sind, es gab keine Kinderzimmer mehr, weil es Ralf nicht mehr gab, und mit mir, die längst ausgezogen war, sprach niemand, als trüge ich irgendeine Schuld an seinem Tod. Sprich mit jemandem über das Sterben, der den Tod nicht akzeptiert, der nicht sehen will, dass Leben und Sterben zusammengehören.«

»Deine Mutter hat sich verändert, Rike, ihr Verhältnis zu dir hat sich verändert. Sie hat dich nach deiner ersten Krebsoperation in Halle nicht nur besucht, sie hat sich auch mit deiner Krankheit auseinandergesetzt. Und mit ihren Fehlern im Umgang mit dir. Mit dem, was du ihr sagen willst, setzt du sie wieder unter Schock, und du fügst ihr einen Schmerz zu, den ihr beide aushalten müsst. Geduld ist nicht deine stärkste Seite, aber du hast keine Wahl, du wirst sie haben müssen, mit ihr und auch mit dir.«

»Mann!!! Scheißescheißescheiße!!!«, Ulrike schreit es und schlägt im Rhythmus der Wörter auf das Handschuhfach vor ihrem Sitz, während Jutta seelenruhig zum nächsten Überholvorgang ansetzt.

Als sie wenig später auf dem Weigand'schen Grundstück eingeparkt haben und der Motor aus ist, nimmt Jutta Ulrike vor dem Aussteigen in den Arm.

»Du hast alles in dir, was du brauchst, du bist stark und Helga ist die Frau, die dich geboren hat. Es wird ihr helfen, wenn du mich später dazuholst, weil ich nicht nur die Ärztin bin, die dich begleitet. Ich kann ihr ein Stück mehr Vertrauen geben in die weißen Kittel, in denen Ärzte stecken, und in die Liebe zu dir.«

Ulrike war dankbar für Hildes Angebot, Helga mit dem Auto zum Bahnhof zu bringen, so war sie mit ihrer Mutter nicht allein auf dem Bahnsteig und hatte jemanden bei sich, der Helga tatsächlich zur Freundin geworden war. Dass die beiden sich mochten und verstanden, war nach ihrer Heimkehr von Juist beim gemeinsamen Abendessen im Hause Weigand nicht zu übersehen und hatte Ulrike völlig irritiert. Sie konnte sich nicht erinnern, dass es im Leben ihrer Eltern jemals enge Freundschaften gegeben hätte, es gab den einen oder anderen freundschaftlichen Kontakt zu dem einen oder anderen Genossen, der entweder wie Vater Uniform trug oder wie Mutter politischer Mitarbeiter oder Abteilungsleiter der SED-Kreisleitung war, und dieser über Dienstliches hinausgehende Kontakt äußerte sich maximal in Form einer gemeinsamen Silvesterfeier in unregelmäßigem Rhythmus oder eines abendlichen Umtrunks, sollte sich gerade ein Geburtstag dafür anbieten. Dass man mit Freunden und deren Familien an freien Tagen Zeit verbrachte, hatte Ulrike als Kind zu Hause nie erlebt. Umso mehr wunderte sie die Selbstverständlichkeit, mit der Helga den Abendbrottisch im Haus Weigand deckte, Hilde zur Hand ging und Jakob mitumsorgte. Sie hatte ihre Mutter als Kind selbst bei Familientreffen in den Wohnungen der Onkel und Tanten als eher verklemmt und äußerst zurückhaltend erlebt. Was sie jetzt sah, war, wieder einmal, eine verwandelte Mutter, aber eine, die zu der Frau passte, zu der sie vor der Kur gefahren und die sie mit Vaters Trabi vom Bahnhof abgeholt hatte. Ulrike sah sich irgendwann im Laufe des Abends lächeln, wie Jakob, der ihr gegenübersaß und die Gesellschaft der vier Frauen sichtlich genoss. Er liebte es, in großer Runde zu tafeln, und brach gern politische Diskussionen vom Zaun, was Hilde nie guthieß, aber auch nie verhindern konnte, und Ulrike staunte einmal mehr über die für sie noch ungewohnte Fähigkeit ihrer Mutter, nicht nur ruhig zuzuhören, sondern auch sehr differenziert und vorsichtig in dem Bemühen, ihr Gegenüber nicht zu verletzen, zu antworten. Welche Wandlung! Und was für eine Hoffnung, dachte sie an das noch ausstehende Gespräch mit ihr, als sie sich verabschiedet und in Ulrikes Wohnung zurückgezogen hatten. Er war schwer, der folgende Tag, den sie ganz für sich hatten, Mutter und Tochter. Es hatte noch am Abend

Tränen gegeben, Fragen, die aus dem Nicht-wahrhaben-Wollen hart in den Raum schossen, wieso sie denn so sicher sei, ein Rezidiv zu haben, wieso sie so täte, als stünde die endgültige Diagnose schon schwarz auf weiß da, wo sie doch erst nochmal ins Krankenhaus müsse und es bisher nicht mehr als ein paar Schatten auf Bildern gäbe und selbst wenn es denn so wäre, warum um alles in der Welt sie dann nicht wie beim ersten Mal kämpfen wolle?! Es brauchte den folgenden Tag nach einer für Helga fast schlaflosen Nacht und Ulrikes Erschöpfungsschlaf, um Ruhe in die Gespräche zu bringen, es brauchte Jutta, die nach dem Frühstück zu ihnen kam und Helga nicht nur die Möglichkeiten der Palliativmedizin erklärte, sondern ihr auch aus medizinischer Sicht sagen konnte, wie wichtig es sei, dass Ulrike ganz allein zu einer Entscheidung komme, die auch ihrem Willen entspräche, gewachsen aus allen gemachten Erfahrungen. Helga hatte noch nie von Hospizen oder der Hospizbewegung gehört und obwohl sie inzwischen in der Verwaltung eines Altenpflegeheimes saß, war die Auseinandersetzung mit dem Tod fremdes Terrain, nein, Niemandsland! Das mochte sich ändern, wenn man alt wurde, aber doch nicht jetzt, doch nicht für so junge Menschen und schon gar nicht freiwillig. Und schließlich brüllte sie in Tränen aufgelöst die beiden Frauen an, ob ihnen eigentlich klar sei, was sie da von ihr verlangten?! Sie solle nach dem Tod ihres Sohnes einverstanden sein mit dem Verlust ihrer einzigen Tochter, mit einem zweiten Grab?

»Seid ihr denn verrückt?«, und sie stürzte aus der Wohnung.

Jutta hielt Ulrike fest, die ihr nachwollte.

»Lass sie jetzt allein, sie kommt wieder«, und sie griff zum Telefon und sagte Hilde Bescheid, dass Helga vermutlich im Gartengelände herumlief, und Hilde verstand und schlüpfte aus den Hausschuhen in ihre Gartenlatschen.

Am Mittagstisch saßen sie nahezu schweigend um einen von Jutta gezauberten Gemüseeintopf, Jakob beklagte die fehlende Fleischeinlage, verlegte sich aber mangels Resonanz auf die bevorstehende Bundestagswahl, ein Gesprächsstrohhalm, den Ulrike gern ergriff, weil dies ein weites Feld war zwischen einem eingefleischten alten CDU-Wähler und einer sich der roten Farbe verpflichtet fühlenden, in der DDR aufgewachsenen jungen Frau, und es war besser als alles Schweigen. Nur Helga blieb stumm, fast bis zum Abend. Erst als sie ihren Koffer gepackt und Ulrike ihnen eine Flasche Wein geöffnet hatte, sahen sie sich wieder in die Augen.

»Du rufst mich an, wenn du im Krankenhaus bist?«

»Ich rufe dich immer an, wenn es Neues gibt, Mama, versprochen.«

»Und ich kann dich besuchen?«

»Immer. Wann und wie lange du willst.«

»Und du verstehst, dass ich dich nicht verlieren will, nicht einfach aufgeben kann?«

»Ich lerne seit über einem Jahr meine Mutter neu kennen und ich mag das alles sehr, was ich da entdecke«, Ulrike umarmt ihre Mutter und hält sie fest, »ich bin froh, dass es dich gibt, Mama, jetzt bin ich darüber wirklich sehr froh.«

Als sie sich wieder voneinander lösen, sagt Helga, dass sie nicht wisse, wie Antonio auf all die Neuigkeiten reagieren werde, und auch keine Ahnung habe, wie sich ihr künftiges Zusammenleben gestalten könne. Ulrike entgegnet:

»Schau dir einfach an, wie die Wohnung nach deiner zweiwöchigen Abwesenheit aussieht, und überleg, ob das deine Lebensaufgabe sein soll, was du da siehst und fühlst.«

»Und sollte er dich sehen wollen ...«

»... werde ich kein störrischer Esel sein.«

Und nun sitzen sie im Auto, Hilde steuert sie sicher zum Bahnhof durch den dichten Braunschweiger Stadtverkehr, sie bringen Helga beide auf den Bahnsteig, der Zug nach Berlin hat keine Verspätung, stellen sie zu dritt erleichtert fest, Helga würde ihren Anschlusszug problemlos bekommen und schon nachmittags zu Hause sein.

»Siehst du, Mama, so nah ...«, das Satzende verschlingt der Lärm des einfahrenden Zuges, Helga drückt ihre Tochter fest an sich, Hilde streichelt beide und schiebt Helgas Koffer in den Zug.

»Steig ein, Helga, wir telefonieren!«

Und dann knallt die Zugtür zu und alle drei drücken ihre Hände von beiden Seiten an die Scheibe. Sie bleiben auf dem Bahnsteig, bis sie die Rücklichter des Zuges sehen, und es ist Hilde, die dann sagt:

»Komm, lass uns nach Hause fahren.«

Die Tasche fürs Krankenhaus zu packen, war eine leichte Übung, Ulrike war dankbar, die Bronchoskopie in Vollnarkose zu bekommen, und entschlossen, alle zur Abklärung des Verdachts erforderlichen Untersuchungen über sich ergehen zu lassen. Sie würde die Ärzte wieder quälen mit ihrer Forderung nach absoluter Klarheit und Eindeutigkeit in der Diagnose, sie hasste jedes

»Vielleicht«, akzeptierte kein »Eventuell« und forderte Antworten ein, die über jeden Zweifel erhaben waren. Ulrike wusste um Juttas Unterstützung, falls nötig, und schätzte die Jovialität Dr. Bogdanovichs in Gesprächen sehr. Ihr alter Walkman funktionierte noch, wie gut, und welche Musik sie im Krankenhaus brauchte, wusste sie auch sehr gut aus der Vergangenheit. Da sie die üblichen Illustrierten nicht mochte, mit denen sich Mitpatientinnen häufig eindeckten, schwankte sie einen Augenblick zwischen Thomas Mann und Leo Tolstoi, entschied sich für Manns »Buddenbrooks«, die Gefahr als Ostler identifiziert zu werden, war mit ihm geringer und ihre Liebe zu Thomas Mann hielt seit der Abiturzeit an, außerdem vergrub sie sich gern in vergangene, geschichtsträchtige Zeiten und brauchte im Krankenhaus Möglichkeiten, Gesprächen aus dem Weg zu gehen oder sich von sich selbst weg konzentrieren zu können. Sie hat ihre Tasche gerade zugemacht, als sie Juttas Schritte auf der Treppe erkennt und ihr die Tür öffnet, bevor sie klopfen kann.

»Du musst keine Angst um mich haben, ich hab sie auch nicht und ich liebe Narkosen und schnelles Einschlafen und wenn der Anästhesist gut drauf ist, werde ich nicht mal kotzen und freue mich auf deinen Besuch!«

Ziel erreicht, denkt Ulrike, als aus Juttas Verblüffung ein Lächeln wird. Jutta umarmt sie und sagt ihr ins Ohr:

»Ich weiß, wie stark du bist, aber du lässt mich jetzt deine Tasche hinunter zum Auto tragen, Hilde wartet schon auf dich, du steigst zu ihr ins Auto, ich stelle die Tasche in den Kofferraum und ihr fahrt los. Nein, lass mich noch nicht los!«

Ulrike weiß, wo sie Jutta kitzeln muss, damit sie es schaffen, lachend auseinanderzugehen.

»Deine Patienten warten, grüß Doris, wir sehen uns übermorgen. Schließt du ab?«, und sie läuft vor Jutta die Treppe hinunter zu Hilde ins Auto.

»Grüße von Jakob und ›Toi, toi, toi!‹ soll ich dir sagen«, kommt von Hilde, bevor die Kofferklappe hinten scheppernd zufällt.

»Wir können fahren, Hilde«, grinst Ulrike.

Die Schwester in der Aufnahme fragt freundlicherweise, ob sie ihre Tasche allein tragen könne, und Ulrike ist froh, ihr das beweisen zu können, froh auch über das Bett am Fenster, das ihr zugewiesen wird, und die beiden ruhigen Mitpatientinnen, von denen die Weißhaarige fast ununterbrochen schläft und noch das OP-Hemd anhat, und die andere, ungefähr Fünfzigjährige, unter Kopfhörern in einer Illustrierten blättert und sich auch nicht durch Ulrikes Anwesenheit stören lässt. Das passt, denkt Ulrike, und wie gut, dass der Krankenhausalltag ihr nicht fremd ist und sich vermutlich nirgendwo auf der Welt grundlegend unterscheidet. Am nächsten Morgen muss sie nicht lange warten, die Anästhesie ist so gut, dass ihr das befürchtete anschließende Erbrechen erspart bleibt, sie schläft nach dem Eingriff nur sehr lange, kommt dann ohne größere Probleme schnell wieder auf die Beine, erfährt von einer Krankenschwester, dass das Ergebnis der Biopsie noch ausstünde. Der Biopsie, ach ja? Dr. Bogdanovich lässt sich nicht sehen, aber ordnet weitere Tests und Ultraschalluntersuchungen an. Ulrike fügt sich klaglos und stoisch, lässt sich von wechselnden Laborantinnen Blut abzapfen, von unterschiedlichen Ärzten mit Ultraschallköpfen am Körper herumfahren, findet die Krankenhauskost genießbar, wird ungefragt von ihren Bettnachbarinnen über deren Diagnosen und Operationen aufgeklärt und kriecht wann immer möglich unter ihre Kopfhörer. Kriegen die beiden Besuch, macht sie sich hinter den »Buddenbrooks« unsichtbar oder verschwindet auf den Flur. Es fällt ihr im Krankenhaus leichter, auf einen Befund zu warten, weil hier jeder ständig auf irgendetwas wartet, und es nimmt der Diagnose die Wucht, wenn sie sich bewusst macht, dass jeder auf dieser Station sein Päckchen trägt. Ihre Bettnachbarin Lissy hatte ihre Totaloperation wegen eines Tumors in der Gebärmutter und der weißhaarigen Berta haben sie die zweite Brust abnehmen müssen.

»Und mein Krebs hat metastasiert, Doc, oder?«

»Ja,«, sagt Dr. Bogdanovich, »das hat er. Eine Metastase an der Wirbelsäule, eine in der Lunge, zwei sehr kleine mit hoher Wahrscheinlichkeit in der Leber.«

»Unzweifelhaft Metastasen?«

»Unzweifelhaft.«

Sie lässt sich die möglichen Therapien erklären, die sie alle schon kennt, und dann schweigen sie sich an, der Arzt und seine Patientin.

»Sie wissen, was ich davon halte, Doc«, sagt Ulrike schließlich und will aufstehen.

»Ich weiß es und ich bitte Sie trotzdem, es zu überdenken. Lehnen Sie die Chemo ab, rate ich immer noch zur Bestrahlung, das ist weniger belastend und Sie gewinnen Zeit, wenn sich die Metastasen im Ergebnis verkleinern. Schlafen Sie eine Nacht darüber, ich lasse Sie ohne eine Entscheidung nicht von meiner Station.«

»So schlecht ist das Essen hier nicht und noch kann ich kauen.«

»Die Chance, dass Sie noch länger Vergnügen am Essen haben, steigt mit der Bestrahlung.«

Es ist der Humor der Verzweiflung, die sie nicht zulassen will, der Ulrike das Gespräch beenden lässt.

»Es gibt heute Eier in Senfsoße, die habe ich schon als Schulkind in der DDR-Schulspeisung geliebt. Sie gestatten?«

Am Nachmittag öffnet sich die Tür und Thea steht plötzlich an ihrem Bett, Ulrike fährt erschrocken hoch.

»Ist was mit meiner Gruppe?«

»Ja natürlich, was denkst du denn! Bleib liegen, du Komikerin, die Mädels machen sich Sorgen um dich und lassen dich grüßen«, Thea hält ihr einen großen bunten Blumenstrauß unter die Nase und lacht, »ich besorg eine Vase.«

»Lass uns das zusammen machen, ich kann aufstehen.«

Ulrike schlüpft in ihre Latschen und zieht sich den weiten Strickpullover über den Schlafanzug, den Helga ihr abgelassen hat, weil Ulrike keine Bademäntel mag, auch in der Klinik nicht, und es Helga friedlich stimmte vor dem Abschied, dass ihre Tochter ein Stück von ihr im Krankenhaus am Körper tragen würde. Als die Blumen versorgt sind, ziehen sie sich auf dem Flur in die Besucherecke am Fenster zurück und Ulrike klärt Thea knapp und mit größter Sachlichkeit über die Untersuchungsergebnisse auf. Thea starrt sie entgeistert an und schnappt nach Luft.

»Nicht aufregen, Thea, du musst jetzt auch nichts sagen. Ich weiß, was ich will und worauf ich mich auf gar keinen Fall noch einmal einlassen werde, aber das abschließende Gespräch mit meinem Arzt über die folgenden Maßnahmen findet erst morgen Vormittag statt, danach werde ich entlassen. Ich melde mich bei dir, sobald ich sagen kann, wie es weitergeht, und ich bitte dich, mir nächste Woche das Gespräch mit meiner Gruppe zu überlassen, du kannst natürlich gern dabei sein.«

»Mensch, Rike, das ist eine Katastrophe! Wie kannst du so abgezockt darüber reden?!«

Es ist Ulrike, die Thea beruhigt und ihr ein Taschentuch reicht.

»Ich lebe mit dieser Katastrophe, wie du es nennst, das vierte Jahr, mein Körper ist das vierte Jahr ein anderer und er hat mein ganzes Leben verändert, schon bevor ich hierherkam, der Krebs und all die anderen Katastrophen nach dem großen Einheitsjubel. Ich hab meine Konsequenzen daraus gezogen und bin mit dem Ergebnis sehr glücklich.«

»Bitte? Was erzählst du denn da?«

»Ich habe Menschen kennengelernt, die ich sonst nie getroffen hätte, ich habe ein Land kennengelernt, das mir fremd war und in dem ich mich heute mehr zu Hause fühle als dort, wo ich herkomme, auch wenn meine Beziehungswelt dort eine andere war«, sie lächelt, »und wir eine andere Offenheit und Intensität im Reden und Leben miteinander hatten, das kannst du nicht verstehen, glaube ich. Aber vielleicht möchtest du es später noch erklärt haben. Schau mich nicht an wie eine Außerirdische, du kannst mich alles fragen, Thea, alles, nur nicht jetzt. Ich sterbe nicht heute und nicht morgen, wir werden noch Zeit haben, gut? Ich muss für mich entscheiden können, wann ich womit aufhöre. Und was für die Gruppe gut ist, entscheiden wir gemeinsam. Grüß die Mädels. Und danke für die Blumen.«

DAMALS

»Autsch!!«, Ulrike schreit auf vor Schmerz, nun ist sie doch mit dem Kopf an das Gitterbett von Wilfried geknallt, sie hört die nackten Füße der anderen Kinder übers Linoleum laufen, aufkreischend versuchen sie ihre Betten zu erreichen, bevor die Krankenschwester die Tür aufgerissen hat, Ulrike muss sich an dem Gitter festhalten, ihr ist schwindlig und schlecht wird ihr auch noch, Mist, sie rutscht langsam an der Metallstange auf den Boden.

»Wat is denn hier los?!«, Schwester Margot erfasst mit einem Blick über die sechs Betten die Situation, drei der sechs Kinder sind bereits operiert, haben also für eine Woche verbundene Augen, Ulrike lag erst gestern auf dem OP-Tisch und der hatte sie noch am Morgen, wie fast allen Patienten nach der Äthernarkose, die Nierenschale unters Kinn halten müssen.

»Mein Jott, Ulrike, wat machste denn da unten schon wieda, Menschenskind, du bist det dritte Mal hier, du müsstest doch nu langsam ma wissen, wie der Hase läuft!«

Ulrike kann nichts mehr sagen, denkt nur, kotzen muss ick jleich ooch noch, und Schwester Margot ist diesmal mit der Schale nicht schnell genug bei ihr, iiiih, wie doof. Ulrike sinkt zur Seite, Schwester Margot macht auf dem Absatz kehrt, drückt den Alarmknopf, ruft auf dem Flur laut nach Hilfe und kommt mit Wassereimer, Scheuerlappen und Schrubber zurück ins Zimmer, als Schwester Inge und Doktor Albrecht Ulrike schon vom Boden aufgehoben und aufs Bett gelegt haben. Ulrike ist mit ihren neun Jahren ein spilleriges Leichtgewicht und sie lächelt, als sie Schwester Inges Stimme hört. Ulrike ist die Einzige im Zimmer, die zur Besuchszeit mittwochs und sonntags nachmittags nie Besuch bekommt, und es ist ihr schon beim ersten Mal im Krankenhaus peinlich gewesen, von den anderen Müttern oder Großmüttern, während die ihre mitgebrachten Kuchen auf den Betten ihrer Kinder auspackten, mitleidig ausgefragt zu werden, wann denn ihre Mutti käme und ob sie denn gar keine Oma hätte. Also verlässt sie zur Besuchszeit immer sofort das Zimmer, sobald die Stationstür für die Besucher aufgeschlossen wird. Schwester Inge hatte sie irgendwann auf dem Flur in den Arm genommen und gefragt, ob sie ihr helfen wolle, die gewaschenen Binden aufzuwickeln. Sie war dann ganz allein mit Schwester Inge in dem Wäscheraum, in den sonst kein Patient hineindurfte, und sie war stolz darauf, dass sie mit Schwester Inge so wichtige Dinge tun durfte, und mal gedrückt zu werden, fand sie auch ganz toll. Jetzt hält Schwester Inge ihr die Hand, während der Doktor den Kopf abtastet, den Verband kontrolliert und fragt, wo genau es weh tut, aber ihr ist nur noch ein bisschen schlecht, worauf der Doktor sagt, sie müsse eigentlich schon wissen, dass es keine gute Idee sei, nach der Operation »Blinde Kuh« zu spielen, und wenn jetzt was schiefgegangen wäre, könne er nichts dafür. Ulrike ist erschrocken und sagt leise:

»Entschuldigung. Ich mach das auch nicht wieder.«

Sie sagt es hochdeutsch, damit er ihr auch glaubt. Sie sieht sein Schulterzucken nicht und nicht den Blickwechsel zwischen ihm und Schwester Inge, mit dem er sich aus dem Zimmer verabschiedet. Schwester Margot rasselt weiter mit Wassereimer und Schrubber und als sie den Boden wieder sauber hat, schmettert sie:

»So! Jetz is hier aba Ruhe im Karton!«, und verlässt den Raum.

Schwester Inge hat Ulrike gewaschen und ihr ein neues Nachthemd besorgt, sie wechseln es schweigend.

»Nicht weinen, Ulrike, ist nicht gut für die Augen.«

Ulrike spürt die Hand, die ihr die Tränen wegwischt und fragt:

»Aber wenn mir jetzt weiter nichts weh tut, muss ich auch nicht nochmal operiert werden?«

»Es war alles in Ordnung unter dem Verband, aber du musst jetzt wirklich liegen bleiben, versprochen?«, und zu den Kindern ohne Kopfverband sagt sie weiter, »und ihr helft ihr beim Aufstehen, wenn sie mal muss, und holt mich sofort, klar?«

Es ist still, als Schwester Inge das Zimmer verlässt, dann hört Ulrike den kleinen Wilfried aus dem Bett neben ihr fragen:

»Haste jetzt Angst, Rike?«

»Die Narkose is so doof, weeßte, da denkste, du erstickst, aber du musst dir nicht fürchten, da is imma eena, der dich festhält.«

Sie wischt sich die Träne schnell weg, Wilfried wird zum ersten Mal operiert und sie will ihm keine Angst machen und vielleicht hat er ja Glück und bei ihm ist danach alles gut und er kommt ohne Brille aus dem Krankenhaus. Ulrike ist seit der ersten Klasse in jedem Schuljahr einmal zur Augenoperation im Friedrichshainer Krankenhaus und jedes Mal wünscht sie sich so sehr, danach auch zu den Glücklichen zu gehören, die die blöde Brille nicht mehr tragen müssen.

»Der Doktor war janz schön sauer«, Monika ist aus ihrem Bett zu Ulrike aufs Bett gesprungen und setzt sich ans Fußende, sie ist ihren Verband schon wieder los.

»Is die Schwester Margot imma so böse?«, Wilfrieds Stimme wird immer piepsiger.

»Vielleicht machen wir ma irjentwat, damit allet wieda jut wird«, Ulrike will keine Tränen mehr, es ist nicht gut für die Augen, hat doch Schwester Inge gesagt.

»Wat willste denn machen?«, das ist Petras Stimme, die geht wie Ulrike schon in die dritte Klasse und hat die OP zum zweiten Mal vor sich.

»Vielleicht wat singen, so für alle Schwestern und den Doktor, ick kann ooch noch een Jedicht auswendig, ej ja, wir machen so'n richtjet Kulturprogramm!«

»Kulturprogramm?«, piepst Wilfried.

»Jadoch! Wir können doch nur wat machen, wat hier drinnen jeht, und jetze müssen wa rauskriejen, von welchen Liedern wenigstens eena von uns alle Strophen kann, und wer alle kann, muss mit den andern üben, bis alle allet können und denn führ'n wa det uff!«, Ulrike strahlt, die Übelkeit spürt sie nicht mehr, »ick kann alle Strophen von BELLA CIAO, det is jrade meen Lieblingslied!«

Und sie trällert los und in das »Bella Ciao« fallen sofort alle ein:

»Eines Morgens in aller Frühe,
bella ciao, bella ciao, bella ciao, ciao, ciao!
Eines Morgens in aller Frühe
trafen wir auf unseren Feind.

Partisanen, kommt nehmt mich mit euch,
bella ciao, bella ciao, bella ciao, ciao, caio!
Partisanen, kommt nehmt mich mit euch,
denn ich fühl, der Tod ist nah ...«

»Wat is denn hier schon wieda los?«

Da sie alle laut mitgesungen haben und sich dabei immer näher um Ulrikes Bett scharten, hatte niemand gehört, wie Schwester Margot die Zimmertür öffnete.

»Aba ab, jeda in sein eijenes Bett, eene Karambolage heute reicht mir bei euch!«

»Aba Schwester Inge hat jesacht, wir sollen uns um Ulrike kümmern und ick darf uffstehn, ick komm ja ooch bald raus«, wehrt sich Monika.

»Aba keen Remmidemmi hier«, Schwester Margot klingt versöhnlicher, »wer möchte noch Tee? Mittag dauert noch, Ulrike, allet jut bei dir?«

Ulrike nickt und versucht zu lächeln. Schwester Margot kommt ihr immer wie der Spitz ihrer Großtante vor, der kläfft auch dauernd und lässt sich nicht gern streicheln, aber wenn man ihn doch mal bezirzen kann, ist er ganz weich.

»Ick gloobe, dein Vati hat vorhin anjerufen, Schwester Inge hat mit ihm jesprochen, die kommt jleich zu dir.«

Ulrikes Herz klopft, mein Vati!

»Warum kriegst du eijentlich nie Besuch?«, fragt Petra, die auch zu ihr aufs Bett gestiegen ist.

»Ick hab een kleen Bruder und Kinder dürfen ja nich uff die Station und mein Vati is Soldat und nich imma da.«

»Na und? Wieso kann deine Keule da nich ma bei jemand anders bleiben, die een, zwee Stunden?«

»Sowat macht meene Mutter nicht, ick weeß ooch nich, warum.«

»Komisch.«

Als Schwester Inge ins Zimmer kommt und Ulrike ihre Stimme hört, ist die kleine dunkle Wolke, die mit Petras Frage plötzlich an Ulrikes Seelenhimmel aufgetaucht war, sofort wieder verschwunden.

»Wollen wir den Weg zur Toilette draußen mal versuchen, Ulrike, magst du dich schon mal hinsetzen und die Beine baumeln lassen?«

Ulrike mag alles, was Schwester Inge sagt, und während sie die Beine baumeln lässt, erzählt sie ihr von der Idee, ein kleines Kulturprogramm für alle Schwestern und den Doktor Albrecht aufzuführen und ob sie das im Schwesternzimmer mal sagen könne, und auch wann das ginge, damit sie auch alle sechs noch da sind. Sie hört die Überraschung in Schwester Inges Stimme, auch die Freude, und als sie dann noch sagt, natürlich würde sie dafür sorgen, dass alle ein paar Minuten zu ihnen ins Zimmer kämen, morgen gleich, und dann den Arm um sie legt und ihr beim Aufstehen hilft, wird Ulrike von einer Glückswelle regelrecht überschwemmt. An Inges Hand verlässt sie das Zimmer, und als sie draußen sind und die Toilette erreicht haben, sagt Inge ihr ganz leise, dass ihr Vati wieder außerhalb der Besuchszeit kommen werde, sobald der Kopfverband ab ist.

»Wir machen das wie die letzten Male, Ulrike, ich hole dich, wenn dein Vati da ist, und schließe dir die Stationstür auf, dein Vati wartet eine halbe Treppe tiefer am Fenster auf dich, zehn Minuten habt ihr, dein Vati weiß das, dann musst du wieder oben sein, sonst kriege ich Ärger. Und du redest da auch nicht groß mit den anderen drüber. Alles klar?«

Als Ulrike fertig ist und am Waschbecken steht, hält sie nach dem Abtrocknen Inges Hand fest und flüstert:

»Danke schön.«

Und Schwester Inge führt die kleine blinde Kuh Ulrike zurück ins Zimmer. Und sie üben, die sechs Kinder zwischen sechs und zehn Jahren, singen UNSERE HEIMAT, das kann Petra am besten, die muss also anstimmen:

»Unsere Heimat, das sind nicht nur die Städte und Dörfer, unsere Heimat sind auch all die Bäume im Wald...«

Und sie üben WER MÖCHTE NICHT IM LEBEN BLEIBEN, da kann Monika sogar die zweite Stimme, in die Ulrike begeistert einstimmt, das muss oft geübt werden, aber es fühlt sich in diesem Krankenzimmer der Kinder so wohl, dieses Lied:

»Wer möchte nicht im Leben bleiben, die Sonne und den Mond besehn, mit Winden sich umherzutreiben und an Wassern stillzustehen...«

Und sie sind sehr zufrieden mit sich, lassen Ulrike ihr Lieblingsfrühlingsgedicht von Eduard Mörike FRÜHLING LÄSST SEIN BLAUES BAND WIEDER FLATTERN DURCH DIE LÜFTE hingebungsvoll rezitieren und streiten auch nicht mit ihr über den Ablauf, als sie sagt, sie finde, sie sollten mit BELLA CIAO anfangen, das wäre nicht so schwer und nicht so hoch, UNSERE HEIMAT hinterher, danach könnten sich alle von den hohen Tönen ausruhen und sie käme mit dem Frühlingsgedicht und WER MÖCHTE NICHT IM LEBEN BLEIBEN würde doch zum Schluss gut passen, oder?

»Und die KLEINE WEISSE FRIEDENSTAUBE? Die singen wir in unserer Klasse immer...«, mosert Wilfried, worauf Uwe, der Schweigsame, die Augen verdrehend aufstöhnt:

»Menno, det krähen wir doch alle schon seit dem Kinderjarten!«

»Wir wissen doch jarnich, wie ville Zeit die haben«, Ulrike will Frieden stiften, »aba wenn se det noch hören wolln, könn wa det ja ooch noch singen, wa? Det is denn unsre Zujabe, Wilfried!«

Als Schwester Margot am nächsten Morgen das Frühstücksgeschirr wieder einsammelt und leicht stirnrunzelnd wie nebenbei sagt:

»Na, ihr macht ja komische Sachen, der Doktor hat eben im Schwesternzimmer jesacht, wir kommen inner halben Stunde alle zu euch ...«, da sind sie alle sehr aufgeregt und Monika ruft quer durchs Zimmer, als die Tür wieder zu ist:

»Mensch, Rike, ick fall jleich tot um! Und wir müssen doch wat sagen zu Anfang, det kann ick nich!!«

»Ick mach det schon, hilft mir eena inne Latschen?«

Sechs Kinder, drei mit, drei ohne Augenbinden stehen vor den Krankenschwestern und ihrem Stationsarzt, Ulrike lässt sich von Monika führen, zur Begrüßung ein Schritt vor die Reihe, dann zurück in die Reihe, sie weiß am Schluss nicht mehr, was sie zu Beginn gesagt hat, und dass sie bei UNSERE HEIMAT nicht alle in die höchsten Höhen gelangten, war nicht schlimm, Ulrike blieb im Gedicht nicht stecken, der Doktor rief sogar »Bravo!« nach WER MÖCHTE NICHT IM LEBEN BLEIBEN und sie hatten auch noch Zeit, sich Wilfrieds KLEINE WEISSE FRIEDENSTAUBE anzuhören, und klatschten wie wild zum Schluss, und als Schwester Inge sie auch noch umarmte, bevor sie sie zurück zum Bett führte, schwebte Ulrike im siebten Himmel. Nun ist bestimmt wieder alles gut, denkt sie, der Doktor würde ihr bald den Verband abnehmen, sie würde sich nie wieder als Brillenschlange beschimpfen lassen müssen, die großen Jungs werden sie nie wieder an einen Baum binden und auf die Brille spucken und dabei »Giucaroni-Makkaroni« oder »blöde Makkaronibraut« oder »Itakersau« brüllen und vielleicht darf sie sogar wieder in die Eishalle zum Training, wenn sie keine Brille mehr tragen muss, und sie könnte werden, was sie wollte, Zirkusartistin zum Beispiel oder Schauspielerin oder so.

»Ulrike komm, der Doktor will sich dein Auge ansehen!«, Schwester Margots Stimme klingt ungewohnt sanft.

Ulrike weiß, es tut nicht weh, wenn der Verband abkommt, aber sie wagt kaum, Luft zu holen. Doktor Albrecht sagt nicht viel, nur was sie tun soll, nach links gucken und nach rechts seinem Finger folgen und in den Apparat mit den Bildern gucken und nochmal ins Licht, gut so, und sie braucht keinen Verband mehr, hört sie, und:

»Wir behalten dich noch ein paar Tage hier, Ulrike, ich schau mir das morgen nochmal an.«

Sie traut sich nicht zu fragen, und als sie nachmittags Kopfschmerzen bekommt, sagt ihr Schwester Margot nur, sie solle die Brille wieder aufsetzen. Am nächsten Tag drückt sie ihren Kopf in den Bauch ihres Vaters auf der Treppe, er legt ihr eine Hand auf den Kopf und greift mit der anderen in seine Hosentasche.

»Rate, was ich dir mitgebracht habe«, und er hält ihr die geschlossene Hand vor die Augen.

Ulrike zuckt mit den Schultern und der Vater öffnet die Hand.

»Weil du so tapfer gewesen bist«, sagt er und bindet ihr eine Armbanduhr um das Handgelenk, rundes weißes Zifferblatt, wunderschöne schwarze Zahlen, sogar einen Sekundenzeiger hat die Uhr und ein schwarzes Armband, Ulrike dreht verzückt und sprachlos ihren Arm in der Luft und strahlt ihn an, ihren Vati in der grünen Uniform, noch nie hat sie so ein Geschenk bekommen, da räuspert er sich und setzt seine Uniformmütze schon wieder auf und Ulrike hört den Schlüssel in der Stationstür oben und stößt hastig hervor:

»Vati, bitte, sprichst du mit dem Doktor nochmal? Die Schwester sagt, ich muss die Brille wieder aufsetzen, aber warum denn, ich bin doch jetzt schon dreimal operiert, bestimmt hat er sich geirrt, fragst du ihn, bitte!«

Antonio blickt die Treppe hoch zu Schwester Inge, die in der Tür steht und wartet, er streicht seiner Tochter über den Kopf und sagt:

»Das wird schon alles richtig sein, Rike. Mutti holt dich bald ab und dann wissen wir Bescheid«, und er tippt mit der rechten Hand an seinen Mützenschirm und macht kehrt, als wären die Krankenschwester und Ulrike seine Vorgesetzten und hätten ihm den Abmarsch befohlen, und er winkt erst von ganz unten durchs Geländer nochmal hoch, da kann Ulrike das Wasser in seinen Augen nicht mehr sehen.

Der Doktor lächelt Ulrike bei der letzten Untersuchung zu und sagt:

»Das war's, mein Fräulein, von nun an braucht's keine zugeklebten Gläser mehr, morgen kann dich die Mutti abholen.«

Ulrike starrt ihn regungslos an.

»Was ist, Mädchen, tut dir noch was weh?«

Die Schwester will ihr die Brille wieder aufsetzen, aber Ulrike dreht den Kopf weg und verschränkt die Arme vor der Brust.

»Erklären Sie es ihr, Schwester, ich muss wieder in den OP. Ulrike, du schielst nicht mehr, also Kopf hoch! Mach's gut bis zur nächsten Untersuchung«, und er verlässt mit großen schnellen Schritten den Raum.

Die Schwester, die nicht Inge heißt, drückt ihr die Brille in die Hand und sagt:

»Du hast einen angeborenen Augenfehler, Mädchen, deshalb wirst du die Brille immer brauchen, auch wenn du nicht mehr schielst, du siehst doch ohne Brille gar nicht richtig, setz sie auf, na los, mach schon und dann ab aufs Zimmer.«

Ulrike spricht kein Wort mehr auf der Station, kriecht im Zimmer unter ihre dünne Bettdecke und weint sich in den Schlaf. Schwester Inge drückt ihr beim Abschied einen kleinen Zettel in die Hand und sagt, sie solle sie ruhig anrufen, wenn sie Kummer hätte, dann bringt sie Ulrike mit ihrem kleinen Pappkoffer zur Tür, wo ihre Mutter wartet, Ulrike hätte ihnen viel Freude gemacht auf der Station, sagt sie noch, und sie wünsche alles Gute. Als sie am Sonntag bei der Großtante zum Kaffeetrinken sind und sie mit Ralf zum Spielen auf den Hof geschickt wird, hat sie gerade die Linien für das Hüpfspiel gezogen, als durch das offene Fenster Satzfetzen vom Kaffeetisch zu ihr dringen:

»...wat? Die hat een richtjet Kulturprogramm abjefackelt uff Station?! .... Mööönsch, vielleicht wird se ja mal Schauspielerin!«

»Quatsch, biste varückt, so wie die aussieht ...«

»Na komm, so hässlich is det mit der Brille ja nu ooch wieda nich, und wat man nich loswird, jehört dann eben zum Leben, wa!«

Dr. Bogdanovich dreht sich auf seinem Bürostuhl sacht hin und her, als würde er jedes Geräusch vermeiden wollen, dann stützt er seine Arme abrupt auf den Schreibtisch und holt tief Luft für den letzten Versuch:

»Frau Giucaroni, Sie können die Chemo auch jederzeit abbrechen, ich diskutiere dann auch nicht mehr mit Ihnen, versprochen!«, und er hebt die Hand zum Schwur wie ein kleiner Junge.

Ulrike schüttelt lächelnd den Kopf.

»Lassen Sie's, Doc, Chemo nein, Strahlen ja, dabei bleibt's. Ich hab genug Zeit in Krankenhäusern verbracht, hab mich genug gequält, es reicht. Ich will die Zeit, die mir noch bleibt, einfach leben, mit allem, was das Leben für mich wertvoll macht, verstehen Sie? Von allem anderen hatte ich genug. Wir wissen doch beide nicht, wie viel Zeit mir die Strahlentherapie verschafft, das kann viel sein, kann wenig sein, aber sie schenkt mir mehr wahres Leben.«

»Wahres Leben? Sie werden philosophisch, Frau Giucaroni, was ist wahres Leben?«

»Für mich ist es Begegnung, aber mir ist nicht egal, mit wem oder was, und auch nicht wie. Ich will all das selbst entscheiden und gestalten können, bis zum letzten Tag.«

»Gut. Es ist Ihre Entscheidung, dann sei es so. Grüßen Sie Frau Dr. Weigand von mir.«

Hilde breitet im Krankenhausfoyer die Arme aus, als Ulrike mit ihrer Tasche und dem Terminzettel für die Strahlentherapie in der Hand aus dem Fahrstuhl steigt, und sie stellt auch keine Fragen auf der Fahrt nach Hause. Sie hat Kartoffelsuppe gekocht, für Jakob und Ulrike mit Würstchen, sie sitzen in Juttas Mittagspause zu viert am Tisch und Ulrike genießt es, sich nicht verteidigen zu müssen und keine Vorwürfe zu hören, sie sieht, wie Jakob sich noch rechtzeitig auf die Zunge beißt, als seine Tochter ihn scharf anguckt, und lacht laut los:

»Danke, Familie Weigand, ich liebe euch!«

Jutta begleitet sie nach dem Essen in ihre Wohnung, die sie mit Hilde zusammen vor Ulrikes Entlassung aus dem Krankenhaus in ein Gartenblumenparadies verwandelt hat.

»Ich will dich in der Praxis nur sehen, wenn es dir gut geht, keine Kämpfe bitte, nicht mit dir und nicht mit mir. Nicole hat eine Tagesmutter für ihren kleinen Sohn gefunden und will als Teilzeitkraft wieder einsteigen, das passt gut und du musst dir keine Gedanken um die Arbeit machen. Ich komme heute Abend nach dem Dienst zu dir?«

»Dringend.«

Die ersten Blätter fallen, mit dem Spätsommer verändern sich die Lichtstimmungen des Tages, Ulrike sitzt bei angenehm warmen Temperaturen in einen dicken Pullover eingemummelt in der Abendsonne auf ihrer Loggia und beobachtet das sich verändernde Farbenspiel, sie entdeckt noch einzelne Äpfel hoch oben am Baum und auch auf der Wiese im Garten, Thea und Volker waren mit den Kindern zur Ernte gekommen, für die Kinder ein Fest, Volker hat den Baum gerüttelt und geschüttelt, die Frauen haben die Äpfel in die Kisten gesammelt, auch Ulrike, nur viel langsamer als Thea und Jutta und Hilde und tragen kann sie schon länger nichts Schweres mehr. David und Lukas sind mit Volkers Hilfe auch auf den Baum geklettert und wie stolz war David, dass er es auch ganz allein wieder runterschaffte und sich traute zu springen. Lukas durfte nur auf einen der unteren Äste und fand es schöner, sich von da aus in Mamas oder Juttas Arme zu stürzen, immer wieder. Ulrike hatte bewundert, mit welcher Selbstverständlichkeit sich das Kind fallen lassen konnte. Sie hatte schon in der ersten Woche der Strahlentherapie einsehen müssen, dass es ohne Krankschreibung nicht geht, kämpfte immer wieder mit Übelkeit, seltener mit Erbrechen, aber die zunehmende Müdigkeit und Schwäche machten ihr so zu schaffen, dass sie auch ihre Sportgruppe pausieren lassen musste. Nach drei Wochen Bestrahlung hatten sich die Metastasen tatsächlich verkleinert, Ulrike ging regelmäßig zur Krankengymnastik, weil sie hoffte, über die Bewegung wieder zu mehr Kraft zu kommen und ihre Gruppe im Sportverein wieder anleiten zu können. Und Jutta hatte gesagt:

»Es ist gut, dass du kämpfst, und gut, Ziele zu haben, aber lass dennoch los! Wenn du müde bist, musst du schlafen, wenn du Hunger hast, essen, und wenn die Schmerzen kommen, dann nehmen oder tun, was sie verringert. Du machst es dir sonst zu schwer!«

Aber wenn man nicht gelernt hat, es sich leicht zu machen, loszulassen, nur auf den Körper zu hören, wie kommt man dann dahin? Trotz Pullover fröstelt sie in der Abendsonne. Nein, sie will sich bewegen, solange es geht, die Nebenwirkungen der Strahlentherapie lassen langsam nach, sie hat mit ihrer Physiotherapeutin ein gutes Programm zusammengestellt, um ihre

Ausdauer zu verbessern und Kraft aufzubauen. Sie will mit Jutta über das Ende ihrer Krankschreibung reden und mit vorerst weniger Stunden wieder in der Praxis arbeiten. Das muss doch gehen! Ein Blatt fällt vom Baum, schaukelt durch die Luft, das Telefonklingeln lässt Ulrike zusammenzucken, sie sieht das Blatt nicht mehr im Rasen landen und ärgert sich über ihre Schreckhaftigkeit. Es ist Abendbrotzeit bei anderen Leuten, wer ruft da an? Jutta ist übers Wochenende in Hamburg auf einer Weiterbildung und trifft sich am Montag mit einem Interessenten für die Wohnung ihres Bruders, die sie nun doch nicht verkaufen, sondern vermieten will, Hilde würde eher durch den Garten laufen und an die Tür klopfen, sie ruft nur im Notfall an. Ulrike schraubt sich aus dem Liegestuhl nach dem vierten Klingeln hoch.

»Giucaroni, hallo?«

Sie hört nur ein schweres Atmen und nach ihrem zweiten ungeduldigen Hallo ein Räuspern, das sie erkennt.

»Vati?«

Noch ein Räuspern, länger, lauter, dann:

»Ja, hier auch Giucaroni, ähm, stör ich gerade, dann ruf ich später nochmal ...«

»Nein! Nein, du störst nicht, du hast nur noch nie ... Ist was passiert?«

»Was? Nein nein, ich wollte nur mal, also ich wollte dir sagen, es tut mir leid, dass du ...«

Ulrike hört ihn schniefen und schlucken und erträgt es nicht.

»Ist gut, Papa, es geht mir besser, und ich kann sicher auch nochmal bestrahlt werden, später. Das Biest in der Lunge ist so klein geworden, dass ich viel besser Luft kriege und schon wieder länger laufen kann. Und wie geht es dir?«

»Tochter, also Mutti meint, ich soll dir selbst sagen, dass ich jetzt, na ja, also wir trennen uns, Mutti und ich, warte mal, ich muss ...«

Ulrike hört, wie ihr Vater den Hörer aus der Hand legt und sich so geräuschvoll, wie sie es seit ihrer Kindheit nicht anders kennt, die Nase putzt. Sie will es ihm leichter machen.

»Dann hat das geklappt mit der Wohnung am Kanal, nicht weit weg von der Schiffskneipe?«

»Ach, du weißt schon ...«

»Nur, dass sich durch die Arbeit in der Kneipe was ergeben hat, Papa, ich freu mich für dich, echt, erzähl!«

Dass er die Scheidung ja nicht wolle, erzählt er, aber die Wohnung wäre so günstig, eine Einzimmerwohnung, Parterre, Küche und Bad ohne Fenster, aber ihm genüge das so, mit Balkon zum Kanal, und er könne dann zum Kahn, also zur Arbeit zu Fuß gehen und Helga hätte sich das alles mit ihm zusammen angesehen und vielleicht sei es ja auch nicht für immer und sie wären sich auch einig mit den Möbeln und überhaupt und sie würden dann weitersehen, also nach dem Trennungsjahr.

»So, Tochter, jetzt weißt du Bescheid.«

Räuspern.

»Es ist schön, deine Stimme zu hören, Papa.«

Er hätte dann auch wieder Telefon, also in der neuen Wohnung, und dann legen sie beide schnell auf, bevor er wieder den Hörer aus der Hand legen muss.

Es hat ihr gutgetan, sich durchsetzen zu können, krankgeschrieben kann sie nicht zum Training in den Sportverein, Jutta war mit einem Eingliederungsversuch schließlich einverstanden. Ulrike ging vor ihrem ersten Arbeitstag nach der Strahlentherapie zum Friseur, ihr nach der Chemotherapie vor Jahren wieder lang gewachsenes Haar hatte durch die Bestrahlung an Glanz und Kraft verloren, war dünn und leicht strähnig geworden, sie mochte sich so nicht im Spiegel sehen und wollte so auch nicht an der Rezeption sitzen, nicht mal für die vereinbarten zwei Stunden. Die Friseuse musste zu dem gewünscht radikalen Kurzhaarschnitt überredet werden:

»Sie brauchen keine Angst zu haben, ich weiß, dass mir das steht, ich hatte auch schon Glatze.«

Vom Ergebnis waren sie schließlich beide begeistert und Ulrike verließ in Hochstimmung den Laden. Ihre Gymnastikgruppe im Verein empfing sie mit Beifall, sie konnte nicht alle Übungen mitmachen, manches nur einmal andeutungsweise vorturnen, egal, sie war wieder da. Doris begrüßte sie in der Praxis, als wäre sie nur mal eben ein paar Wochen im Urlaub gewesen:

»Menschenskind, siehst du gut aus, und die kurzen Haare stehen dir vielleicht, Wahnsinn!!«

Sie musste sich hinlegen nach dem Zweistundendienst und dachte nur, gut, das Krafteinteilen muss ich noch lernen.

Sie hatte durch den einschießenden Schmerz das Bewusstsein verloren und schaut in das Gesicht eines fremden Mannes, als sie die Augen wieder öffnen kann.

»Frau Giucaroni? Ich bin Dr. Mexner, der Notarzt, Sie sind noch in der

Turnhalle, bewegen Sie sich bitte nicht. Wir heben Sie jetzt auf die Trage und fahren Sie ins Klinikum, Frau Doktor Weigand ist benachrichtigt. Haben Sie mich verstanden?«

Ulrike kann nur mit den Augen antworten, es ist die Angst vor dem Schmerz, die ihr selbst die Mundbewegung verbietet. Thea schluchzt laut auf, als die Sanitäter sie aus der Halle tragen, Ulrike schließt die Augen, es ist ihr peinlich, was für ein Abgang. Schon wieder. Als sie in der Notaufnahme ankommen, spürt sie eine Hand auf ihrer.

»Ich bin da«, Jutta läuft neben der Trage her, »bleib ruhig.«

Sie fahren sie sofort zum Computertomographen und als sie das hinter sich hat, empfängt sie Dr. Bogdanovich auf seiner Station. Sie weiß, was er sagen wird, bevor er den Mund aufmacht, und sie stimmt einer zweiten Strahlentherapie diskussionslos zu.

»Ich hole dich zum Wochenende nach Hause, sie stellen dich hier neu ein, du brauchst jetzt andere Schmerzmedikamente«, Jutta sitzt an ihrem Bett und streichelt sie, »du hast Glück gehabt, dass es im Sportverein passiert ist, das hätte furchtbar schiefgehen können. Wir müssen reden, Rike, zu Hause, in Ruhe.«

»Sag meinen Eltern noch nichts, bitte, ich will sie selbst anrufen. Und verzeih.«

»Es gibt nichts zu verzeihen, Liebes.«

Die ersten ehrenamtlichen Sterbebegleiter der noch jungen Braunschweiger Hospizgruppe sind ausgebildet und Ulrike stimmt Juttas Vorschlag zu, Hilfe von dort zu erbitten, wenn sie es zu Hause nicht mehr allein schafft und Hilde und Jutta zeitlich an ihre Grenzen kommen. Sie sagt Ja zur Palliativstation, wenn nötig, und Nein zu jeglichen lebensverlängernden Maßnahmen. Es ist Sonntag und Ulrike sitzt zwischen Hilde und Jutta an Weigands Teetischchen mit Blick über den Garten und die Pferdekoppel, die novemberverwaist und nebelbedeckt vor ihnen liegt. Jakob bat, der Runde fernbleiben zu dürfen, und hat sich in sein Zimmer im Obergeschoss zurückgezogen. Er grollt Ulrike, sagt, sie sei zu jung zum Aufgeben, und ihre Entgegnung, sie sei zu realistisch, um nicht akzeptieren zu können, lässt er nicht gelten.

»Du hast mit Helga immer noch nicht gesprochen?«, Hilde gießt ihr Tee nach.

»Ach, sie ist so in Hochstimmung seit Vaters Auszug in die kleine Wohnung, ich will ihr das nicht kaputtmachen.«

»Schieb es nicht zu lange auf, Rike, du stiehlst euch Zeit.«

»Es ist nicht mehr viel zu sprechen, Hildchen, nur noch zu Ende zu leben.«

Und es knistert die Kerze auf dem Tisch.

»Weißt du noch, Papa, wie du jedes Mal in die Schule gerannt bist, wenn mir da ein Erwachsener weh getan hat?«, Ulrike wartet das Räuspern am anderen Ende ab, bevor sie weiterspricht, sie kann sein Geräusper gut gebrauchen, um selbst wieder genug Luft zu haben, »als meine Klassenlehrerin in der ersten Klasse zu Stundenbeginn die Fingernägel immer kontrollierte und für Schmutzränder mit dem Zeigestock auf die Hände schlug, bist du am nächsten Tag in der Schule gewesen und hast der Direktorin erzählt, dass es ja wohl in sozialistischen Schulen keine Prügelstrafe gibt, und du würdest nicht zulassen, dass es deiner Tochter oder einem anderen Kind auch nur im Ansatz so ginge wie dir als Kind. Die Lehrerin ist nie wieder mit dem Zeigestock durch die Reihen gegangen, um die Fingernägel zu kontrollieren.«

Sie japst etwas und muss sich auf dem Sofa etwas höher setzen, bevor sie weiterreden kann, und sie will weiterreden, sie kann dem Vater in seinem Tränenmeer anders nicht helfen.

»Und den Tadel mussten sie auch zurücknehmen, den ich für die Schulhofprügelei bekam, obwohl es ja der Junge aus der Oberstufe war, der mich in der Hofpause wegen der Brille und meinem Namen gehänselt und umgeschubst hatte, ich bin so ausgeflippt, dass ich zum Schluss auf ihm saß und so zuschlug, dass die Aufsichtslehrerin dachte, ich sei schuld und hätte angefangen. Das war nach der dritten Augenoperation, als ich wusste, ich werde die Brille nie mehr los, weißt du noch?«

Wie durch ein Wunder kann Antonio lachen.

»Der Bengel war zwei Köpfe größer als du und ich war so stolz auf dich, dass du dich gewehrt hast!«

»Du hast immer gesagt, lass dir nichts gefallen, und in der sechsten Klasse hab ich dann dem Schulzahnarzt in diesem fürchterlichen umgebauten Bauwagen die Zange aus der Hand gehauen, als der mir den Backenzahn zog, und dafür von ihm eine schallende Ohrfeige kassiert und wieder hast du das Direktorenzimmer gestürmt!«

Jetzt kichern sie beide und schnappen nach Luft.

»Ich werde mir nie mehr weh tun lassen, Papa, nicht im Krankenhaus, nicht zu Hause, von niemandem.«

In die Stille danach sagt Ulrike:

»Papa, weißt du noch, die Uhr, meine erste Armbanduhr, dein heimlicher Besuch in der Augenklinik, das war das Schönste ...«

Antonio heult auf:

»Rike, Kind, verzeih ..., ich kann nicht ...«, sein Schluchzen knallt auf Ulrikes Trommelfell, sie wartet, bis er sich wieder beruhigt hat.

»Ich weiß, du schaffst das nicht, in den Westen zu fahren, es ist, wie es ist. Ich denke jetzt so: Du hast mich als Kind oft gerettet, von Mutter hatte ich damals nichts zu erwarten. Und jetzt kommt sie her und das ist gut so. Nur eins ist seltsam: Von euch, die ihr gestorben wärt für eure Idee vom Sozialismus, von euch Parteisoldaten bleibt nichts, wenn auch ich nicht mehr da bin.«

Wieder heult Antonio Giucaroni laut auf und Ulrike hält sich den Hörer erschrocken vom Ohr weg.

»Vati? Hörst du mich? Alles ist gut. Trotzdem. Und irgendwann sehen wir uns wieder. Bestimmt.«

Helga hat einen Adventskranz für Ulrikes Wohnzimmertisch besorgt, so wie ihn Ulrike sich gewünscht hat, mit dicken roten Kerzen, wie sie ihn früher zu Hause hatten, genauso sollte er sein. Seit sie die Bestrahlung abgebrochen hat und sich nicht mehr ohne Hilfe allein versorgen kann, sitzt Helga jedes zweite Wochenende im Zug nach Braunschweig. Es ist Sonntag, Helga zündet die vierte Kerze an, holt den Tee aus der Küche und setzt sich zu ihrer Tochter aufs Sofa, nachdem sie deren Lagerung überprüft hat, die Kissen unter ihrem Kopf, unter den Beinen.

»Ich hab sie mal sehr gehasst, deine Hände«, sagt Ulrike, als ihre Mutter fertig ist, und sie sagt es lächelnd.

»Ich war, wie du, zu Hause große Schwester«, antwortet Helga, »und hab, wie du, mehr als Ohrfeigen bekommen, Schläge als Bestrafung waren gang und gäbe. Ich wusste es nicht besser und mit dir war ich schlicht überfordert, du warst so anders als geträumt, bevor du da warst.«

»Ich hab deine Angst gespürt, wenn deine Mutter uns besuchen kam, und ich mochte sie nicht, diese Oma ...«

»... und bist bei jeder Gelegenheit ausgebüxt!«

»Du hast dir dafür von ihr Gardinenpredigten anhören müssen!«

»Nicht nur das, ich sei selber daran schuld, warf sie mir vor, hätte schließlich nicht auf sie gehört und den falschen Mann geheiratet.«

»Was für einer wäre besser gewesen?«

»Einer mit besseren Karriereaussichten, wahrscheinlich jeder andere Genosse mit preußischen Vorfahren und besserer Schulbildung.«

»Aber du hast zu Antonio gehalten.«

»Damals, ja. Er war anders als die anderen, sensibler, zärtlicher.«

»Kommt er allein gut klar jetzt? Besuchst du ihn?«

»Seit wir mit seiner Einrichtung fertig sind und alles Finanzielle geregelt haben, nur noch selten. Ich glaube, er hat jemanden gefunden, da auf dem Kahn.«

»Höre ich Erleichterung?«

»Vielleicht. Magst du noch Tee?«

Ulrike nickt und schiebt sich etwas höher, es kostet sie Kraft, aber sie kann die Teetasse allein vom Tisch nehmen, halten, trinken, wieder abstellen.

»Könntest du dir eigentlich vorstellen, ganz wegzugehen?«

»So wie du?«

»Na ja, meine Wohnung wird hier bald frei.«

Helga steht wortlos auf und verlässt das Zimmer. Als sie wiederkommt, bleibt sie in der Tür stehen.

»Rike, mein Zug geht in zwei Stunden zurück und auch wenn ich zu Weihnachten schon wieder hier bin, mein Zuhause wird hier niemals sein. Ich habe als Kind durch den Krieg Heimat und Zuhause verloren, glaubte dann in Berlin mit deinem Vater angekommen zu sein, und dann mussten wir wieder umziehen und wieder und wieder und jetzt bin ich zum ersten Mal richtig frei, habe ein Zuhause, eine neue Aufgabe, richtige Freunde und ich werde das nie, hörst du, nie wieder aufgeben!«

»Verzeih, Mama, ich wollte dir nicht zu nahe ..., ich wollte es einfach nur wissen. Ich will einfach nur alles geregelt haben. Verstehst du?«

Als Helga nach Weihnachten wieder abfährt, weiß sie, es ist der Abschied für immer. Ulrike war kaum noch ansprechbar, Jutta sagte, es könne noch Stunden oder auch Tage dauern, Wochen aber nicht mehr. Helga floh, sie ertrug es nicht, sich am Bett ihrer Tochter mit Jutta, Hilde und der Ehrenamtlichen des Hospizvereins abzuwechseln, ertrug es nicht, bei der Pflege ihrer Tochter zuzusehen, wagte es nicht, selbst Hand anzulegen, wollte sich auch von Jutta in keiner Weise helfen lassen. Sie weinte an Ulrikes Bett, weinte im Auto zum Bahnhof, im Zug bis hinter Berlin. Dann schienen keine Tränen mehr übrig zu sein.

Jutta sitzt am letzten Tag des Jahres an Ulrikes Bett, der Pflegedienst ist gerade wieder abgefahren, sie hat im Wohnzimmer eine von den Platten aufgelegt, die Ulrike erst im letzten halben Jahr favorisiert hat, aus der Sammlung von Jens Weigand, die Instrumentals von James Last. Sie lässt die Türen offen, die Klänge der BISKAYA breiten sich sanft aus. Plötzlich hört sie Ulrike flüstern:

»Jutta ...«

Sie greift nach ihrer Hand.

»Hier, Rike.«

»Ich – höre – das – Meer – – –«

1995

Zur Trauerfeier seiner Tochter mit Helga am Steuer des Trabants nach Braunschweig fahren zu müssen, war Antonios letzter Liebesdienst für seine Tochter, so dachte er, und zugleich für ihn unerträgliche Niederlage, nur mit dem Flachmann im Jackett zu ertragen und stumm. Das Bahnfahren mit seinem versteiften Bein und der Gehstütze lehnte er ab. Die Giucaronis wussten nicht, dass es ein Testament ihrer Tochter gab, verfasst nach dem Abbruch der zweiten Strahlentherapie, sie wussten auch nicht, dass ihre Tochter im Sterben um die Nottaufe gebeten, Jutta nachts am Pfarrhaus sturmgeklingelt hatte und der Pastor noch in derselben Nacht an Ulrikes Bett stand und sie taufte. Die Trauerfeier in der Klosterkirche, zu der unerwartet viele Menschen kamen, Sportkameradinnen aus dem Verein wie Patienten und Freunde von Ulrike und den Weigands, ließ Antonio gänzlich die Fassung verlieren, so dass Doris und Nicole sich um ihn kümmern mussten. Die Nacht nach der Trauerfeier in Ulrikes Wohnung war für die Eltern eine schlaflose, die Testamentseröffnung am nächsten Morgen bei den Weigands für beide ein Schock. Die Eltern mögen ihr verzeihen, so hatte Ulrike geschrieben, so hörten sie aus Hildes Mund, aber sie möchte nicht in die Erde eines Ortes, den sie nicht Heimat nennt, nicht in ein Grab, das zu pflegen für die Eltern Last sein werde. Ulrike verfügte ihre Bestattung in der Nordsee und vermachte Jutta alles, was sie besaß.

Auto zu fahren war Jutta an diesem kalten Februartag nicht möglich, sie stieg in Norddeich mit Jakob und Hilde aus dem Zug, Antonio und Helga, am Vortag angereist, warteten verabredungsgemäß am bestellten Großraumtaxi, das die fünf in den Yachthafen zum Motorschiff brachte. Hilde ging über den Steg als Erste an Bord, Helga folgte ihr unsicher, die beiden Männer mit ihren Gehhilfen hatten schon im Taxi nebeneinandergesessen und blieben instinktiv beieinander, Jutta behielt alles im Blick und ging als Letzte an Bord. Als das Schiff sich auf das Meer hinausbewegte, legte Hilde ihre Arme um Helga und Jutta, die zu ihrer Rechten und Linken saßen, Helga zitternd, Jutta versteinert. Antonio zog seinen Flachmann aus der Tasche und reichte ihn Jakob, bevor er selbst den Schluck nahm, den er brauchte. Als der Kapitän Ulrikes Asche dem Meer übergeben hatte, war es Jutta, die nicht zurück in die Kajüte konnte und an der Reling klebte, und ihre Augen suchten Ulrike, suchten den Kalfamer am Horizont. Letzteren fand sie.

Sie war nicht ruhig an diesem Tag, die Nordsee, der Kapitän musste Jutta von der Reling in die Kajüte bringen, als der Himmel sich öffnete. Und Jakob sagte:

»Tja, nun sitzen wir alle in einem Boot. Nützt ja nix.«

ANMERKUNGEN

Dies ist ein Roman, Handlung, Ort und Personen sind demzufolge fiktiv. Eventuelle Ähnlichkeiten mit realen Personen sind möglich, aber nicht beabsichtigt.

Zitatnachweise

S. 147   BELLA CIAO, Lied der italienischen Partisanen im 2. Weltkrieg
           Verfasser unbekannt
           Übersetzung: Horst Berner

S. 149   UNSERE HEIMAT,
           Komponist: Hans Naumilkat
           Text: Herbert Keller
           WER MÖCHTE NICHT IM LEBEN BLEIBEN,
           Komponist: Kurt Schwaen
           Text: Vera Küchenmeister

S. 150   KLEINE WEISSE FRIEDENSTAUBE
           Text und Melodie: Erika Schirmer

Sylvia Giuliani

Hinterm
Vorhang
ist es still

Roman

Ein Wenderoman im Theatermilieu. Die politisch renitente Ulrike Giu-caroni arbeitet an einer kleinen DDR-Provinzbühne als Regieassistentin und bereitet ihre erste eigene Inszenierung vor, als ihr Intendant plötzlich gen Westen verschwindet und ihre Welt im Sommer 1989 Risse bekommt...

ISBN Print: 978-3-7578-5696-0
ISBN E-Book: 978-3-7578-7808-5

Kontakt: giuliani-sylvia@gmx.de